AGATHA CHRISTIE

AGATHA CHRISTIE

El secreto de Chimneys

Título original:
THE SECRET OF CHIMNEYS

Traducción:
J. A. GUTIERREZ LARRAYA

Esta edición puede ser comercializada en todo el mundo excepto Centro y Sudamérica.

Calabria, 166 - 08015 Barcelona

Depósito legal: 49.242-03
ISBN: 84-272-9817-X

Impreso por:
ATANES

Impreso en España Printed in Spain

A mi sobrino
En recuerdo de una inscripción
en el castillo de Compton y
un día en el zoológico.

GUÍA DEL LECTOR

Relación de los principales personajes que intervienen en esta obra:

ANCHOUKOFF, Boris: Ayuda de cámara del príncipe Miguel.
ANDRASSY: Capitán y caballerizo del citado príncipe.
BADGWORTHY: Inspector de la policía local.
BATTLE: Superintendente de Scotland Yard.
BRENT, Lady Eileen (alias Bundle): Bella hija mayor de lord Caterham.
BRUN, Geneviève: Institutriz francesa de las hijas pequeñas de lord Caterham.
CADE, Anthony: Agente de la agencia de viajes Castle y protagonista de esta novela.
CATERHAM, Lord: Marqués de Caterham, propietario de la regia mansión de Chimneys.
CHILVERS: Criado de Virginia.
EVERSLEIGH, Bill: Funcionario del Estado a las órdenes de Lomax.
FISH, Hiram: Rico norteamericano, entusiasta de los libros y huésped de lord Caterham.
ISAACSTEIN, Herman: Rico financiero y también invitado de lord Caterham.
JOHNSON: Agente de policía.
LEMOINE: Policía de la Sûreté de París.

LOLOPRETJZYL, Barón: Representante en Londres del partido monárquico de Herzoslovaquia.

LOMAX, George: Importante funcionario del Estado en el Ministerio de Asuntos Exteriores, llamado irrespetuosamente «el besugo» por sus subalternos.

MANUELLI, Giuseppe: Camarero del Hotel Blitz.

McGRATH, Jimmy: Residente en África, dedicado a la caza y muy amigo de Anthony Cade.

MELROSE: Coronel y jefe de policía de la comarca.

OBOLOVITCH, Michael: Príncipe de Herzoslovaquia.

OSCAR: Secretaria de Lomax.

REVEL, Virginia: Mujer extraordinariamente atractiva y prima de Lomax.

TREDWELL: Mayordomo de lord Caterham.

CAPÍTULO PRIMERO

UN ENCUENTRO

–¡Caballero Joe!

–¡Pero si es mi viejo Jimmy McGrath!

Las siete mujeres alicaídas y los tres varones sudorosos que participaban en la gira selecta organizada por la agencia de viajes Castle, sintieron un súbito interés. Evidentemente Mr. Cade había encontrado un viejo amigo. Todos admiraban a Mr. Cade, alto, esbelto, con el rostro bronceado, risueño, cuyas elegantes maneras tanto habían contribuido a solucionar todas las disputas y a mantenerlos en un aceptable estado de buen humor. Este amigo tenía el aspecto de ser un hombre harto peculiar. Tenía casi la misma estatura que Mr. Cade, pero era más robusto y menos apuesto. La clase de hombre que describían en las novelas de aventuras. Sería, probablemente, el dueño de una taberna. Resultaba interesante. Uno, a fin de cuentas, viajaba al extranjero con la esperanza de ver las cosas de las que tanto hablan los libros.

Hasta aquel instante se habían aburrido en Bulawayo, abrasados por un calor intolerable, atosigados por las incomodidades del hotel y, carentes de propósito definido, charlaban en espera de trasladarse en coche a Motoppos. Por suerte, Mr. Cade había sugerido que comprasen postales, de las que había un buen surtido.

Anthony Cade y su amigo se distanciaron unos metros.

–¿Qué diablos haces con esa turba femenina? –preguntó McGrath–. ¿Vas a fundar un harén?

–¿Con estos ejemplares? ¿Te has fijado en ellas? –replicó Anthony.

–Sí. Pensé que te habías vuelto miope.

–Mi vista sigue siendo excelente. No, éste es el grupo de la gira selecta Castle. Yo soy Castle, quiero decir el agente local de la agencia de viajes Castle.

–¿Cómo demonios llegaste a aceptar ese empleo?

–Me forzó a ello una lamentable penuria económica. Te aseguro que no es lo más adecuado a mi temperamento.

Jimmy sonrió.

–Siempre esquivando el bulto al trabajo estable, ¿eh?

Anthony no hizo caso al comentario.

–Espero que, como siempre, surja algo más emocionante.

Jimmy se rió

–Bien lo sé. Anthony Cade se verá, tarde o temprano, envuelto en un lío. Naciste con un instinto especial para el jaleo y con más vidas que un gato. ¿Cuándo podemos charlar?

–Tengo que conducir mi rebaño a la tumba de Cecil Rhodes –suspiró Anthony.

–¡Estupendo! –aprobó Jimmy–. Los baches les molerán y regresarán pidiendo la cama a gritos. Así luego nos será posible tomar unas copas y comentar las últimas novedades.

–De acuerdo. Hasta luego, muchacho.

Anthony se reunió con su rebaño.

Miss Taylor, la más joven y retozona de las ovejas, le abordó al momento.

–¿Un amigo suyo, mister Cade?

–En efecto, un buen amigo de mi inocente juventud.

Miss Taylor dejó escapar una risita.

–Parece un joven muy interesante.

–Opinión que le comunicaré con gusto.

–¡Qué ocurrencia! No sea tan pícaro, mister Cade; pero, ¿cómo le llamó?

–¿Caballero Joe?

–Sí. ¿Es su verdadero nombre?

–Me defrauda, señorita. Creí que jamás olvidaría mi hermoso nombre: Anthony.

–¡Oh! ¡Por favor! –exclamó la turista, con coquetería

Anthony dominaba ya a la perfección las triquiñuelas del oficio. En sus deberes entraba, además de la organización de los viajes y las excursiones, aplacar a ancianos de hipersensible dignidad, proporcionar a matronas numerosas ocasiones de adquirir postales y galantear a toda clase de mujeres menores de cuarenta años. Esta última tarea se la facilitaba la decidida tendencia de las damas a traducir en tiernas indirectas sus más inocentes comentarios.

Miss Taylor volvió a la carga.

–¿Por qué le llamó Joe, en todo caso?

–Porque no es mi nombre.

–¿Y por qué Caballero?

–Porque no lo soy.

–No diga eso, Mr. Cade –se indignó la joven–. Precisamente, anoche papá alabó sus modales.

–Su padre es muy amable, señorita.

–Y todos coincidimos en que es usted un caballero.

–Me abruma...

–Hablo en serio.

–«Los buenos corazones valen más que rancios blasones» –declaró Anthony, sin que viniera a cuento y deseando huir.

–Bellísimo poema ése. ¿Sabe muchas poesías?

–Puedo recitar únicamente: *El muchacho se irguió en el ígneo puente, del que todos habían escapado.* También soy capaz de representarlo: *El muchacho se irguió en el ígneo puente...* ¡Uf, uf, uf! (son las llamas)... *del que todos habían escapado...*; momento en que corro alocado, como un perro despavorido.

Miss Taylor se rió hasta saltársele las lágrimas.

–¡Qué gracioso! ¿Han oído a Mr. Cade?

–Es la hora del té de la mañana –propuso rápidamente Anthony–. Vengan por aquí. Hay un bar excelente en la próxima calle.

–¿Supongo que la consumición está incluida en la tarifa? –inquirió la gruesa voz de Mrs. Caldicott.

–El té de la mañana se considera como un gasto extraordinario –informó Anthony en su tono más profesional.

–¡Vergonzoso!

–La vida está sembrada de sinsabores, ¿verdad? –insinuó alegremente Anthony.

Los ojos de Mrs. Caldicott brillaron como quien se dispone a sacarse un conejo de la manga.

–Me lo sospechaba y esta mañana, mientras desayunábamos en el hotel, me llevé una jarra de té. Lo calentaré en el infiernillo de alcohol. Vamos, padre.

Los Caldicott se dirigieron triunfalmente al hotel. Los hombros de la dama revelaban la complacencia que le proporcionaba su previsión.

–¡Dios mío, cuánta gente extraña has creado! –murmuró Anthony.

Condujo al resto de los turistas al café. Miss Taylor, que continuaba a su lado, reanudó el interrogatorio.

–¿Hacía mucho que no veía a su amigo?

–Más de siete años.

–¿Lo conoció en África?

–Sí, pero no en esta región. Encontré a Jimmy McGrath cuando ya estaba a punto para la cazuela. En el interior hay tribus caníbales, ¿sabe? Llegamos a tiempo.

–¿Y qué sucedió?

–Se armó la marimorena, causamos algunas bajas a los salvajes y los demás tomaron las de Villadiego.

–¡Ah! ¡Qué existencia tan aventurera la suya!

–Muy apacible, se lo aseguro.

Pero miss Taylor no se lo creyó.

A las diez de la noche del mismo día, Anthony Cade entraba en la habitación en la que Jimmy McGrath estaba muy ocupado con un montón de botellas.

–Procura que mi copa sea fuerte –imploró–. Lo necesito, palabra.

–Lo sospecho, muchacho; yo no aceptaría ese empleo ni a cambio de una fortuna.

–Dame otro y lo abandono en el acto.

McGrath se llenó el vaso, lo apuró con la rapidez que proporciona una larga práctica y volvió a llenarlo. Entonces, dijo lentamente:

–¿De verdad?

–¿Qué?

–¿Renunciarías a tu actual empleo por otro?

–¿A qué viene eso? ¿Insinúas que existe la posibilidad de obtenerlo? Si es así, ¿por qué no te lo reservas para ti? ¿No lo quieres?

–Lo tengo, sí, pero no me hace gracia. Por eso quiero traspasártelo.

Anthony sospechó en el acto.

–¿Te han nombrado maestro de una escuela dominical?

–¿Quién se atrevería a hacerlo?

–Nadie, desde luego, que te conociera.

–Es un trabajo magnífico y sin ninguna clase de inconvenientes.

–¿En América del Sur, por una bendita casualidad? Le he echado el ojo a esa parte del mundo. En una de esas republiquillas están organizando una bonita revolución que estallará muy pronto.

Jimmy sonrió.

–Siempre te atrajeron las revoluciones. Darías lo que no tienes por verte metido en una buena pelea.

–Los sudamericanos apreciarían mi talento. Créeme, Jimmy, puedo ser muy útil en una revolución; a cualquiera de los dos bandos. Es mejor que trabajar honradamente para ganarte el pan de cada día.

–Amigo mío, eso no es la primera vez que lo admites; sin embargo, el trabajo no es en ese edén tuyo, sino en Inglaterra.

–¿Sí? El héroe, tras una larga ausencia, regresa a la tierra que lo vio nacer. Jimmy, ¿lo encarcelan a uno por deudas contraídas hace siete años?

–Creo que no. ¿Te importa que te cuente algo más?

–No me perjudicará. Me extraña, no obstante, que tú no lo aceptes.

–Ocurre, mi querido Anthony, que me voy muy lejos, al interior, en busca de oro.

Anthony silbó.

–No has cambiado desde que nos conocimos, Jimmy. El oro es tu debilidad, tu talón de Aquiles, la pasión de tu vida. Pocas personas habrán perseguido más quimeras que tú.

–Y verás cómo triunfo al fin.

–Cada loco con su tema. El mío son las luchas y los golpes; el tuyo, el oro.

–Voy a contártelo todo. ¿Qué sabes de Herzoslovaquia?

Anthony levantó la cabeza, alerta.

–¿Qué dices? –exclamó con un curioso timbre de voz.

–Lo que oyes. ¿Qué sabes de Herzoslovaquia?

Hubo una pausa muy larga antes de que Anthony respondiera.

–Lo corriente. Es uno de los estados balcánicos. Ríos principales, desconocidos. Montañas principales, también desconocidas, pero numerosas. Capital: Ekarest. Población: en su mayoría, bribones. Deporte nacional: regicidios y revoluciones. El último monarca, Nicolás IV, fue asesinado hace siete años. Desde entonces, existe un gobierno republicano. En resumen, un lugar muy atractivo. ¿Por qué no me avisaste de que Herzoslovaquia figuraba en el asunto?

–Su protagonismo es indirecto.

Anthony miró a su amigo con más pena que ira.

–Enmiéndate, Jimmy; sigue un curso por correspondencia o algo parecido. Si llegas a contar algo por el estilo en los alegres años de los imperios orientales, te hubieran colgado de los pies y apaleado, o alguna otra cosa desagradable.

McGrath continuó la explicación, sin que le afectaran las censuras.

–¿Has oído hablar del conde Stylptitch?

–Por fin dices algo razonable –aprobó Anthony–. Muchos de los que ignoran la existencia de Herzoslovaquia adoptarían una expresión inteligente ante la mención del conde Stylptitch, el Gran Jefe de los Balcanes, el Mayor Estadista de los Tiempos Modernos. El mayor de los villanos que corren por el mundo. Las opiniones dependen del periódico que se lea. Pero no te quepa duda de que se le recordará mucho después de que tú y yo seamos polvo y ceniza, James. El conde Stylptitch ha movido las piezas en el tablero del Próximo Oriente en cuantos acontecimientos se han producido en los últimos veinte años. Ha sido un dictador, un patriota, un estadista. Nadie sabe exactamente qué hizo, aunque todos están de acuerdo en que fue el rey de la intriga. ¿Qué hay de él?

–Fue el primer ministro de Herzoslovaquia, por eso lo mencioné primero.

–No tienes sentido de la proporción, Jimmy ¿Qué es Herzoslovaquia en comparación con él? Su papel fue procurarle un lugar de nacimiento y un puesto en los asuntos públicos. Yo lo creía muerto.

–Falleció en París hace dos meses; pero han pasado años desde el suceso que voy a contarte.

–La cuestión es –dijo Anthony– ¿qué vas a contarme?

Jimmy aceptó el reproche y se apresuró a seguir.

–Ocurrió de esta manera. Yo estaba en París –de eso hace cuatro años– y me paseaba una noche por un barrio solitario, cuando de pronto topé con media docena de facinerosos que maltrataban a un anciano respetable y, como me molestan las diferencias numéricas, intervine moliendo a golpes a los rufianes. Jamás les habían atizado en serio, supongo, porque se disolvieron como la nieve bajo el sol.

–¡Bravo, Jimmy! –exclamó Anthony a media voz–. Me hubiese gustado verlo.

–¡Bah! No fue nada –aseveró modestamente Jimmy–. Con todo, el vejete se sintió muy agradecido y, si bien llevaba una copa de más, recordó preguntar mi nombre y mis señas. Al día siguiente, me visitó para darme las gracias como un gran señor. Descubrí entonces que había salvado al conde Stylptitch. Habitaba en el Bois.

Anthony asintió.

–En efecto, Stylptitch se instaló en París a raíz del asesinato del rey Nicolás. Había rechazado la presidencia de la república, fiel a sus principios monárquicos, aunque se rumoreó que terciaba en todos los altibajos políticos de los Balcanes. El difunto conde era muy maquiavélico.

–Nicolás IV tenía gustos heterodoxos en materia de esposas, ¿verdad? –dijo de pronto Jimmy.

–Que le perdieron, ¡pobrecillo! –suspiró Anthony–. Ella trabajaba de bailarina en un teatrucho. La pobre no servía ni para un matrimonio morganático; pero él la idolatraba. Ella había decidido ser reina y, por fantástico que parezca, lo consiguió. Cambió su nombre por el de condesa Popoffsky, según creo, con la pretensión de que por sus venas circulaba sangre de los Romanoff. Nicolás se casó con ella en la catedral de Ekarest, obligó a dos obispos reacios a bendecir la unión y la coronó bajo el nombre de reina Varaga. Después, convenció a sus ministros, y supongo que pensó que estaba todo arreglado, sin tomar en cuenta al populacho.

»Ahora bien, los herzoslovacos son de índole aristocrática y reaccionaria. Les gusta que sus soberanos sean de descendencia regia sin adulterar. Por consiguiente, hubo murmuraciones, descontento, represiones despiadadas y una sublevación final en la que el pueblo asaltó el palacio, asesinó a los monarcas y proclamó la república. Desde entonces, y sin modificar el régimen de gobierno, en Herzoslovaquia no se aburren; han matado a un par de presidentes para conservarse en forma, pero *revenons à nos moutons*[1]. Decías que el conde Stylptitch te proclamó su salvador...

–Sí. Y eso fue todo. Mi viaje a África borró el incidente de mi memoria hasta que, hace dos semanas, recibí un paquete singular que llevaba mucho tiempo siguiendo mis pasos. Yo había leído en la prensa el fallecimiento del conde, sucedido en París. Dicho paquete contenía sus memorias, recuerdos o como quieras llamarlas. Una nota adjunta me informó de que unos editores londinenses habían recibido instrucciones de entregarme mil libras esterlinas si yo ponía en sus manos el manuscrito antes o el mismo día 13 de octubre.

–¿Mil libras? ¿Has dicho mil libras esterlinas, Jimmy?

–Sí, hijito. ¡Ojalá no sea una broma, porque ni los príncipes ni los políticos, como reza la sabiduría popular, son de fiar! Así estamos. No me sobra tiempo, ya que el manuscrito ha perdido mucho tiempo buscándome. Es una pena. Acabo de preparar mi expedición al interior y he puesto el corazón en ella. No se me presentará jamás una ocasión como ésta.

–Jimmy, eres incurable. Mil libras en mano bien valen una tonelada de oro volando.

–Pero, ¿supón que sea un engaño? Bueno, aquí me tienes, con el pasaje pagado, camino de la Ciudad de El Cabo... y apareces tú.

Anthony se levantó y encendió un cigarrillo.

1. En francés en el original: *Volvamos a nuestros corderos*; literalmente con el sentido de: «y ahora volvamos a nuestras cosas habituales». (N. del T.)

–Adivino lo que pretendes, Jimmy. Tú corres tras el oro y yo cobro las mil libras esterlinas en representación tuya. ¿Cuál sería mi parte?

–¿Qué dices de una cuarta parte?

–¿Doscientas cincuenta libras, libres de impuestos?

–Exacto.

–Trato hecho; y te confieso, para que tus dientes rechinen, que hubiese ido por cien. Sabes, ¡oh, James McGrath!, la muerte no te atrapará en el lecho pensando en tu cuenta corriente.

–No me desdigo.

–Entonces, de acuerdo. Te pertenezco de pies a cabeza. ¡Brindemos por la ruina de la agencia de viajes Castle!

Los dos hombres bebieron solemnemente.

CAPÍTULO II

UNA MUJER EN APUROS

–Muy bien –dijo Anthony, depositando el vaso vacío en la mesa–. ¿En qué barco zarpabas?

–En el *Granarth Castle*.

–Navegaré como James McGrath, ya que el pasaje irá a tu nombre. Hace mucho tiempo que los pasaportes no nos preocupan.

–No hay riesgo. Tú y yo no nos parecemos, pero la descripción que da de nosotros vendrá a ser la misma: estatura, un metro ochenta; pelo castaño, ojos azules, nariz corriente, barbilla corriente...

–No tan corriente. La agencia Castle me eligió entre una nube de aspirantes especialmente por mi agradable presencia y distinguidas maneras.

Jimmy sonrió.

–Las noté esta mañana.

–¡Vete al infierno!

Anthony paseó a lo largo de la habitación, frunciendo el entrecejo. Al cabo de unos minutos, dijo:

–Stylptitch murió en París. En ese caso, ¿por qué enviarían el manuscrito de esta ciudad a Londres pasando por África?

Jimmy hizo un gesto de ignorancia.

–No lo sé.

–¿Por qué no hacer un bonito paquete y enviarlo por correo?

–Hubiera sido lo más sensato.

–Pero la etiqueta impide a los monarcas y altos funcionarios gubernamentales efectuar las cosas del modo más sencillo y directo –continuó Anthony–. Así nacieron los correos reales y todas esas historias. En la Edad Media, le dabas a un tipo un anillo con sello que le servía de «ábrete, sésamo». Bastaba su simple mención para abrirle todas las puertas, aunque comúnmente quien lo exhibía lo había robado. Me sorprende constantemente que algún sujeto despierto no se las ingeniara para copiar el anillo, hacer una docena y venderlos a cien ducados cada uno. En aquella época, no tenían iniciativa.

Jimmy bostezó.

–Puesto que mis comentarios sobre la Edad Media no te divierten, volvamos al conde Stylptitch. De Francia a Inglaterra, a través de África, me parece un procedimiento complicado, incluso para un diplomático. Si nuestro personaje pretendió asegurarse de que recibirías las mil libras, bien pudo legártelas en su testamento. A Dios gracias, ni tú ni yo somos lo suficiente orgullosos para hacer ascos al dinero, venga como venga. Por lo tanto, Stylptitch debía estar loco.

–Podemos sospecharlo, ¿verdad?

Anthony frunció el entrecejo y prosiguió sus paseos.

–¿Lo has leído? –preguntó de pronto.

–¿Qué?

–El manuscrito.

–¡Cielos, no! ¿Para qué?

Anthony sonrió.

–Sólo ha sido una pregunta, eso es todo. A veces, las indiscreciones de unas memorias dan lugar a escándalos. Gentes que durante toda su vida enmudecieron como ostras hallan un malicioso placer en el escándalo que causarán sus revelaciones después de su muerte. ¿Qué clase de hombre era el conde? Tú lo conociste, hablaste con él y eres un buen conocedor de la naturaleza humana. ¿Te pareció maligno y vengativo?

Jimmy movió la cabeza.

–¿Qué puedo decirte? La noche de marras estaba borracho y, al día siguiente, era un anciano distinguido y elegante que me aduló hasta que no supe adónde mirar.

–¿Dijo algo interesante durante su embriaguez?

Jimmy arrugó la frente, proyectando su memoria al pasado.

–Farfulló que sabía dónde se hallaba el Koh-i-noor –respondió titubeando.

–Como todo el mundo: en la Torre de Londres, tras gruesos vidrios y barrotes de hierro, vigilado por un grupo de caballeros de indumentaria pintoresca para que no robes nada.

–Eso es –asintió Jimmy.

–¿Añadió algo más? ¿Sabía, por ejemplo, en qué ciudad se encuentra la colección Wallace?

Jimmy sacudió la cabeza.

–¡Hum! –gruñó Anthony.

Encendió otro cigarrillo y volvió a recorrer la habitación.

–¿No lees los periódicos, bárbaro? –inquirió de improviso.

–De tarde en tarde –contestó McGrath–. Generalmente, no me interesan las noticias que publican.

–Yo, alabado sea Dios, soy más civilizado. La prensa ha mencionado últimamente a Herzoslovaquia, insinuando la posibilidad de que sea restaurada la monarquía.

–Nicolás IV no tuvo descendencia –indicó Jimmy–. Pero la dinastía Obolovitch no se habrá extinguido. Es más, probablemente tendría manadas de primos primeros, segundos y terceros.

–¿No habrá por tanto dificultad en encontrar un rey?

–Ni por asomo. No me asombra que se hayan cansado de las instituciones republicanas. A un pueblo como ése, ardiente y viril, le debe parecer una desgracia disparar contra presidentes después de liquidar monarcas. Y este comentario me trae a la memoria algo más de lo que dijo Stylptitch. Aseguró que los facinerosos pertenecían al grupo del Rey Víctor.

–¿Qué? –Anthony se volvió bruscamente.

Una sonrisa apareció por un momento el rostro de McGrath.

–Estás muy nervioso, Caballero Joe.

–No seas majadero, Jimmy. Acabas de decir algo importante.

Fue a la ventana y miró al exterior.

–Veamos, ¿quien es ese Rey Víctor? ¿Otro soberano balcánico? –indagó Jimmy.

–No, no es esa clase de monarca.

–¿Qué es entonces?

Hubo una pausa.

–Un malhechor, Jimmy –repuso finalmente Anthony–. El más famoso ladrón de joyas del mundo, un personaje fantástico e impávido al que nada asusta. El Rey Víctor... En París, le dieron el apodo. París era el centro de operaciones de su banda. Y en la misma ciudad lo capturaron y lo condenaron a siete años de cárcel por un delito menor. No consiguieron probar nada más contra él. Ya habrá cumplido su condena o estará a punto de cumplirla.

–¿Crees que el conde tuvo algo que ver en la captura y la banda quiso vengarse?

–No lo creo probable. El Rey Víctor, según mis informes, no robó las joyas reales de Herzoslovaquia; pero la situación inflama mi imaginación: la muerte de Stylptitch, las memorias... Los rumores, vagos pero interesantes, cuentan que se ha descubierto petróleo en aquella zona. Presiento, Jimmy, que el mundo va a interesarse mucho por Herzoslovaquia.

–¿Todo el mundo o una parte de él?

–El de los judíos, los financieros de la City.

–¿Qué pretendes con todas estas historias?

–El de complicar un trabajo fácil.

–¿No querrás decir que habrá obstáculos para entregar un simple manuscrito a una editorial?

–No, no lo creo –respondió Anthony, pesaroso–. ¿Te gustaría saber qué haré con mis doscientas cincuenta libras si llegan a mi poder?

–¿Irte a América del Sur?

–No, muchacho, a Herzoslovaquia. Quizás apoye a los republicanos y me encumbre como presidente.

–¿Por qué no te presentas como el heredero de los Obolovitch y te conviertes en soberano?

–Jimmy, los reyes son vitalicios y los presidentes ostentan el cargo cuatro años o poco más. Me divertiría gobernar un país como Herzoslovaquia durante cuatro años.

–Tengo entendido que los monarcas no llegan a tanto –comentó Jimmy.

–¿Me animas a que te estafe las mil libras? No las necesitarás cuando regreses cargado de pepitas de oro. Las invertiré por ti en la compra de acciones petrolíferas herzoslovacas. Tu idea me va entusiasmando a medida que reflexiono. No habría pensado en Herzoslovaquia de no mencionarlo tú. Estaré un día en Londres, recogeré el botín, y partiré en el Expreso de los Balcanes.

–No te librarás tan fácil. No he mencionado aún un encargo que quiero que hagas.

Anthony tomó asiento y le miró con severidad.

–¡Hum! Barrunté que me ocultabas algo. ¿Qué maquinas?

–Nada; nada más que ayudar a una mujer.

–De una vez por todas, Jimmy, me niego a intervenir en tus amoríos.

–No es un amorío. No conozco a la mujer. Te contaré toda la historia.

–Si tengo que sufrir otra de tus interminables y enrevesadas historias, será preferible que tome un trago.

Después de satisfacer la demanda, el anfitrión inició el relato.

–Ocurrió cuando estaba en Uganda. Había un latino al que le salvé la vida...

–Jimmy, te recomiendo que escribas un libro titulado *Las vidas que salvé*. Es la segunda que cuentas esta noche.

–En realidad, mi intervención en este caso no fue espectacular. Me limité a sacar al sujeto del río; como todos los latinos, no sabía nadar.

–Antes de que prosigas, dime: ¿se relacionan los dos asuntos?

–En absoluto. Sin embargo, recuerdo ahora que el individuo era herzoslovaco. Pero siempre le llamaban Pedro el Holandés.

Anthony asintió con indiferencia.

–Cualquier nombre es bueno para un latino –comentó–. Explícame tu obra de misericordia.

–Verás, el tipo estaba muy agradecido. Me seguía a todas partes como un perro. Seis meses después, cuando murió de unas fiebres, estuve a su lado. En el instante de pasar a mejor vida, me hizo unas señas y jadeó excitado algo sobre un secreto: una mina de oro, me pareció que decía. Luego, me puso en la mano un paquete envuelto en hule que siempre había llevado pegado a su piel. En aquel momento, no le concedí atención. No lo abrí hasta una semana más tarde y, entonces, te lo juro, mi curiosidad se excitó. ¡Hice mal! Debí comprender que Pedro el Holandés era incapaz de distinguir una mina de oro de una escupidera, pero supuse que la suerte...

–Y se aceleraron los latidos de tu corazón al pensar en las pepitas –interrumpió Anthony.

–Recibí un disgusto mayúsculo. ¡Bonita mina! Lo fue sin duda para aquel cerdo... ¿Sabes qué ocultaba el paquete? Cartas de una mujer, y nada menos que de una inglesa a la que aquella rata había explotado... ¡Y tuvo el descaro de legarme su inmundicia!

–Me gusta ver que tienes un corazón puro, Jimmy. No obstante, piensa que los latinos serán siempre latinos. Quiso beneficiarte. Le habías salvado la vida y te nombró heredero universal de su única fuente de ingresos. Tus elevados ideales británicos no entraban en su esquema.

–¿Qué demonios tenía que hacer con aquello? Mi primer impulso fue quemar el fajo de cartas. Luego, se me ocurrió que la desdichada no sabría que habían sido destruidas y que, por consiguiente, viviría con el alma en vilo, atemorizada por la posibilidad de que aquel latino reapareciera algún día.

–Tienes más imaginación de la que me pensaba, Jimmy –observó Anthony, encendiendo un cigarrillo–. La situación es, en efecto, más complicada de lo que aparenta. ¿Por qué no se las envías por correo?

–Porque, como todas las mujeres, no había puesto ni fecha ni dirección en la mayoría de las cartas. Sólo una contenía algo que, hasta cierto punto, puede considerarse como unas señas: un nombre, Chimneys.

Anthony se detuvo en el momento de soplar la cerilla, y después la arrojó con un rápido movimiento de muñeca cuando le chamuscó los dedos.

–¿Chimneys? –dijo–. Es bastante curioso.

–¿Por qué? ¿Te dice algo?

–Mi querido amigo, se trata de una de las mansiones más importantes de Inglaterra, centro de esparcimiento de soberanos y mentidero de diplomáticos.

–He ahí por qué me alegro de que me sustituyas. Dominas todas esas cosas –declaró con sencillez Jimmy–. Un pelagatos como yo, nacido en los bosques canadienses, incurriría en toda suerte de errores; tú, en cambio, educado en Eton y Harrow...

–Únicamente en uno de ellos –atajó modestamente Anthony.

–Lo llevarás a buen fin. ¿Preguntas por qué no se las envié? Me pareció peligroso. Por lo que leí deduje que tenía un marido celoso. ¿En qué lío la metería si él las abría por error? ¿Y si había muerto? Las cartas parecían haber sido escritas hacía tiempo. Por tanto, lo único factible era que alguien las llevase a Inglaterra y se las entregara en persona.

Anthony arrojó el cigarrillo. Se acercó a su amigo para palmearle la espalda con afecto.

–Eres un caballero andante, Jimmy. Los bosques de Canadá se enorgullecerán de ti. No conseguiré ponerme a tu altura.

–¿Aceptas la misión?

–Claro.

McGrath sacó de la cómoda un fajo de cartas, que depositó en la mesa.

–Aquí están. Valdría la pena que las leyeras.

–¿Lo crees oportuno? Preferiría abstenerme.

–Por lo que cuentas de Chimneys, ella debió estar de paso en la casa. La lectura quizás nos proporcione una pista sobre su domicilio.

–Tienes razón.

Repasaron las cartas sin encontrar lo que esperaban. Anthony las agrupó muy pensativo.

–¡Pobrecilla! –exclamó–. Tenía un miedo cerval.

Jimmy hizo un gesto afirmativo.

–¿Crees que podrás encontrarla? –preguntó ansioso.

–No me iré de Inglaterra sin conseguirlo. ¿Tanto te interesa esa desconocida, James?

Jimmy recorrió meditabundo la firma con el índice.

–Es un nombre muy bonito –se excusó–, *Virginia Revel*.

CAPÍTULO III

INQUIETUD EN LAS ALTAS ESFERAS

–Claro, mi querido amigo, claro –dijo lord Caterham.

Había empleado las mismas palabras tres veces y, en cada una de ellas, alimentó la esperanza de concluir la entrevista y poner pies en polvorosa. Le horrorizaba detenerse en la escalinata de su selecto club londinense, sobre todo para escuchar los inagotables torrentes oratorios del honorable George Lomax.

Clement Edward Alistair Brent, noveno marqués de Caterham, era un diminuto caballero de descuidada indumentaria y, en todos los aspectos, diferente de la concepción popular de cómo es un marqués. Tenía los ojos de un color azul desvaído, una delgada nariz melancólica y unos modales vagos pero corteses.

La principal desdicha de la existencia de Caterham había sido la de suceder a su hermano, el octavo marqués, cuatro años antes. Ese hombre notable había merecido su celebridad en todos los hogares británicos. Fue Secretario de Estado del Ministerio de Asuntos Exteriores, destacó en el gobierno del Imperio y su mansión campestre, Chimneys, cobró fama por su regia hospitalidad. Muy bien secundado por su esposa, hija del duque de Perth, los fines de semana de Chimneys sirvieron de telar en el que se urdió la Historia, y apenas había un solo personaje inglés o europeo que no hubiese descansado la cabeza en las almohadas de sus alcobas.

Nada tenía que objetar a ello el noveno marqués, quien respetaba y estimaba en grado sumo la memoria de su hermano. Henry había desempeñado su papel de forma magnífica. Lo que le dolía era la creencia general de que él debía marchar por la misma senda y que Chimneys pertenecía a la nación y no a un simple particular. Nada hastiaba más a lord Caterham que la política, como no fuesen los políticos; de ahí que le impacientara la avasalladora retórica de George Lomax, hombre robusto, inclinado al *embonpoint*, de faz rubicunda, ojos protuberantes y, además, muy pagado de sí mismo.

–¿Lo entiende, Caterham? Un escándalo de esa clase sería desastroso. La situación es muy delicada.

–Como siempre –dijo el aristócrata con una chispa de ironía.

–¿Y quién lo sabe mejor que yo?

–Claro, claro –exclamó lord Caterham, retrocediendo por cuarta vez a aquella línea defensiva.

–Nos perdería el menor desliz en la cuestión de Herzoslovaquia. Lo esencial es que las concesiones petrolíferas se otorguen a una compañía inglesa. ¿Lo comprende?

–Naturalmente.

–El príncipe Michael Obolovitch llegará este fin de semana. Lo más indicado sería que el asunto se discutiera en Chimneys, so pretexto de una partida de caza.

–Yo me proponía ir al extranjero esta semana –dijo lord Caterham.

–Tonterías, mi querido Caterham, nadie viaja al extranjero a principios de octubre.

–Mi médico asegura que estoy enfermo –objetó Caterham y miró anhelante a un taxi que pasaba.

La huida le estaba vedada, porque Lomax tenía el desagradable hábito de sujetar a sus interlocutores, sin duda el fruto de una larga experiencia. En este caso, asía vigorosamente por la solapa el abrigo del marqués de Caterham.

–Querido amigo, lo expresaré de forma mayestática. «En un instante de crisis nacional como la que se avecina... »

Caterham se movió intranquilo. De pronto pensó que era preferible celebrar incontables fiestas, antes que escuchar a Lomax citar sus propios discursos. Sabía por experiencia que Lomax era capaz de hablar durante veinte minutos sin interrupción.

–De acuerdo, acepto –interrumpió–. Usted se encargará de todo, ¿verdad?

–Mi querido amigo, no hay nada que arreglar. Chimneys, aparte de su gloriosa historia, goza de una situación ideal. Yo estaré en la abadía, a menos de siete millas de distancia; porque, desde luego, no sería correcto que me incorporase al grueso de los invitados.

–Claro, claro –convino Lord Caterham sin la más mínima noción del porqué no sería correcto y sin deseos de averiguarlo.

–¿Le molestaría hospedar a Bill Eversleigh? Será útil como mensajero.

–Encantado –afirmó Caterham algo más animado–. Bill es un buen tirador y Bundle simpatiza con él.

–La cacería no tiene importancia. Sólo es un pretexto, por decirlo así.

El marqués volvió a deprimirse.

–El grupo lo compondrán el príncipe, sus asistentes, Bill Eversleigh, Herman Isaacstein...

–¿Quién?

–Herman Isaacstein, representante del sindicato de que le he hablado.

–¿Un sindicato británico cien por cien?

–Sí. ¿Por qué?

–¡Oh, por nada! Me ha sorprendido, eso es todo. Hay nombres ingleses muy extraños.

–Y en fin, dos o tres personas al margen del asunto que proporcionen a la reunión una apariencia inocente. Lady Eileen podría invitar a algunos jóvenes ingenuos sin criterio político.

–Bundle lo hará de mil amores.

–¡Ah, por cierto! –dijo Lomax, como si acabara de tener una idea–. ¿Recuerda lo que acabo de decir?

–Ha hablado usted de tantas cosas...

–Me refiero a ese desdichado *contratemps*... –Lomax convirtió su voz en un misterioso susurro–, a las memorias, las del conde Stylptitch.

–Creo que anda desencaminado –contestó lord Caterham y dominó un bostezo–. A la gente le gustan los escándalos. Yo mismo leo memorias y me divierto.

–No se trata de que la gente las lea o no. Indudablemente, las devorarán, pero su publicación en esta coyuntura tal vez arruinaría nuestros proyectos. El pueblo de Herzoslovaquia desea restaurar la monarquía y se dispone a ofrecer la corona al príncipe Michael, que tiene el apoyo y el aliento del gobierno de Su Majestad...

–Y que ha decidido conceder unas concesiones petrolíferas a Mr. Ikey Hermanstein & Company, en compensación del millón y pico que le presta para sentarse en el trono...

–¡Caterham! ¡Caterham! –imploró angustiado Lomax–. Discreción, se lo suplico; discreción sobre todo.

–Y la verdad es que –prosiguió divertido el marqués, aunque bajó la voz para complacer al otro–, una parte de esas memorias de Stylptitch tal vez den al traste con sus bien trabados propósitos. Quizás demuestren la tiranía y la caprichosa conducta de los Obolovitch, ¿verdad? Habrá interpelaciones en la Cámara de los Comunes: ¿Por qué se sustituye la actual forma de gobierno, comprensiva y democrática, por una autocracia pasada de moda? ¿Dictan la política los capitalistas chupasangre? Abajo el gobierno y todas esas cosas ¿Me equivoco?

–No –confesó Lomax–. ¡Si sólo fuera eso! Imagine, aunque sólo sea por un momento, que se aluda a esa infortunada desaparición... ya sabe cuál.

Lord Caterham lo miró con los ojos muy abiertos.

–No, no lo sé. ¿Cuál?

–¿Lo ignora? Pero, hombre, si sucedió mientras estaban en Chimneys. Henry se vio en ese aprieto que casi arruinó su carrera.

–Aviva usted mi interés –dijo lord Caterham–. ¿Quién o qué desapareció?

Lomax se inclinó hasta que sus labios quedaron a un centímetro de la oreja del marqués. Éste retrocedió velozmente.

–¡Por Dios! No me susurre al oído.

–¿Me ha entendido?

–Sí –admitió Caterham de mala gana–. Ahora me acuerdo. Fue un asunto en extremo curioso. ¿Quién sería? ¿No lo recuperaron?

–Jamás. Tuvimos que proceder con suma cautela para que nada trascendiera. Pero Stylptitch era uno de los presentes. Barruntó algo, pero no todo. Tuvimos algunas disputas cuando negociamos con él un par de veces la cuestión turca. Puede que se haya tomado un malicioso desquite, incluyendo el caso en sus memorias. Expuestas éstas al mundo, comprenderá usted las dimensiones del escándalo y sus dolorosos resultados. Todos se preguntarán ¿por qué se silenció?

–Sería lo lógico –dijo lord Caterham, cuya fruición era evidente.

Lomax, que casi hablaba a gritos, se contuvo.

–¡Calma, calma! No debo perder la cabeza –murmuró–. Pero respóndame, mi apreciado amigo: si no se proponía turbarnos, ¿por qué envió el manuscrito a Londres dando un rodeo tan grande?

–Es raro, ciertamente. ¿Está seguro de ello?

–Por completo. Tenemos un agente en París. Las memorias fueron enviadas en secreto semanas antes de su defunción.

–Sí, sí; ha de haber algo podrido –dijo lord Caterham con la misma complacencia de antes.

–Averiguamos que las trae un individuo llamado Jimmy o James McGrath, un canadiense que reside en África.

–Todo el Imperio está implicado, ¿verdad? –comentó alegremente el marqués.

–James McGrath llegará mañana, jueves, en el *Granarth Castle*.

–¿Qué piensa hacer?

–Abordarle al instante, revelándole las peligrosas consecuencias de su publicación, y rogarle que retrase, por lo menos un mes, la entrega del manuscrito o, en el peor de los casos, que consienta una edición «juiciosa» de las mismas.

–¿Y si contesta «No, señor» o «Váyase al infierno» o algo por el estilo? –inquirió lord Caterham.

–Esa posibilidad es la que me asusta –admitió Lomax con toda sinceridad–. Por eso se me acaba de ocurrir la conveniencia de invitarlo a Chimneys. Le halagará conocer al príncipe Michael y será más fácil manejarlo.

–Me niego –replicó el marqués en el acto–. Nunca me gustaron los canadienses, especialmente los que llevan viviendo mucho tiempo en África.

–Seguramente será un hombre espléndido, un diamante en bruto.

–No, Lomax; me niego rotundamente. No hay que exagerar. Que algún otro se encargue de él.

–Se me ha ocurrido que una mujer nos resultaría sumamente útil. La aleccionaríamos convenientemente, ni mucho ni poco, ya me entiende usted. Una mujer podría manejar este asunto con mucha delicadeza y tacto. Le expondría la situación, tal como es, sin irritarle. Desde luego, no apruebo la intervención femenina en la política, pero las mujeres hacen maravillas en su propia esfera. Acuérdese de la esposa de Henry y de cuánto le ayudó. Marcia fue una anfitriona soberbia, única.

–¿Desea que la invite a la cacería? –preguntó Caterham, que había palidecido ante la mención de su temible cuñada.

–No, no me interprete mal, por favor. Hablaba de la influencia del bello sexo en general. Pensaba en una joven encantadora, bella e inteligente.

–¿En Bundle? Mi hija no le serviría para nada. Es una socialista de armas tomar. Se moriría de risa al oír tamaña proposición.

–Lady Eileen no entra en mis cálculos. Su hija, Caterham, es deliciosa, pero muy joven. Necesitamos una mujer con *savoir faire*, algo mundana... ¡Ya la tengo! Mi prima Virginia.

–¿Mrs. Revel? –exclamó el marqués, lleno de ánimo, presintiendo que acabaría por divertirse–. Magnífica idea, Lomax. Es la mujer más atractiva de Londres.

–Conoce al dedillo los asuntos herzoslovacos porque su marido perteneció a la embajada británica en aquel país. Y, como usted dice, una mujer de gran encanto personal.

–¡Una criatura deliciosa! –murmuró lord Caterham.

–Asunto concluido, entonces.

Mr. Lomax aflojó la presión sobre la solapa de lord Caterham, y el noble aprovechó la ocasión en el acto.

–Adiós, Lomax. Haga lo que quiera.

El marqués se abalanzó hacia un taxi. En la medida en que es posible que un digno caballero cristiano aborrezca a otro digno caballero cristiano, lord Caterham detestaba al honorable George Lomax. Desdeñaba su gruesa faz rubicunda, su ruidosa respiración y sus prominentes y serios ojos azules. Suspiró al pensar en el fin de semana. ¡Qué tormento, Dios mío! ¡Qué tormento! Cruzó por su mente la imagen de Virginia Revel.

–Una joven deliciosa –murmuró para sí–. La más hechicera que conozco.

CAPÍTULO IV

UNA DAMA ENCANTADORA

George Lomax regresó a Whitehall. Al entrar en el suntuoso despacho donde administraba los asuntos de Estado, percibió un ruido como de un roce.

El joven Bill Eversleigh archivaba cartas, pero la amplia butaca, colocada al pie de la ventana, conservaba aún el calor de un cuerpo humano.

Bill era un muchacho muy agradable. Su edad aparente frisaba los veinticinco años; era alto, de movimientos desmañados. Tenía facciones de atractiva fealdad, una magnífica dentadura y ojos castaños de mirada honesta.

–¿Ha enviado Richardson su informe?

–No, señor. ¿Insisto?

–No importa. ¿Han telefoneado?

–Miss Oscar tomó los recados. Mr. Isaacstein desearía saber si usted puede comer con él mañana en el Savoy.

–Ordene a miss Oscar que compruebe mi agenda. Si estoy libre, puede aceptar la invitación.

–Bien, señor.

–Y de paso, Eversleigh, telefonee a Mrs. Revel; Pont Street, 487. Encontrará el número en la guía telefónica.

Bill abrió el listín, recorrió sin mirar con el índice una columna de la letra correspondiente, cerró el volumen y cogió el teléfono. Con él en la mano, se detuvo como si recordase algo.

–Señor, ahora recuerdo que la línea de Mrs. Revel está averiada. Hace unos minutos intenté llamarla sin conseguir comunicación.

–¡Qué contrariedad! –farfulló Lomax. Frunció el entrecejo mientras tamborileaba indeciso en el escritorio.

–Puedo ir a su casa ahora mismo en un taxi, si es importante. Estará allí a esta hora de la mañana.

George Lomax caviló durante algún tiempo. Bill aguardó de puntillas, presto a correr si la decisión era afirmativa.

–Será lo mejor –declaró al fin Lomax–. Vaya en taxi. Pregúntele a Mrs. Revel si podrá recibirme esta tarde, a las cuatro. Quiero consultarle algo muy importante.

–Muy bien, señor.

Bill cogió su sombrero y salió.

Diez minutos más tarde, un taxi le dejaba ante el número 487 de Pont Street. Pulsó el timbre y comenzó a dar aldabonazos. Un criado muy serio abrió la puerta. Bill lo saludó con la familiaridad de viejos conocidos.

–Buenos días, Chilvers. ¿Está la señora?

–Creo, señor, que se dispone a salir.

–¿Eres tú, Bill? –preguntó una voz desde la escalera–. He reconocido tus fuertes aldabonazos. Sube.

Bill levantó los ojos hacia el risueño rostro asomado en lo alto de la escalera, que tenía la virtud de reducirlo, y no sólo a él, a un estado de completa incoherencia verbal. Salvó los peldaños de dos en dos y estrujó la mano que la joven le tendía.

–Hola, Virginia.

–Hola, Bill.

El encanto es una cosa muy peculiar. Centenares de mujeres, algunas más bellas que Mrs. Revel, podrían haber dicho la misma frase y con el mismo tono sin producirle ningún efecto. Aquellas dos sencillas palabras, en boca de Virginia, embriagaron a Bill.

Virginia Revel tenía veintisiete años. Era alta, de una esbeltez exquisita; un poema dedicado a su esbeltez hubiera estado sobradamente justificado. El pelo broncíneo poseía el matiz verdoso del oro, la barbilla indicaba decisión, la nariz era perfecta, los ojos achinados permitían atisbar, a través de los párpados entornados, un azul intenso y su indescriptible boca se arqueaba en las comisuras con la forma denominada «señal de Venus». Era el suyo un rostro muy expresivo; de su persona irradiaba una vitalidad que llamaba la atención. Habría sido imposible pasar por alto a Virginia Revel.

Condujo a su visitante a una salita malva pálido, verde y amarillo, como azafranes descubiertos en un prado.

–¿No te echan de menos en el ministerio? Creía que no podían prescindir de ti.

–Me envía «El besugo».

Así llamaba el irreverente Bill a su jefe.

–Otra cosa, Virginia. Recuerda que tu teléfono estaba averiado esta mañana.

–No es verdad.

–Ya lo sé; le mentí.

–¿Por qué? Explícame esa artimaña tan propia del Foreign Office.

Bill le reprochó esas palabras con la mirada.

–Para venir aquí y verte, desde luego.

–¡Qué tonta soy! ¡Y qué amable eres tú!

–Chilvers me dijo que ibas a salir.

–Sí, voy un momento a Sloane Street, donde venden unas fajas estupendas.

–¿Fajas?

–Sí, Bill, f–a–j–a–s, algo que nos aprieta en las caderas. Lo oculta la falda.

–Me avergüenzo de ti, Virginia. No debes describir tus prendas interiores a un hombre joven con el cual no estás emparentada. No es delicado.

–Pero, Bill, todos tenemos caderas, aunque nosotras las pobres mujeres hacemos lo indecible para disimularlas. La faja es de goma roja, llega a las rodillas y es imposible caminar con ella.

–¡Espantoso! ¿Por qué lo haces?

–Porque es un sentimiento tan noble sufrir por nuestra figura. Basta ya de hablar de fajas. Dame el recado de George.

–Le interesa saber si estarás en casa a las cuatro de esta tarde.

–No estaré. Voy a Ranelagh. ¿A qué se debe tanta formalidad? ¿Se me va a declarar?

–No me extrañaría.

–En ese caso, comunícale que prefiero a los hombres que se declaran impulsivamente.

–¿Como yo?

–En ti no es impulso, Bill, es una costumbre.

–Virginia, ¿cuándo...?

–No, no. no. Bill; antes de comer, no. Intenta pensar en mí como en una madre que se interesa por cuanto te concierne.

–¡Te amo tanto, Virginia!

–Lo sé, Bill, lo sé. Me gusta que me amen. ¿Verdad que es horrible y perverso de mi parte? Me entusiasmaría que todos los hombres atractivos del mundo se enamorasen de mí.

–La mayoría lo están, supongo –dijo sombrío Bill.

–Espero que George no sea uno de ellos. En el fondo, no lo creo. Está casado con su carrera. ¿Que más dijo?

–Sólo que era muy importante.

–Me intrigas. Lo que George considera importante es tan limitado. Sacrificaré a Ranelagh. Después de todo puedo ir cualquier día. Dile a George que le aguardaré obediente a las cuatro de la tarde.

Bill consultó su reloj.

–No merece la pena volver antes del almuerzo. Comamos juntos, Virginia.

–Estoy citada no sé con quién.

–¡Qué más da! Puesta a renunciar...

–Seria encantador –sonrió Virginia.

–Eres incomparable. Te gusto, ¿verdad? ¿Te gusto más que otros?

–Te adoro, Bill. Si tuviera que casarme con alguien, si, como en las novelas, un mandarín malo me dijera: «Cásate o te torturaremos», te elegiría sin vacilación. Diría: «Busquen a mi pequeño Bill.»

–Pues...

–Pero no me obligan a casarme y me gusta ser una viuda perversa.

–Yo no te molestaría; podrías ser libre, frecuentar el trato con tus amigos... No me notarías en casa.

–No lo entiendes, Bill. Soy de las que se casan entusiasmadas si es que se casan.

Bill gimió.

–Un día me pegaré un tiro –murmuró lúgubremente.

–Te equivocas. Invitarás a cenar a una linda muchacha, como la otra noche.

Mr. Eversleigh se sonrojó.

–Si te refieres a Dorothy Kirkpatrick, la actriz de «Anzuelos y ojos», pues... ¡Maldición! Es una chica muy buena, muy virtuosa. No tenía ninguna mala intención.

–Claro que no, querido. Me alegro de que te diviertas; pero no finjas hacerlo con el corazón destrozado.

Mr. Eversleigh recobró su dignidad.

–No lo entiendes, Virginia –afirmó severo–. Los hombres...

–Son polígamos, lo sé. Algunas veces tengo la fuerte sospecha de que me entusiasma la poliandria. Si de veras me amas, Bill, llévame a almorzar ahora mismo.

CAPÍTULO V

PRIMERA NOCHE EN LONDRES

Los proyectos mejor meditados a menudo tienen un punto débil. George Lomax sólo cometió un error: había un punto débil en los preparativos. El punto débil era Bill.

Bill Eversleigh era un muchacho estupendo. Jugaba bien al criquet y en el golf era handicap uno; se distinguía por sus elegantes maneras y buen carácter; pero debía su cargo en el ministerio más a sus amistades que a su cerebro. Desempeñaba honradamente sus labores, consistentes en obedecer a George, y no tenía ninguna responsabilidad ni iniciativa propia. Su trabajo se reducía a acudir inmediatamente cuando su superior lo llamaba, recibir a las personas poco importantes, efectuar encargos y hacerse útil en una porción de menesteres secundarios. Lo ejecutaba todo con suma puntualidad. En ausencia de George, se acomodaba en el sillón más confortable, con las piernas estiradas y leía revistas deportivas; es decir, hacía honor a una tradición de siglos.

Acostumbrado a encargarle los recados, George lo envió a las oficinas de la Union Castle a averiguar cuándo llegaba el *Granarth Castle.* Como muchos ingleses bien educados, Bill poseía una voz agradable y apenas audible. Un profesor de fonética le hubiese rectificado la pronunciación de la palabra *Granarth.* Sonó a cualquier cosa y el empleado entendió *Cranfrae.* El *Cranfrae Castle* se esperaba el jueves siguiente, y así lo comunicó. Bill dio las gracias y salió. George Lomax aceptó la información y, de acuerdo con ella, hizo sus planes. Desconocedor de todo lo concerniente a los numerosos barcos Castle, dio por sentado que James McGrath llegaría en la fecha indicada.

Así pues, le hubiese sorprendido saber que, en el momento en que aferraba la solapa de lord Caterham en la escalinata del club el miércoles por la mañana, el *Granarth Castle* había entrado la misma tarde anterior en el puerto de Southampton.

A las dos de aquella tarde, Anthony Cade, bajo el nombre de James McGrath, se apeó en la estación de Waterloo, tomó un taxi y ordenó al conductor, tras una leve vacilación, que le llevase al Hotel Blitz.

«No renunciaré a las comodidades», se dijo Anthony mientras miraba interesado por las ventanillas del vehículo.

Habían transcurrido exactamente catorce años desde su última estancia en Londres.

Después de reservar una habitación en el hotel, fue a pasear unos minutos a lo largo del Embankment. Le alegraba hallarse de nuevo en la ciudad. Había cambiado, naturalmente. Poco más allá del puente de Blackfriars hubo antaño un pequeño restaurante que había frecuentado con otros muchachos serios. En aquella época, era socialista y hasta había usado corbata roja. Era joven, muy joven.

Volvió sus pasos hacia el Blitz. Un hombre tropezó con él en la calzada y lo tiró casi al suelo. Recobraron ambos el equilibrio y el hombre se excusó mientras lo examinaba detenidamente. Era bajo, macizo, parecía un trabajador y tenía un cierto aire extranjero.

Anthony entró en el hotel preguntándose a qué obedecería el escrutinio. A nada, seguramente. Su rostro moreno, destacando entre los pálidos londinenses, habría producido curiosidad. Una vez en su habitación, obedeció al repentino impulso de contemplarse en el espejo. ¿Lo reconocería uno de sus contados amigos de los viejos tiempos si se lo encontrara cara a cara? Negó despacio con la cabeza.

A su partida de Londres, a los dieciocho años, era rubio, gordezuelo, un muchacho de falaz expresión seráfica. ¿Quién lo reconocería en el actual hombre delgado y curtido, y de expresión burlona?

Sonó el teléfono en la mesita de noche.

–¿Diga?

Le respondió la voz del empleado del vestíbulo.

–¿Mr. James McGrath?

–Al habla.

–Un caballero solicita verlo.

Anthony se asombró.

–¿Verme? ¿A mí?

–Sí, señor; un extranjero.

–¿Cómo se llama?

Hubo un silencio.

–Le envío inmediatamente su tarjeta.

Anthony esperó. Dos minutos después, llamaron a la puerta y un botones le ofreció una tarjeta en una bandejita.

Anthony la tomó. Llevaba grabado el siguiente nombre:

Barón Lolopretjzyl

Comprendió el silencio del empleado.

Consideró la cartulina unos segundos antes de tomar una decisión.

–Dígale que suba.

–Muy bien, señor.

–¡Admirable!

Al cabo de unos minutos el barón Lolopretjzyl entró en la habitación. Resultó ser un hombre gigantesco, calvo y de copiosa barba negra, peinada en abanico.

Juntó los talones con un chasquido y se inclinó.

–Mr. McGrath –dijo.

Anthony procuró imitar sus movimientos.

–Barón... –respondió, y adelantó una silla–. Siéntese, por favor. Creo no haber tenido el placer de conocerle.

–En efecto –contestó el barón mientras se sentaba, y agregó cortésmente–: Y lo lamento.

–Yo también –aseguró Anthony en el mismo tono.

–Vamos al asunto. Represento en Londres al Partido Legitimista de Herzoslovaquia.

–Y seguro que lo hace de una manera admirable –murmuró Anthony.

El barón hizo una reverencia.

–Usted amable en exceso –dijo, envarado–. Mr. McGrath, nada ocultaré. Ha llegado el momento de restauración de la monarquía, de luto desde el martirio de Su Graciosa Majestad el rey Nicolás IV, de bendita memoria.

–Amén –murmuró Anthony–. Perdón. ¡Bravo, bravo!

–En el trono se colocará a Su Alteza el príncipe Michael, que el apoyo del gobierno británico tiene.

–¡Espléndido! Le agradezco que me informe de ello.

–Absolutamente todo arreglado estaba... cuando usted vino la situación a turbar.

El barón le miró severo.

–Mi querido barón –protestó Anthony.

–Sí, sí, no desvariar. Usted poseer las memorias del difunto conde Stylptitch.

El barón le acusó con la mirada

–¿Y qué? ¿Qué tienen que ver las memorias del conde Stylptitch con el príncipe Michael?

–Producirán escándalo.

–Como casi todas –replicó Anthony, apaciguador.

–De muchos secretos conocimiento tuvo. Si se revelase la cuarta parte, Europa abismada en la guerra se vería.

–Venga, venga –dijo Anthony–. No será para tanto.

–Una opinión desfavorable de los Obolovitch en el extranjero se divulgaría. Tan democrático es el espíritu inglés.

–Sé que los Obolovitch quizá se pasaron de la raya de vez en cuando –dijo Anthony–, porque lo llevan en la sangre; pero los ingleses esperan esa conducta en los Balcanes. Ignoro por qué, pero es así.

–No entenderlo, no entenderlo –exclamó el barón y suspiró–. Mis labios sellados están.

–¿Qué le asusta concretamente?

–Hasta que las memorias lea, no lo sabré –explicó con sencillez el barón–. Pero tiene algo que haber. Los grandes diplomáticos siempre indiscretos fueron. Habrá problemas.

–Oiga –dijo amablemente Anthony–. No permita que le domine

el pesimismo. Los editores reflexionan sobre los manuscritos, los empollan como si fueran huevos. Tardarán un año por lo menos en publicar éste.

–Un joven muy astuto o muy inocente es usted. Se ha dispuesto que las memorias en un periódico dominical aparezcan inmediatamente.

–¡Ah! –exclamó Anthony, un tanto sorprendido–. Queda siempre el recurso de desmentir las revelaciones como calumniosos infundios –añadió con un toque de esperanza.

El barón sacudió tristemente la cabeza.

–No, no; a tontas y a locas habla. Al grano vamos. Mil libras ha de cobrar, ¿verdad? Ya ve usted, bien informado estoy.

–Felicito al servicio secreto de los leales.

–Y yo mil quinientas ofrezco.

Anthony negó con la cabeza, sin cerrar la boca, abierta por el asombro.

–Lo siento, pero no es posible –respondió apesadumbrado.

–Bien. Dos mil ofrezco.

–Me tienta usted, barón, pero continúa siendo imposible.

–Su precio diga entonces.

–Temo que no entiende en absoluto mi situación. Creo que usted pertenece al bando de los ángeles y que las memorias pueden perjudicar su causa. Sin embargo, debo terminar la misión que se me encomendó, sin escuchar las voces de sirena que suenen a mi lado. No sería decente.

El barón le escuchó con atención. Cuando acabó el discurso de Anthony, asintió varias veces.

–Ya lo veo. El honor de caballero inglés.

–Nosotros lo expresamos de otro modo, pero salvada la diferencia de vocabulario, viene a ser lo mismo.

El barón se levantó.

–Mucho el honor inglés respeto –anunció–. Otro sistema probaremos. Buenos días.

Dio un taconazo, se inclinó y se fue muy erguido.

«¿Qué habrá querido decir?», reflexionó Anthony. «¿Será una amenaza? En fin, Lollipop no me asusta. El nombre le sienta bien. En adelante, le llamaré barón Lollipop[2].»

Se paseó por la habitación indeciso sobre lo que haría. Faltaba poco más de una semana para la fecha estipulada para la entrega del manuscrito. Era el 5 de octubre. Anthony no pretendía anticiparla. Y ciertamente, sentía una avidez febril por leer las memorias, tarea que había retrasado a causa de un ataque de fiebre que le acometió en el barco y que le restó ánimos para descifrar la letra, garrapateada a mano hasta lo ilegible. No había ni un solo trozo mecanografiado. Ahora estaba más decidido que nunca a saber a qué venía tanto jaleo.

Además estaba el otro encargo.

Cogió la guía telefónica y buscó el apellido Revel. Había seis personas con ese nombre: Edward Henry Revel, cirujano en Harley Street; James Revel & Cía., talabarteros; Lennox Revel, en Abbotbury Mansions de Hampstead; miss Mary Revel, domiciliada en Ealing; la honorable Mrs. Timothy Revel, de Pont Street, número 487; y miss Willis Revel, de Plaza Cadogan, 42. Eliminados los talabarteros y miss Mary Revel, le quedaban cuatro nombres, asumiendo la hipótesis de que la dama residiera en Londres. Cerró la guía.

–Lo dejaré al azar –dijo en voz alta–. Por lo general, siempre ocurre alguna cosa.

La suerte de los Anthony Cade de este mundo se deba quizás en su fe en ella. Media hora después, mientras pasaba las páginas de una revista, halló lo que buscaba. La duquesa de Perth había organizado una fiesta de la que se publicaba información gráfica. Al pie de la fotografía central, la de una mujer vestida de egipcia, se incluía el epígrafe:

La Honorable Mrs. Timothy Revel representando a Cleopatra. Mrs. Revel era la honorable Virginia Cawthorn, hija de lord Edgbaston.

Anthony contempló un buen rato la fotografía, modulando un silencioso silbido. Luego arrancó la página y se la guardó en un bolsillo.

2. *Lollipop* significa piruleta *(N. del T.)*

Subió a su habitación, sacó las cartas de la maleta y metió la página debajo el cordel que las sujetaba.

Un inesperado ruido hizo que se volviera rápidamente. En la puerta había un personaje que parecía escapado del reparto de una ópera bufa: un hombre siniestro, de cabeza cuadrada y brutal, cuyos labios se plegaban en una malvada sonrisa.

–¿Qué diablos hace aquí? –preguntó Anthony–. ¿Quién le dejó subir?

–Entro donde me place –respondió el desconocido con una voz gutural, extranjera, aunque hablaba inglés con soltura.

«Otro latino», pensó Anthony.

–De acuerdo. Ahora lárguese –dijo en voz alta.

El hombre tenía fijos los ojos en el paquete de cartas que Anthony había recogido.

–No me retiraré sin llevarme lo que he venido a buscar.

–¿Y es...?

El individuo avanzó un paso.

–Las memorias del conde Stylptitch –siseó furioso.

–¿Cómo quiere que lo tome en serio? –sonrió Anthony–. Es usted el perfecto villano. ¿Quién le envía? ¿El barón Lollipop?

–¿El barón...? –El hombre agregó una retahíla de palabras integradas por ásperas consonantes.

–¿Se pronuncia así? ¿Como si hiciera gárgaras ladrando? Soy incapaz de repetirlo; le continuaré llamando Lollipop. Así que le mandó él, ¿verdad?

No sólo obtuvo una vehemente negativa, sino que su visitante escupió incluso de una manera muy convincente. Después sacó un papel del bolsillo y lo arrojó sobre la mesa.

–Mire... ¡y tiemble, maldito inglés!

Anthony cumplió interesado la primera parte de la orden. En el papel aparecía pintada en rojo el burdo perfil de una mano.

–Parece un miembro humano; pero estoy dispuesto a conceder que es una visión cubista de una puesta de sol ártica.

–Es el símbolo de los Camaradas de la Mano Roja. Soy un camarada de la Mano Roja.

–¡No me diga! –dijo Anthony, estudiándolo con exagerada atención–. ¿Sus cofrades se le parecen? ¿Qué opina de usted la Sociedad Eugénica?

El hombre se enfureció.

–¡Perro, más que perro! ¡Esclavo a sueldo de una monarquía decadente! Déme las memorias y no sufrirá daño alguno. Tanta es la clemencia de la hermandad.

–Rasgo que les honra, pero tanto ellos como usted andan desencaminados. Tengo instrucciones de entregar el manuscrito, no a su admirable sociedad, sino a ciertos editores.

–¡Bah! ¿Sueña con llegar vivo a sus oficinas? ¡Basta de charla! Los papeles o disparo...

El individuo blandió un revólver.

Aquí juzgó mal a Anthony Cade. No estaba acostumbrado a enfrentarse con adversarios que actuaban con la misma celeridad, o quizás incluso más rápido que el pensamiento. Anthony no aguardó a que el arma le amenazara. Casi en el mismo momento en que el otro sacó el arma del bolsillo, Anthony se lo arrancó de la mano. El puñetazo hizo girar al hombre, que quedó de espaldas a su enemigo.

La ocasión era excelente; un certero y vigoroso puntapié de Anthony envió al conspirador al pasillo, a través del hueco de la puerta, transformado en un revoltijo de brazos y piernas.

Anthony siguió su trayectoria, pero el camarada de la Mano Roja ya tenía suficiente. Se incorporó y escapó corredor abajo. Anthony no le persiguió, sino que regresó a la habitación.

–Fin de los Camaradas de la Mano Roja –murmuró Anthony–. Gente pintoresca que no resiste la acción directa. ¿Cómo se metió aquí? Algo resulta claro: mi misión no será tan fácil como creía. Me he indispuesto con los monárquicos y con los revolucionarios. Pronto, supongo, los nacionalistas y los independentistas liberales me mandarán una delegación. Una cosa está bien clara. Esta misma noche empezaré la lectura del manuscrito.

Una ojeada a su reloj le indicó que se aproximaban ya las nueve y optó por cenar en la habitación. No esperaba más sorpresas, pero le convenía mantenerse en guardia. No pensaba permitir que registrasen la maleta mientras comía en el restaurante. Pidió la carta, eligió un par de platos y una botella de Chambertin. El camarero se fue con el encargo.

Mientras llegaba la cena, sacó el manuscrito y lo depositó en la mesa, junto a las cartas.

Tras llamar previamente a la puerta, reapareció el camarero con una mesita portátil y los cubiertos. Anthony había retrocedido hasta la chimenea, cuyo espejo, al que miraba distraídamente, le reveló un hecho curioso.

El camarero contemplaba el paquete del manuscrito como si sus ojos se hubieran prendido en él. De vez en cuando, miraba de soslayo a Anthony mientras se movía alrededor de la mesa; le temblaban las manos y se humedecía los labios con la lengua. Anthony lo examinó interesado. Era alto, esbelto, como la mayoría de los camareros, de rostro bien afeitado y expresivo. Un italiano, se dijo el joven, no un francés.

Anthony giró en el instante crítico, sobresaltando al camarero, que simuló ocuparse de las vinagreras.

–¿Cómo se llama usted? –preguntó Anthony.

–Giuseppe, monsieur.

–Italiano, ¿verdad?

–Sí, monsieur.

Anthony le dirigió la palabra en su idioma materno y el camarero respondió con soltura. Por fin le despidió con un ademán, pero mientras comía la excelente cena que le había servido Giuseppe, pensaba a toda máquina.

¿Se había equivocado? ¿El interés de Giuseppe por el paquete obedecía a una inocente curiosidad? Tal vez. No obstante, el recuerdo de la intensa emoción del hombre lo desmentía. Anthony se sintió interesado.

«Maldita sea», se dijo. «No puede ser que todo el mundo quiera el dichoso manuscrito. Quizá son imaginaciones mías.»

Acabada la cena y retirada la mesa, se aplicó a la lectura de las memorias, en las que progresó lentamente a causa de la enrevesada letra del difunto conde. Los bostezos de Anthony se sucedieron con delatora generosidad. Al final del cuarto capítulo se dio por vencido.

Hasta entonces, las memorias eran un dechado de aburrimiento sin el menor asomo de escándalo moral o político.

Reunió las cartas, las envolvió en el papel del manuscrito y las metió en su maleta. Después echó la llave a la puerta, en la que también por cautela apoyó una silla. En la silla colocó una jarra de la mesita de noche llena de agua.

Después de repasar con orgullo tales disposiciones, se acostó y acometió de nuevo la lectura de las memorias de Stylptitch; pero le pesaban tanto los párpados, que guardó las cuartillas debajo de la almohada, apagó la luz y se durmió inmediatamente.

Cuatro horas más tarde se despertó de improviso. ¿Qué le había desvelado? Quizás un ruido, quizás el agudo instinto ante el peligro que se desarrolla en los hombres de existencia azarosa.

Trató, inmóvil, de concretar sus impresiones. Percibió un roce sigiloso y notó entonces una negrura más densa que la reinante entre él y la ventana, en el suelo, junto a la maleta.

Se levantó de un salto al mismo tiempo que encendía la luz. Una persona se incorporó del suelo desde el lugar en que estuviera arrodillada.

Era Giuseppe, el camarero. Un cuchillo, largo y delgado, brilló en su mano derecha. Se abalanzó contra Anthony, cuyos sentidos se hallaban ya totalmente despiertos. Estaba desarmado y Giuseppe parecía un maestro en el empleo del arma blanca.

Anthony se apartó de un salto y Giuseppe falló la puñalada. Los dos hombres se revolcaron en el suelo. La fuerza de Anthony se concentró en retorcer el brazo que tenía el cuchillo. La mano libre del camarero se cerró en su laringe, asfixiándolo lentamente. Sin embargo, con un esfuerzo desesperado, consiguió doblarle el brazo derecho.

El cuchillo resonó en el suelo. El italiano retorció el cuerpo de pronto y se zafó de los brazos de su enemigo. Anthony se lanzó hacia la puerta con el propósito de interceptarle la retirada. Demasiado tarde descubrió que la silla y la jarra de agua no habían sido tocadas de su sitio.

Giuseppe había entrado por la ventana y hacia ella se dirigía. La errónea acción de Anthony en dirección a la puerta le permitió saltar al balcón desde el que se arrojó al balcón contiguo y desapareció por la ventana.

Un intento de persecución habría sido inútil, el ladrón había estudiado bien la escapada. Anthony comprendió que perseguirlo sería meterse en más problemas.

Regresó al lecho y buscó las memorias debajo de la almohada. Se felicitó de no haberlas guardado en la maleta. Después fue hasta la maleta con el objeto de sacar las cartas.

Masculló un juramento.

¡Las cartas habían desaparecido!

CAPÍTULO VI

EL GENTIL ARTE DEL CHANTAJE

Faltaban cinco minutos para las cuatro cuando Virginia Revel, a quien la curiosidad había hecho ser puntual, regresó a su domicilio de la calle Du Pont. Abrió la puerta con su llave y en cuanto entró en el vestíbulo se vio inmediatamente enfrentada con el impasible Chilvers.

–Perdón, señora, pero una... una persona desea verla.

Por un momento, Virginia no prestó atención a la sutil fraseología que Chilvers había utilizado para disfrazar el significado.

–¿Mr. Lomax? ¿Dónde está? ¿En la sala?

–¡Oh, no, señora! No es ese caballero –dijo Chilvers, en leve tono de reproche–. Es alguien que... rehusé atenderlo hasta que me aseguró que le traía un asunto de interés relacionado con el difunto capitán. Por consiguiente, pensé que usted lo recibiría y lo acompañé al gabinete.

Virginia reflexionó. Hacía algunos años que era viuda, y el hecho de que casi nunca hablaba del marido era interpretado por algunos como una muestra de que debajo de su actitud despreocupada seguía viva la herida de la pérdida; otros, menos misericordiosos, atribuían su silencio a lo opuesto, a que no había amado a Tim Revel y su carácter sincero repugnaba simular una pena que no sentía.

–Creo oportuno que la señora sepa que ese individuo parece extranjero –agregó Chilvers.

Se avivó la atención de Virginia. Su marido, miembro del servicio diplomático, había tenido un cargo en la embajada británica en Herzoslovaquia poco antes del sensacional asesinato del rey y la reina. Tal vez su visitante fuese un herzoslovaco, un viejo criado que ahora pasaba necesidad.

–Perfectamente, Chilvers –dijo con gesto de aprobación–. ¿Dónde dijo que lo había hecho pasar? ¿Al gabinete?

Cruzó el vestíbulo con paso ágil y abrió la puerta de la pequeña habitación contigua al comedor.

El hombre se había acomodado en una butaca próxima a la chimenea. Al verla, se levantó.

Virginia, dotada de una excelente memoria, no dudó de que lo veía por primera vez. Era alto, moreno, delgado y extranjero, como afirmara el mayordomo; pero no oriundo de un país eslavo. Debía ser italiano o español.

–¿Desea hablarme? –preguntó–. Soy Mrs. Revel.

El hombre tardó algo en responder. La observó de arriba abajo como si la midiera. En su actitud había una velada insolencia que le molestó.

–Tenga la bondad de responder –ordenó impaciente Virginia.

–¿Es usted Mrs. Revel, la esposa de Timothy Revel?

–Acabo de decirlo.

–En efecto. Me alegro de que me haya recibido, señora, porque de lo contrario, como avisé al mayordomo, me hubiese entrevistado con su marido.

Una premonición impidió que Virginia expresara verbalmente su asombro.

–No le hubiera sido fácil –replicó en cambio.

–¡Bah! Soy muy tenaz. Pero no perdamos el tiempo. ¿Reconoce esto?

Enseñó algo que Virginia miró sin mucho interés.

–¿Qué es, señora?

–Una carta, creo –respondió Virginia, persuadida de que su interlocutor no estaba en su sano juicio.

–Note a quién va dirigida –pidió el hombre con acento significativo, entregándosela.

–Sé leer –le informó Virgina, con un tono amable–. La enviaron al capitán O'Neill, rue Quenelles 15, París.

El individuo buscó en su rostro una expresión que no halló.

–Lea, por favor.

Virginia extrajo el papel del sobre. Bastó una mirada para que intentara devolvérselo.

–Es una carta particular que no tengo derecho a leer.

El hombre rió sardónico.

–La felicito, Mrs. Revel, por su admirable actuación. Es una magnífica actriz. Con todo, no se atreverá a negar la firma.

–¿Qué firma?

Virginia giró la carta... y se quedó muda de aturdimiento. La letra, delicada, mostraba el nombre de Virginia Revel. Controló el asombro y leyó deliberadamente las líneas desde el principio. Después meditó. La índole de la carta aclaraba el objetivo de la visita de aquel sujeto.

–¿Es o no su nombre, señora?

–Sí, lo es.

«Pero no mi letra», pudo agregar Virginia. En cambio, dirigió al hombre una sonrisa deslumbrante.

–¿Por qué no nos sentamos y hablamos tranquilamente? –le dijo.

El visitante no había esperado aquella reacción y su instinto le avisaba que la mujer no le temía.

–Ante todo, me gustaría saber cómo me ha encontrado.

–No me costó mucho.

El individuo le ofreció la página de una revista, que Anthony Cade habría reconocido.

Virginia se la devolvió, pensativa.

–Ya, ya. Fue muy fácil.

–Supongo, Mrs. Revel, que comprenderá que hay otras cartas además de ésta.

–¡Dios mío! ¡Cuán indiscreta fui!

Una vez más, su ligero acento le desconcertó. Virginia se regocijaba en secreto.

–De todos modos –continuó sonriéndole dulcemente–, le agradezco la molestia de devolvérmelas.

El hombre carraspeó y dijo en tono revelador:

–Soy pobre, Mrs. Revel...

–Algo que según tengo entendido le facilitará la entrada en el reino de los cielos.

–No me desprenderé así como así de las cartas.

–Creo que no lo entiende. Las cartas pertenecen a la persona que las escribió.

–Desde el punto de vista legal, señora; pero en Inglaterra, se repite que «la posesión es nueve décimas partes de la ley». ¿Y está usted dispuesta, en cualquier caso, a reclamar la intervención de las autoridades?

–Que son muy severas con los chantajistas –le recordó Virginia.

–¡Vamos, Mrs. Revel! No soy tonto. He leído estas cartas, las de una mujer a su amante, las de una mujer aterrada por la idea de que su marido descubra sus culpables amores. ¿Desea que se las entregue a su esposo?

–No se precipite. Cabe una posibilidad. Esas cartas se escribieron hace bastantes años. Imaginemos que desde entonces... he enviudado.

El visitante meneó confiado la cabeza.

–En cuyo caso, si no temiera nada, no discutiría conmigo.

Virginia sonrió.

–¿Cuál es su precio? –preguntó en tono práctico.

–Pondré en su poder todas las cartas a cambio de mil libras. Mi petición, muy mesurada, se debe a que me afecta desagradablemente esta transacción.

–No le pagaré semejante cantidad –dijo decidida Virginia.

–Señora, me irritan los regateos. Mil libras, y le entregaré las cartas.

Virginia reflexionó.

–Déme tiempo. Cuesta reunir una suma tan grande.

–La visitaré de nuevo si me da unas libras a cuenta, digamos cincuenta.

Virginia miró el reloj. Eran las cuatro y cinco y le pareció que habían llamado a la entrada.

–Muy bien. Venga mañana; pero algo más tarde, a las seis.

Fue a un escritorio adosado a la pared y de un cajoncito cogió un puñado de billetes.

–Aquí hay unas cuarenta libras. Tendrá que contentarse con ellas.

El chantajista se las arrebató.

–Y ahora, márchese –ordenó Virginia.

El hombre se fue. La puerta entreabierta le permitió ver a George

Lomax en el vestíbulo, camino del primer piso. Al cerrarse la entrada principal, Virginia lo llamó.

–Ven, George. Chilvers, sírvanos el té aquí.

Abrió las dos ventanas. George Lomax la encontró de pie, con los ojos risueños y el cabello alborotado por el viento.

–En seguida cierro, George. La habitación necesita que la ventilen. ¿Te cruzaste en el vestíbulo con el chantajista?

–¿Con quién?

–Con el chantajista, George; con el chan–ta–jis–ta, chantajista. Alguien que hace chantaje.

–Mi querida Virginia, no bromees.

–Mi querido George, no bromeo.

–¿A quién vino a chantajear?

–A mí.

–¿Qué has hecho, Virginia?

–Por una vez en mi existencia, nada. Ese caballero me ha confundido con otra persona.

–Avisaste a la policía, supongo.

–No, no lo hice. Supongo que tú crees que debía hacerlo.

–Verás... –George pensó durante unos momentos–. No, quizá no. Fuiste prudente. Evitaste mezclarte en la aborrecible publicidad que se da a semejantes casos. Tal vez hubieses tenido que declarar...

–Me gustaría –interrumpió Virginia–. Me encantaría que me citasen como testigo y comprobar si los jueces, como se dice, hacen chistes malos. Sería emocionante. El otro día estuve en Vine Street por culpa de un broche de diamantes que se me había extraviado y me atendió un inspector que era un encanto, el hombre más simpático que he conocido.

George, como de costumbre, no atendió a sus desatinos.

–Pero, ¿qué hiciste con ese bribón?

–Se lo permití.

–¿Qué?

–Que me chantajeara.

El horror de George fue tan expresivo que Virginia tuvo que morderse el labio inferior para no reír.

–¿Es que...? ¿Debo entender que no le sacaste de su error?

Virginia negó con la cabeza al tiempo que le miraba de reojo.

–¡Cielos! ¿Estás loca, Virginia?

–¿Lo parezco?

–Pero, ¿por qué? ¿Por qué, en nombre de Dios?

–Por varias razones. Ante todo, lo hacía tan bien –me refiero al chantaje– que me dio pena interrumpirle. Sabes que no me gusta interrumpir a un artista cuando hace bien su trabajo. Además, nunca me habían chantajeado.

–Eso espero, faltaría más.

–Y me gustó saber qué se sentía.

–No lo comprendo, Virginia.

–Me lo imaginaba.

–¿Le diste dinero?

–Una minucia –se excusó Virginia.

–¿Cuánto?

–Cuarenta libras.

–¡Virginia!

–Mi querido George, no pago menos por un vestido de noche. Y la experiencia fue tan excitante como comprar uno; incluso más.

Lomax se limitó a menear la cabeza. La llegada de Chilvers con el té le ahorró tener que expresar su contrariedad. Virginia volvió a hablar del incidente mientras servía el té.

–Tuve otro motivo, George; otro mejor, más idealista. Es proverbial la enemistad que las mujeres nos tenemos, pero esta tarde hice un favor a una persona de mi sexo. Ese hombre no irá probablemente buscando a otra Virginia Revel al estar seguro de haberla encontrado. La pobrecita estaba asustada cuando redactó esa carta. El chantajista la hubiera explotado a su antojo. Ahora, aunque lo ignore, ha tropezado con la horma de su zapato. Aprovecharé la ventaja que me proporciona mi cándida vida para jugar con él como el gato con el ratón, según dicen las novelas. Astucia, George; toneladas de astucia.

Lomax no se tranquilizó.

–No me gusta –insistió–. No me gusta.

–Bueno, olvídalo, George. No viniste a discutir de chantajistas, sino para... ¿para qué? Contestación correcta: Para verte, acentuando el «verte» con un significativo apretón de manos, a menos que estés comiendo dulces, en cuyo caso utilizarás los ojos.

–¡Vine a verte! –afirmó George muy serio–. Y me alegro de encontrarte sola.

–«¡Oh, es tan inesperado!», dice ella tragando un pastelillo.

–Debo pedirte un favor. Virginia, siempre te consideré mujer de gran atractivo.

–¡Oh, George!

–Y de considerable inteligencia.

–¿En serio? Qué bien me conoce este hombre.

–Querida Virginia, mañana llegará un joven a Inglaterra y deseo presentártelo.

–Conforme, George, pero es tu fiesta, que quede claro.

–Si quisieras, podrías ejercer tu innegable encanto.

Virginia inclinó la cabeza a un lado.

–George, «encantar» no es mi profesión. Me gusta la gente y yo les gusto, pero me resisto a fascinar a sangre fría a un desconocido indefenso. Esas cosas no se hacen, George, de verdad que no. Hay sirenas profesionales que lo harían mucho mejor que yo.

–Eso está descartado. El joven es un canadiense llamado McGrath.

–«Un canadiense de ascendientes escoceses», dice ella, en una deducción brillante.

–Es probable que no sepa cómo comportarse en las altas esferas de la sociedad británica. Me gustaría que apreciara el encanto y la distinción de una auténtica aristócrata inglesa.

–¿Que sería yo?

–Exactamente.

–¿Por qué?

–¿Cómo?

–He dicho por qué. No eres aficionado a distraer con damas inglesas a todos los canadienses extraviados que ponen un pie en nuestras costas. ¿Qué te propones, George? O, más vulgarmente, ¿que sacarás tú?

–No es asunto tuyo, Virginia.

–No puedo ir a una fiesta y fascinar a menos que sepa todos los pros y los contras.

–¡Qué extraordinario modo de expresarse! Cualquiera pensaría...

–¿Verdad? Vamos, George, dame un poco más de información.

–Mi querida Virginia, la tensión en cierta nación centroeuropea está llegando al punto álgido. Es imprescindible, por motivos que ahora no vienen al caso, que este Mr. McGrath entienda que la restauración de la monarquía de Herzoslovaquia es imprescindible para la paz de Europa.

–Toda esa parte sobre la paz en Europa son paparruchas –dijo Virginia muy tranquila–, pero soy ferviente partidaria de las monarquías, sobre todo para un pueblo tan pintoresco como el herzoslovaco. En otras palabras, vas a colocar a un rey en ese país. ¿Quién es?

George, muy a despecho suyo, comprendió que no podía eludir la respuesta. La entrevista no marchaba por los cauces previstos. Había pensado que su prima sería un instrumento dócil, agradecido a sus diplomáticas insinuaciones, que se abstendría de manifestar curiosidad. Y se había equivocado. Virginia no era la mujer indicada y además podría causar graves perjuicios. Su relato de la entrevista con el chantajista probaba que era una criatura inconsciente, sin capacidad para juzgar los asuntos serios como su importancia exigía.

–El príncipe Michael Obolovitch –contestó al ver que Virginia seguía esperando una respuesta–. Pero, te ruego que no lo divulgues.

–No seas absurdo, George. Los periódicos publican constantes noticias y artículos sobre la dinastía Obolovitch, en los que se habla del asesinado Nicolás IV como si fuera un injerto entre santo y héroe, en vez de un estúpido hombrecito, encaprichado de una actriz de tercera categoría.

Lomax pestañeó. Crecía su convencimiento de que había cometido una equivocación al pedirle ayuda a Virginia. Debía dar marcha atrás ahora mismo,

–Acertaste, querida –dijo a toda prisa mientras se levantaba para despedirse–. No tendría que habértelo pedido. Pero estamos ansiosos de que los Dominios[3] vean con nuestros mismos ojos la cuestión de la

3. Se refiere al Canadá. *(N. del T.)*

crisis de Herzoslovaquia, y McGrath tiene, creo, influencia en los círculos periodísticos. Me pareció un buen plan que tú, ardiente monárquica y conocedora de aquella tierra, le conocieras.

–Así que ésa es la explicación, ¿verdad?

–Sí, pero me atrevería a decir que él no te habría interesado.

Virginia lo miró y se echó a reír.

–George, eres un cochino embustero.

–¡Virginia!

–¡Cochino, absolutamente cochino! Si yo tuviera tu experiencia, habría inventado una mentira más digna de crédito. Pero descuida, mi pobre George, desentrañaré el misterio de Mr. McGrath. No me sorprendería encontrar en Chimneys un par de pistas este fin de semana.

–¿En Chimneys, dices? ¿Vas a ir a Chimneys?

George no consiguió ocultar su inquietud. Esperaba ponerse en contacto con lord Caterham a tiempo para que la invitación no se enviara.

–Bundle me invitó esta misma mañana.

George hizo un último esfuerzo.

–Te aburrirás, querida. No estás acostumbrada a esas fiestas.

–¡Pobre George! ¿Por qué no me dices la verdad y confías en mí? Aún no es demasiado tarde.

Lomax le cogió la mano y se la volvió a soltar.

–Te he dicho la verdad –dijo con voz fría y sin ruborizarse.

–Has mejorado, pero no lo suficiente. Ánimo, George. Me tendrás en Chimneys, presta a ejercer mi considerable atractivo, como tú dices. No sé por qué la vida se ha animado de pronto. Primero un chantajista, luego George en un laberinto diplomático. ¿Lo revelará todo a una mujer hermosa que le reclama su confianza de forma patética? No, enmudecerá hasta el último capítulo. Adiós, George. ¿Una última mirada de cariño antes de marcharte? ¿No? Vamos, George, no desesperes.

Virginia corrió al teléfono en cuanto George salió de la habitación con el paso de un hombre derrotado. Consiguió el número pedido y pidió hablar con su amiga lady Eileen Brent.

–Hola, Bundle. Mañana llegaré a Chimneys. ¿Qué? ¿Aburrirme? No, descuida. No lo impediría ni un cataclismo. Cuenta conmigo.

CAPÍTULO VII

Mr. McGRATH RECHAZA UNA INVITACIÓN

¡Las cartas habían desaparecido!

Convencido de este hecho, tenía que rendirse a la evidencia. Anthony comprendió la inutilidad de perseguir a Giuseppe a lo largo de los pasillos del Hotel Blitz, pues conduciría a una publicidad indeseada y, con toda probabilidad, estéril.

Llegó asimismo a la conclusión de que Giuseppe había confundido las cartas, envueltas como estaban con los papeles del otro paquetes, con las memorias. Por consiguiente, descubierto el error, era muy posible que intentase de nuevo apoderarse de ellas. Y le encontraría preparado.

Se le ocurrió la idea de poner un anuncio pidiendo la devolución de las cartas. Suponiendo que Giuseppe fuese emisario de los Camaradas de la Mano Roja o, lo que tenía más visos de verosimilitud, instrumento del partido real, las misivas carecerían de interés para uno y otro bando, y podría recobrarlas sin duda con un pequeño desembolso.

Anthony durmió de un tirón hasta la mañana, seguro de que el camarero no tendría la audacia de intentarlo otra vez aquella noche.

Se levantó preparado a llevar a cabo su plan. Desayunó con apetito, pasó revista a los periódicos, en los que era protagonista la noticia del descubrimiento de nuevos yacimientos petrolíferos en Herzoslovaquia, y pidió entrevistarse con el gerente del hotel.

Éste era un francés, de modales suaves y exquisitos, que lo recibió en su despacho particular.

—¿Desea verme, mister... McGrath?

–Sí. Ayer tarde llegué al hotel y me sirvió la cena en mi habitación un camarero llamado Giuseppe.

Anthony hizo una pausa.

–Creo que tenemos a un empleado con ese nombre –dijo el gerente, indiferente.

–Me chocó algo su aspecto, pero en aquel momento no le di importancia. Más tarde, me despertó el ruido de unos pasos en mi alcoba. Encendí la luz y sorprendí al tal Giuseppe registrando mi maleta.

La indiferencia del gerente se disipó en el acto.

–Lo ignoraba –exclamó–. ¿Por qué no se me informó antes?

–El camarero y yo tuvimos una breve refriega. Por cierto, él iba armado con un cuchillo. Finalmente, consiguió huir por la ventana.

–¿Qué hizo usted, Mr. McGrath?

–Examinar el contenido de mi maleta.

–¿Faltaba algo?

–Nada... importante –contestó despacio Anthony.

El gerente se recostó suspirando en el respaldo del asiento.

–Me alegro. Permita que le diga, Mr. McGrath, que no entiendo su conducta. ¿Por qué se abstuvo de dar la voz de alarma? ¿De perseguir al ladrón?

Anthony encogió los hombros.

–Insisto en que no había robado nada valioso. Desde luego, estamos en un caso que, en un sentido estricto, reclama la intervención de la policía.

Calló, y el gerente murmuró sin entusiasmo:

–La policía, claro.

–En cualquier caso, estaba seguro de que el individuo lograría escapar y, puesto que no sufrí pérdidas de consideración, ¿para qué molestar a la policía?

El gerente sonrió.

–Es usted comprensivo, Mr. McGrath. Mi única ansiedad es evitar la intromisión de la policía. Desde mi punto de vista, eso sería, y siempre lo es, desastroso. Por insignificante que sea el motivo, los periódicos explotan sin escrúpulos semejantes apuros, si el implicado es un hotel de la importancia de éste.

–Me hago cargo –repuso Anthony–. He dicho que no he perdido nada de valor, lo cual sólo es exacto en cierto sentido. El ladrón no se beneficiará con ello, pero se llevó algo de considerable valor para mí.

–¿Sí?

–Cartas, ya me entiende.

Una expresión de discreción sobrehumana, sólo posible en un francés, se dibujó en el rostro del gerente.

–Lo comprendo –murmuró–. Lo comprendo perfectamente. Desde luego, a la policía no le incumbe.

–Estamos de acuerdo; pero yo estoy decidido a recuperar las cartas. Vengo de una parte del mundo en la que la gente acostumbra hacer las cosas personalmente. Por lo tanto, no le pido sino cuanta información pueda facilitarme sobre el tal Giuseppe.

–No tengo nada que objetar –dijo el gerente tras una breve reflexión–. No puedo suministrarle ahora lo que me pide, pero dentro de media hora los datos estarán a su disposición.

–Muchas gracias. Me parece muy adecuado.

Anthony regresó media hora más tarde al despacho. El gerente había cumplido su palabra. En un papel estaban apuntados todos los datos conocidos de Giuseppe Manuelli.

–Lo empleamos hace tres meses. Es un camarero diestro, con experiencia. Sus servicios fueron satisfactorios. Ha estado en Inglaterra cinco años.

Leyeron juntos la lista de hoteles y restaurantes donde el italiano había trabajado. Un hecho atrajo la atención de Anthony. En dos hoteles había habido robos importantes mientras estuvo en ellos Giuseppe, aunque en ningún caso se sospechó de él; pero la coincidencia era significativa.

¿Sería Giuseppe un astuto ladrón de hotel? ¿Había sido el hurto de que fue víctima Anthony sólo una demostración de sus tácticas profesionales? ¿Acaso, mientras efectuaba un registro previo, tenía las cartas en la mano y se las guardó maquinalmente en el bolsillo para tener las manos libres en el momento en que Anthony encendió la luz? Así pues, se trataría de un robo por distracción, casi involuntario.

Pero a ello se oponía la emoción del hombre la pasada noche al descubrir los papeles en la mesa; ni dinero ni alhajas, más apropiadas para incitar la codicia de un ladrón corriente.

No, Anthony estaba convencido de que Giuseppe había sido el agente de otra u otras personas. Con la información proporcionada por el gerente quizás averiguase algo sobre la vida privada de Giuseppe y lograse encontrarlo. Se guardó el papel en el bolsillo y se puso de pie.

–Muchas gracias. Supongo que Giuseppe no seguirá en el hotel.

El gerente sonrió.

–Su cama está intacta. Debió de irse después del encuentro con usted porque dejó sus objetos personales en la habitación. No creo que volvamos a verlo.

–Lo imagino. Muchas gracias, repito. Desde luego, no me mudaré de hotel.

–Le deseo suerte en sus investigaciones, aunque dudo de que consiga su propósito.

–No hay que desesperar.

La primera diligencia de Anthony fue interrogar a los camareros que habían intimado con Giuseppe. Sacó poco en claro. Escribió un anuncio, según había proyectado, y lo envió a los cinco periódicos de mayor difusión. Se preparaba para visitar el restaurante en que el ladrón había estado empleado últimamente, cuando sonó el teléfono. Anthony respondió:

–¿Diga? ¿Quién es?

Le contestó una voz átona.

–¿Hablo con Mr. McGrath?

–Sí. ¿Con quién hablo?

–Aquí la firma Balderson & Hodgkins. Un momento, por favor. Le pondré con Mr. Balderson.

«¡Los editores!», pensó Anthony. «También empiezan a preocuparse, ¿eh? No tienen motivos. Falta aún una semana para el término del plazo.»

Una voz cordial resonó repentinamente en su tímpano.

–¿Oiga? ¿Mr. McGrath?

–El mismo.

–Soy Mr. Balderson, de Balderson & Hodgkins. ¿Qué hay del manuscrito, Mr. McGrath?

–Dice bien: ¿qué hay?

–Un montón de cosas. Como acaba usted de llegar de Sudáfrica, no puede aquilatar bien nuestra situación. Habrá problemas con ese manuscrito, problemas gordos. A veces me arrepiento de haberlo aceptado.

–¿De veras?

–Se lo aseguro. Anhelo tenerlo en mi poder cuanto antes y hacer unas copias. Si después el original es destruido, nada se habrá perdido.

–¡Dios mío! –rió Anthony.

–Sí, supongo que le parece absurdo, Mr. McGrath. Pero, se lo aseguro, no valora usted bien la situación. Intentarán evitar que llegue a mis oficinas. Con franqueza, si trata de traerlo en persona, diez a uno a que no lo consigue.

–Lo dudo –replicó Anthony–. Cuando quiero ir a alguna parte, siempre lo consigo.

–Sus enemigos son peligrosos. Yo no lo habría creído hace un mes; pero hemos sido tentados, amenazados y mimados por los dos partidos, hasta el punto de que no sabemos qué terreno pisamos. Le recomiendo que no intente entregarnos aquí el manuscrito. Un empleado nuestro lo irá a buscar a su hotel.

–¿Y si le atacan durante el trayecto? –preguntó Anthony.

–Nosotros seremos los responsables y usted habrá recibido de nuestro representante un descargo escrito de nuestro puño y letra. El cheque de las mil libras, que se nos ordenó darle, esperará hasta el próximo miércoles, como impone nuestro contrato con los albaceas del autor, ¿comprende? Pero si insiste, le enviaré un cheque personal por esa cantidad con el mensajero.

Anthony meditó. Había pensado reservarse las memorias hasta el cumplimiento del plazo concertado porque quería saber a qué se debía el alboroto. Se hizo cargo, sin embargo, de la validez incuestionable de los argumentos del editor.

–De acuerdo –dijo con un pequeño suspiro–. Hágalo; mándeme a ese hombre y el cheque. Preferiría cobrar en seguida ya que quizás me vaya de Inglaterra antes del miércoles.

–Muy bien, Mr. McGrath. Nuestro representante le verá mañana por la mañana a primera hora. La prudencia aconseja que no lo enviemos directamente desde nuestras oficinas. Mr. Holmes, el mensajero, vive en el sur de Londres. Será él quien lo visite con un recibo por el paquete. Coloque uno falso en la caja fuerte del hotel. Sus enemigos se enterarán y así no le atacarán en su habitación esta noche.

–Haré lo que usted me dice.

Anthony colgó el teléfono muy pensativo. Después reanudó el interrumpido proyecto de obtener noticias del huidizo Giuseppe. No obstante, fracasó. El camarero había trabajado en el restaurante aludido, en el que nadie sabía lo más mínimo de su vida ni de sus amistades.

–Te cazaré, amigo –masculló Anthony–. Te echaré el guante. Es sólo cuestión de tiempo.

Su segunda noche en Londres fue muy apacible.

A las nueve del día siguiente le entregaron en su habitación la tarjeta del empleado de los editores. Mr. Holmes era un hombre pequeño, rubio y tranquilo. Anthony cambió el manuscrito por un cheque de mil libras. Mr. Holmes metió el paquete en su cartera, se despidió del joven y se fue. La transacción se efectuó sin problemas.

–Tal vez lo asesinen durante el camino –murmuró Anthony, al pie de la ventana–. Me gustaría saber...

Metió el cheque y unas cuantas líneas escritas en un sobre y lo pegó con cuidado. Jimmy, que disponía de fondos en su encuentro con Anthony en Bulawayo, le había adelantado una buena suma, que seguía casi intacta.

«Un asunto listo; dediquémonos al otro», se dijo Anthony. «Hasta ahora lo he estropeado, pero no hay que darlo todo por perdido. Me disfrazaré para echar un vistazo al 487 de Pont Street.»

Hizo su equipaje, pagó la cuenta y mandó que le buscaran un taxi. Repartió propinas a diestro y siniestro, beneficiando incluso a quienes no habían contribuido a su bienestar. En el momento de partir el taxi, un botones se precipitó hacia el vehículo con una carta en la mano.

–Acaba de llegar, señor.

Anthony buscó, suspirando, otro chelín. El coche gruñó y saltó hacia delante, acompañado de un rechinamiento metálico. Anthony abrió el sobre.

Su contenido era curioso. Tuvo que leerlo cuatro veces para entender correctamente su significado. En lenguaje liso y llano (la carta había sido redactada en el extraordinario estilo peculiar de las misivas oficiales) venía a conjeturar que Mr. McGrath llegaba aquel día, jueves, de Sudáfrica; se refería de soslayo a las memorias del conde Stylptitch y suplicaba a Mr. McGrath que se abstuviera de cualquier decisión hasta haberse entrevistado confidencialmente con Mr. George Lomax y otros personajes cuya importancia se insinuaba. Iba adjunta una invitación, muy clara, para que se trasladase al día siguiente, viernes, a Chimneys, donde sería huésped de lord Caterham.

Anthony paladeó, divertido, la misteriosa y alambicada epístola.

–¡Querida Inglaterra! –susurró cariñosamente–. Con dos días de retraso, como siempre. No puedo aparecer en Chimneys bajo mi fingida personalidad. ¿Habrá alguna posada cerca? Mr. Anthony Cade podría alojarse allí con toda discreción.

Dio una nueva dirección al conductor, que la aceptó con un ruidoso resoplido de desdén.

El taxi frenó delante de una de las más oscuras pensiones londinenses, pero el viaje fue pagado con regia largueza.

Después de alquilar un cuarto con su verdadero nombre, Anthony entró en una cochambrosa sala de lectura y escribió una carta en el papel con el membrete del Hotel Blitz.

En ella explicaba que había llegado el martes pasado, que había cedido el manuscrito a Mssrs. Balderson & Hodgkins y que declinaba, muy a su pesar, la invitación de lord Caterham debido a que se iba inmediatamente de Inglaterra. Firmó «James McGrath».

–Y ahora, manos a la obra –dijo Anthony, pegando un sello–. James McGrath se retira y Anthony Cade entra en escena.

CAPÍTULO VIII

UN HOMBRE MUERTO

Aquella misma tarde, Virginia Revel había jugado al tenis en Ranelagh. De regreso a Pont Street, descansando en su largo y lujoso automóvil, sonreía ensayando al detalle su papel para la próxima entrevista. El chantajista tal vez no reapareciese, pero estaba convencida de lo contrario. ¡Había sido una presa tan fácil! Pero para esta ocasión, le reservaba una pequeña sorpresa.

El coche se detuvo al fin y Virginia se volvió para hablar con el chófer, antes de subir los escalones de la entrada.

–Olvidé preguntarle cómo está su mujer, Walton.

–Ha mejorado, señora. El médico prometió pasar a las seis y media. ¿Me necesitará a esa hora?

Virginia lo pensó.

–Me marcho este fin de semana. Tomaré el tren de las 6.40 en Paddington. No, no lo necesitaré; me bastará un taxi. Prefiero que vea al médico. Si él cree que a su esposa le sentará bien salir durante el fin de semana, llévela a alguna parte, Walton. Yo corro con los gastos.

Virginia respondió a los agradecimientos del hombre con una impaciente inclinación de cabeza. Subió la escalera y buscó la llave en el bolso sin acordarse de que no la llevaba. Apretó el timbre.

No le abrieron inmediatamente. Mientras aguardaba, subió los peldaños un joven pobremente vestido que llevaba un montón de folletos. Le alargó uno a Virginia, exhibiendo el título: «¿Para qué he servido a mi patria?». En la mano izquierda, llevaba una alcancía.

–No puedo comprar dos de esos horribles poemas en un día –suplicó Virginia–. Compré uno esta mañana, palabra de honor.

El joven echó la cabeza atrás y se rió. Virginia acompañó sus carcajadas examinándolo interesada. Era un ejemplar de parado más agradable que la mayoría. Le gustó su rostro moreno y su duro y esbelto cuerpo. Deseó poder emplearlo.

En aquel instante, se abrió la puerta. El asombro de ver que lo hacía Élise, la doncella, borró de su mente el problema de los desocupados.

–¿Dónde está Chilvers? –preguntó tajante mientras entraba en el vestíbulo.

–Se fue con los demás, madame.

–¿Los demás? ¿A dónde?

–A la casa de Datchet, señora, como ordenaba su telegrama.

–¿Mi telegrama? –repitió Virginia perpleja.

–El que envió madame. ¿No lo recuerda? Lo recibimos hace una hora.

–Yo no lo envié. ¿Qué decía?

–Creo que está en la mesa.

Élise corrió al sitio indicado y regresó victoriosa con el telegrama.

–*Voilà, madame!*

El telegrama, destinado a Chilvers, decía lo siguiente:

Lleve a la servidumbre a Datchet inmediatamente y prepare lo necesario para un grupo de fin de semana. Tome tren 5.49.

El aviso no tenía nada de particular ni era el primero que los criados recibían, pues Virginia improvisaba a menudo fiestas en su residencia junto al río. Siempre llevaba a toda la servidumbre y dejaba a una vieja criada a cargo de la casa. Chilvers no había visto nada anormal en el mensaje y había cumplido las órdenes al pie de la letra.

–Me quedé aquí, sabiendo que madame desearía que hiciese el equipaje,

–¡Es una broma pesada! –gritó Virginia y tiró irritada el papel–. Élise, sabe muy bien que me voy a Chimneys. Se lo dije esta mañana.

–Creí que madame había cambiado de opinión. A veces lo hace.

Virginia aceptó la exactitud de la acusación con una media sonrisa. Intentaba dar con una razón para la extraordinaria jugarreta. Élise le suministró una teoría.

–*Mon Dieu!* –chilló, juntando las manos–. ¿Y si fueran malhechores, ladrones? Mandan un telegrama falso para que los *domestiques* se vayan y después roban.

–Podría ser –murmuró Virginia dubitativa.

–Sí, sí, madame. ¡Eso es! La prensa publica a diario noticias semejantes. Madame, avise inmediatamente, ¡inmediatamente!, a la policía antes de que nos degüellen a todos.

–No pierda la cabeza, Élise. No nos degollarán a las seis de la tarde.

–¡Se lo imploro, madame! Permítame que telefonee a la policía.

–¿Para qué? No sea tonta, Élise, y prepare mi equipaje, si no lo ha hecho ya. Ponga el vestido de noche de Cailleaux, el blanco de *crêpe marocain* y... sí, el de terciopelo negro. El terciopelo negro es muy político, ¿verdad?

–Madame está arrebatadora con el satén *eau de nil* –sugirió Élise, dominada por su instinto profesional.

–No, dejemos ése. Vamos, dése prisa, nos queda muy poco tiempo. Telegrafiaré a Chilvers a Datchet, y cuando salgamos le pediré al policía de ronda que vigile la casa. No me mire de ese modo, Élise. Si ya se asusta antes de que ocurra algo, ¿qué pasaría si un hombre saliera de un rincón y le clavara un puñal?

La doncella chilló y se lanzó hacia la escalera, mirando aterrada en todas las direcciones.

Virginia hizo una mueca y entró en el gabinete, donde estaba el teléfono. El consejo de Élise de que telefoneara a la comisaría era muy sensato y se proponía seguirlo sin más dilación.

Se quedó paralizada al coger el aparato. Un hombre estaba sentado en el sillón, en una curiosa posición acurrucada. En la excitación del momento se había olvidado del visitante esperado. Al parecer, se había dormido mientras esperaba

Se acercó al sillón con una sonrisa maliciosa. Y entonces de pronto se esfumó la sonrisa.

El hombre no dormía... ¡Estaba muerto!

Lo supo en el acto, instintivamente, incluso antes de ver la pequeña y brillante pistola en el suelo, el agujero chamuscado justo por encima del corazón con una mancha oscura alrededor y la horrible distensión de la mandíbula.

Permaneció inmóvil con las manos apretadas contra los muslos. En el silencio oyó los pasos de Élise en la escalera.

–¡Madame, madame!

–¿Qué sucede?

Virginia avanzó rápidamente hacia la entrada del gabinete. Tenía que ocultar, aunque fuera de momento, el crimen a la doncella. Presentía que sufriría un ataque de nervios y que ella necesitaba tranquilidad y tiempo para reflexionar.

–Madame, ¿no sería preferible que pusiera la cadena en la puerta? Los malhechores pueden llegar en cualquier instante.

–Como quiera.

Virginia percibió el ruido de la cadena, la carrera de Élise hacia el piso de arriba y suspiró aliviada. Miró sucesivamente al cadáver y al teléfono. Lo lógico sería telefonear a las autoridades.

No lo hizo. Todavía la paralizaban el horror y la lucha entre ideas contradictorias que desconcertaban su mente. ¡El telegrama falso! ¿Qué relación tendría con el crimen? ¿Y si Élise no se hubiera quedado en la casa? Ella misma le hubiese abierto la puerta, es decir, en el supuesto de que hubiera llevado, como siempre, la llave; se hubiera encontrado sola con un asesinado, con el hombre a quien había permitido extorsionarla. Desde luego había una explicación, una explicación, a fin de cuentas, apenas satisfactoria. Se acordó de lo increíble que le había parecido a George. ¿Compartiría el mundo su criterio? No había escrito las cartas, pero ¿le sería posible probarlo?

Se apretó la frente entre las manos.

–Debo pensar, debo pensar...

Élise no había recibido al hombre, puesto que lo hubiese mencionado inmediatamente. Lo misterioso de la situación aumentaba al compás de sus pensamientos. Sólo le restaba una solución: telefonear a la policía.

La imagen de George detuvo su intención de coger el aparato. Necesitaba la intervención de un hombre normal, equilibrado, que viese los sucesos en su proporción adecuada y le mostrase el curso que debía seguir.

Pero sacudió la cabeza. George, no; se cuidaría ante todo de su propia situación, se irritaría ante el hecho de que le complicase en un crimen. ¡Imposible!

Su cara se suavizó. ¡Bill, naturalmente! Y lo llamó.

La informaron de que hacía media hora que había partido para Chimneys.

–¡Maldita sea! –exclamó Virginia y colgó el teléfono de un golpe. Era tremendo estar confinada en una habitación con un cadáver, sin tener a nadie con quien hablar.

Entonces sonó el timbre de la casa.

Virginia se sobresaltó. Al cabo de unos minutos volvió a sonar. Élise estaba en la planta superior ocupada con las maletas y no lo oía.

Fue al vestíbulo y retiró la cadena y los cerrojos que la doncella había echado; después, con una inspiración profunda, abrió la puerta. En el umbral apareció el joven de los folletos. Virginia le acogió consolada.

–Entre. Tal vez pueda proporcionarle trabajo.

Le guió al comedor, le ofreció una silla, se sentó frente a él y lo miró con mucha atención.

–Perdón, pero ¿usted es...? Quiero decir, ¿es...?

–Eton y Oxford –respondió el joven–. ¿Es lo que le interesaba?

–Algo así –confesó Virginia.

–He descendido en la escala social por mi absoluta incapacidad para aficionarme a un trabajo regular. Espero que no me ofrecerá un empleo de esa clase.

Una sonrisa tembló en los labios de Virginia.

–Al contrario, es muy irregular.

–¡Bravo! –exclamó satisfecho el joven.

Virginia miró con aprobación su rostro bronceado y su esbelto cuerpo.

–Verá, estoy en un aprieto y casi todos mis amigos son personas de categoría. Todos tienen bastante que perder.

–Y yo nada. Prosiga. ¿Cuál es el problema?

–En la habitación contigua hay un hombre muerto –declaró entonces Virginia–. Ha sido asesinado, y no sé qué hacer al respecto.

Pronunció estas frases con la ingenua sencillez de un niño. El joven creció enormemente en su estimación por su forma de aceptarlas. Fue como si oyera el mismo anuncio diez veces al día.

–Excelente –dijo, al parecer algo entusiasmado–. Siempre soñé en convertirme en detective. ¿Vamos a ver el cadáver o me proporcionará antes una explicación de los hechos?

–Será mejor lo segundo. –Hizo una pausa para pensar en la mejor forma de resumir la historia, y después comenzó a hablar en voz baja y concisa.

–Este hombre vino ayer a esta casa por primera vez. Me vio. Tenía ciertas cartas, cartas de amor, que llevaban mi nombre..

–Pero que usted no había escrito –terció el joven.

Virginia lo miró asombrada.

–¿Cómo lo sabe?

–Lo he deducido.

–Se proponía chantajearme y yo... Tal vez no lo entienda: yo lo consentí.

Lo miró suplicante y él hizo un ademán tranquilizador.

–Lo entiendo. Picó su curiosidad saber qué se siente en esos casos.

–Exacto. ¡Qué listo es usted!

–Soy inteligente –afirmó el joven con modestia–. No obstante, pocas personas comprenderían su punto de vista. El mundo está falto de imaginación.

–Estamos de acuerdo. Le ordené que volviera hoy, a las seis. Volví de Ranelagh y me encontré con que habían enviado al servicio un supuesto telegrama para que abandonaran la casa, cosa que hicieron todos excepto mi doncella. Después lo hallé en el gabinete, muerto de un disparo.

–¿Quién lo recibió?

–No lo sé. Si hubiera sido mi doncella, me lo habría comunicado.

–¿No está al corriente de lo ocurrido?

–No le he contado nada.

El joven aprobó su cautela.

–Veamos ahora el cadáver –dijo con un tono enérgico–. Antes, sin embargo, le aviso que la verdad beneficia a la larga. Una mentira engendra más mentiras, y los embustes continuos son monótonos y aburridos.

–¿Me aconseja avisar a la policía?

–Quizá. Primero, veamos a ese sujeto.

Virginia le precedió hasta la puerta, en la que se volvió para mirarle.

–Aún no me ha dicho cómo se llama.

–Me llamo Anthony Cade, señora.

CAPÍTULO IX

ANTHONY ESCAMOTEA UN CADÁVER

Anthony sonrió para sí contento del inopinado sesgo de los acontecimientos. Junto al muerto, recobró la gravedad.

–Aún está caliente –exclamó–. Lo mataron hace menos de media hora.

–¿Poco antes de que yo entrase?

–Sí.

Anthony se mantuvo erguido, frunciendo las cejas. A continuación formuló una pregunta, cuyo alcance ella al principio no comprendió.

¿Ha entrado la doncella en esta habitación?

–No.

–¿Sabe que usted estuvo en ella?

–Sí, le hablé desde la puerta.

–¿Después de descubrir el cadáver?

–Sí

–¿Y no se lo dijo?

–¿Hubiera sido preferible? Temí que se asustara, que tuviera un ataque de nervios, es francesa, sabe, y muy impresionable. Además, quise reflexionar unos momentos.

Anthony afirmó sin hablar.

–No lo aprueba, ¿verdad?

–Fue una torpeza, Mrs. Revel. Si usted y la doncella lo hubieran encontrado juntas, inmediatamente después de su regreso, el asunto presentaría otro cariz. Se declararía que este individuo recibió un disparo antes de su llegada.

–Mientras que ahora podrían decir que lo mataron después... ya le entiendo.

Anthony se confirmó en su primera impresión, cuando le había hablado en los escalones. No solamente era bella, sino valerosa e inteligente.

Virginia, interesada por el problema, no notó que el joven la había llamado por su nombre.

–Me extraña que Élise no oyera la detonación –musitó.

Anthony señaló la ventana en el momento que sonaba en la calle el estampido de un tubo de escape.

–Ahí tiene la respuesta. Londres no es un lugar muy apropiado para fijarse en disparos.

Virginia, estremeciéndose, miró el cadáver.

–Parece italiano –comentó.

–Lo es. Yo diría que su profesión habitual era la de camarero. Sólo ejercía de chantajista en los ratos libres. Es probable que se llamara Giuseppe.

–¡Dios mío! –exclamó Virginia–. ¿Es usted Sherlock Holmes?

–No –respondió Anthony, como si lo sintiera–. Estoy haciendo trampas; en seguida se lo aclararé. Este hombre le enseñó unas cartas y le pidió dinero. ¿Se lo dio?

–Sí.

–¿Cuánto?

–Cuarenta libras.

–¡Lástima! –dijo Anthony, aunque sin sorpresa–. Observemos el telegrama.

Virginia lo recogió de la mesa y se lo entregó. Vio que el joven se ponía serio mientras lo leía.

–¿Qué pasa?

Anthony indicó la población de origen.

–Barnes –dijo–. Y usted estuvo en Ranelagh esta tarde. ¿Qué impediría que usted misma lo hubiese mandado?

Virginia se sintió fascinada por sus palabras. Era como sentir una red que se apretaba a su alrededor cada vez más fuerte. Anthony le obligaba a ver las cosas que ella apenas intuía.

El joven se envolvió la mano en el pañuelo para coger la pistola.

–Los criminales tenemos que ser cuidadosos –se excusó– a causa de las huellas dactilares.

De pronto, su porte y el tono de su voz cambiaron. Sus palabras fueron duras, secas.

–Mrs. Revel, ¿reconoce esta pistola?

–No –respondió Virginia, extrañada.

–¿Está convencida de ello?

–Sí.

–¿Posee un arma de fuego?

–No.

–¿Tuvo alguna en su vida?

–No, nunca.

–¿Está segura?

–Del todo.

Él le miró a los ojos durante un minuto, y Virginia le devolvió la mirada asombrada por su tono. Entonces, él se relajó con un suspiro.

–¡Qué raro! ¿Cómo explica esto?

Le alargó la pistola, pequeña, elegante, casi un juguete, pero no por eso menos mortífera. Grabado en ella había un nombre: Virginia.

–¡Oh! ¡Es increíble! –gritó Virginia.

Anthony se sintió impresionado por la sinceridad de su sorpresa.

–Siéntese –rogó–. Hay más de lo que las apariencias presagiaban. Empecemos, ¿cuál es nuestra hipótesis? Se nos ofrecen únicamente dos. Primera, la de que exista en realidad la Virginia de las cartas, que le siguió, le mató, abandonó la pistola, robó las cartas y emprendió el vuelo. Todo eso es muy probable, ¿verdad?

–Así parece –concedió Virginia a despecho suyo.

–Como segunda y última hipótesis tenemos algo mucho más interesante, o sea, que el asesino de Giuseppe quiso incriminarla y que éste fue acaso su principal objetivo. Pudieron matarlo en cualquier lugar; no obstante, se molestaron lo indecible para llevarlo a cabo aquí. Y los culpables la conocen, saben que posee una finca en Datchet, cuáles acostumbran ser sus instrucciones y, en fin, que estuvo esta tarde en Ranelagh. La pregunta es descabellada, pero... ¿tiene enemigos, Mrs. Revel?

–No, al menos de ese género.

–¿Qué haremos ahora? –continuó Anthony–. Una de dos: a) telefoneamos a la policía contando lo sucedido, confiando en su posición y en su trayectoria intachable hasta este instante; b) me encargo de hacer desaparecer el cadáver. Mi temperamento me inclina a lo segundo. Siempre ambicioné comprobar si podría ocultar un crimen y sólo me contuvo mi escrúpulo congénito de derramar sangre. En conjunto, la primera opción es la más sensata, aunque con variantes: eliminación de la pistola, del reconocimiento del chantaje, etcétera; pueden ser varios.

Anthony repasó velozmente los bolsillos del muerto.

–Lo han desvalijado –anunció–. No le queda nada encima. Las cartas han desaparecido. ¿Qué es esto? Un agujero en el forro... Había algo prendido en él, lo arrancaron de mala manera, y ha quedado un trozo de un papel roto.

Desenganchó el fragmento y lo acercó a la luz. Virginia se puso a su lado.

–Es una lástima que falte el resto –murmuró Anthony–. *Chimneys, 11.45, jueves*. Parece una cita.

–¡Chimneys! ¡Es extraordinario! –exclamó en voz alta Virginia.

–¿Por qué? ¿Demasiado encopetado para ese truhán?

–Esta noche voy a Chimneys. Por lo menos, pensaba hacerlo.

Anthony se encaró con ella.

–¿Qué ha dicho? Repítalo.

–Pensaba ir a Chimneys –obedeció Virginia.

–¡Hum! Ya, ya... Es una idea. Imagine que alguien trata de impedirlo.

–Mi primo George Lomax, por ejemplo –sonrió Virginia–. Pero no puedo sospechar seriamente que el asesino sea George.

Anthony no sonrió. Estaba ensimismado en sus pensamientos.

–Llame a la policía y despídase de Chimneys por hoy o incluso mañana. A mí me gustaría que fuera a Chimneys. Supongo que desconcertaría a nuestros desconocidos amigos. Mrs. Revel, ¿confía en mí?

–Sí. ¿Elige, pues, el segundo plan?

–Decididamente. El primer paso es alejar a la doncella de la casa. ¿Puede hacerlo?

–Sin dificultad.

Virginia salió al vestíbulo y gritó:

–¡Élise! ¡Élise!

–¿Madame?

Una rápida charla y el abrirse y cerrar de una puerta llegó a los oídos de Anthony. Virginia entró en el gabinete.

–Se ha marchado. La he enviado a comprar una esencia especial. Le dije que la tienda está abierta hasta las ocho. No es cierto, naturalmente. Tomará el tren siguiente al mío sin regresar aquí.

–La felicito –dijo Anthony–. Ahora cuidaremos de que el cadáver desaparezca, mediante un sistema anticuado, lo confieso. ¿Hay un baúl en la casa?

–Claro. Vayamos al sótano y escoja a sus anchas.

Los baúles abundaban en el sótano. Anthony eligió uno sólido y del tamaño apropiado.

–Yo me encargo de esta parte –dijo con tacto–. Prepárese para irse mientras tanto.

Virginia obedeció. Cambió su equipo de tenis por un vestido de tarde, castaño claro, y se puso un encantador sombrero naranja. Encontró a Anthony en el vestíbulo, junto al baúl.

–Le explicaría mi biografía, si no tuviéramos ocupaciones más urgentes –dijo el joven–. Escuche lo que debe hacer. Vaya a la estación de Paddington en taxi, con el equipaje, sin olvidar el baúl. Déjelo en la consigna. Yo estaré en el andén. Deje caer el resguardo al pasar a mi altura. Yo lo recogeré y fingiré devolvérselo, pero en realidad me lo quedaré. Váyase a Chimneys y deje que yo me encargue de todo lo demás.

–Le estoy agradecidísima –exclamó Virginia–. Es una descortesía de mi parte endosarle a un perfecto extraño un cadáver de esta manera.

–Me divierte –aseveró Anthony, displicente–. Un amigo mío, Jimmy McGrath, podría contarle mi debilidad por esta clase de asuntos.

Los ojos de Virginia se dilataron.

–¿Cómo? ¿Jimmy McGrath?

Anthony, alerta, le devolvió la mirada.

–Sí, ¿por qué? ¿Lo conoce?

–He oído su nombre últimamente –dijo Virginia titubeando, y agregó–. Mr. Cade, tengo que hablar con usted. ¿Le sería posible ir a Chimneys?

–No tardará en volver a verme, Mrs. Revel, se lo aseguro. Ahora, el conspirador A se larga por la puerta trasera. El conspirador B sale gloriosamente por la puerta principal y coge un taxi.

El programa se realizó tal como habían convenido. Anthony tomó un taxi y llegó al andén a tiempo de recoger el resguardo de la consigna; luego, fue en busca de un Morris Cowley de segunda mano, que había adquirido previsoramente aquella misma mañana. Regresó a la estación, recobró el baúl y lo aseguró en el portaequipaje.

Su objetivo se hallaba fuera de Londres. Condujo a través de Notting Hill, Shepherd's Bush, Goldhawk Road, Brentford y Hounslow, hasta que se halló en el largo trecho de carretera que media entre esta última localidad y Staines. Era una carretera muy frecuentada. No quedarían huellas de pies o de neumáticos. Anthony se detuvo. Ensució ante todo con barro la matrícula de su coche. Aprovechó una pausa del tránsito para sacar del baúl el cadáver de Giuseppe y lo colocó en la cuneta en un punto en que la carretera trazaba una curva, de forma que no lo iluminasen los faros de los vehículos.

Inmediatamente, se alejó. Su acción había durado minuto y medio. Regresó a Londres por el ramal de Burnham Beeches. Detuvo el automóvil una vez y, eligiendo un gigantesco árbol, trepó por él sin prisa. Fue una verdadera hazaña. En una rama, que ofrecía un hueco cerca del tronco, escondió un paquete de papel recio.

«Astuto modo de librarse del arma homicida», se dijo Anthony satisfecho. «La policía registra el suelo y draga los estanques y ríos, pero pocos ingleses serían capaces de encaramarse a este árbol.»

De vuelta a la estación de Paddington, dejó el baúl en la consigna de llegada. Pensó luego en sabrosos filetes, tiernas chuletas y grandes cantidades de patatas fritas; pero una mirada al reloj lo disuadió. Llenó de gasolina el depósito del Morris y se lanzó de nuevo a la carretera, en aquella ocasión en dirección al norte.

Eran las once y media cuando detuvo el coche en el camino que corría paralelo al jardín de Chimneys. Saltó ágilmente el muro y avanzó hacia el edificio principal. La enorme masa gris, la venerable mole de Chimneys, descollaba en la oscuridad, a mayor distancia de la que había sospechado. Emprendió la marcha. Un reloj marcaba las doce menos cuarto. A la hora mencionada en el trozo de papel, Anthony estaba ya en la terraza, levantando la cabeza hacia la casa. Reinaba el silencio entre las sombras.

«Los políticos se van a dormir como las gallinas», pensó.

Y entonces estalló un ruido: la detonación de un arma de fuego. Anthony giró sobre sí mismo, seguro de que procedía del interior de la mansión. Aguardó sin que se alterase la calma mortal. Se acercó a una de las grandes puertas ventanas. A su juicio, el estampido se había producido allí dentro. Accionó el picaporte. Estaba cerrado. Con el oído atento, intentó abrir alguna de las otras puertas ventanas. El silencio persistía.

Se dijo finalmente que había soñado o que el disparo se debía a un cazador furtivo. Desanduvo el camino, intranquilo y un tanto insatisfecho.

Al mirar por última vez la casa, se encendió una luz en el primer piso. Se apagó casi inmediatamente, sumiendo la mansión en la oscuridad de la noche.

CAPÍTULO X

CHIMNEYS

El inspector Badgworthy estaba en su despacho a las 8.30 de la mañana. Era alto, grueso, de movimientos pesados, acostumbrado a respirar hondo cuando la situación lo requería. Tenía delante al agente Johnson, recién ingresado en el cuerpo, con un aire de novato que resultaba casi ridículo.

Con su majestuosa lentitud peculiar, el inspector cogió el teléfono, que sonaba insistentemente.

–Aquí la comisaría de Market Basing. El inspector Badgworthy al habla... ¿Qué dice?

Un leve cambio en la actitud del inspector. De la misma manera que él está por encima de Johnson, también hay otros que están por encima del inspector Badgworthy.

–Diga, milord. Perdone, milord. No le oigo bien.

Un largo silencio, durante el cual el inspector escucha, y un amplio abanico de expresiones pasan por su rostro de costumbre impasible. Por fin cuelga el teléfono después de un breve: «De inmediato, milord».

Miró a Johnson altivamente.

–Era Su Señoría. Ha habido un asesinato en Chimneys.

–Asesinato –repitió Johnson impresionado.

–Así es, asesinato –dijo satisfecho el inspector.

–Que yo sepa no han asesinado a nadie en la comarca desde que Tom Pearce le pegó un tiro a su novia.

–Y no lo fue en cierto modo. La culpa fue de la bebida –replicó el inspector, despectivo.

–Por lo menos, no lo ahorcaron –comentó sombrío Johnson–. ¿Va en serio ahora, señor?

–Sí, Johnson. Encontraron muerto de un tiro a uno de los huéspedes de Su Señoría, un caballero extranjero. La ventana abierta y huellas de pisadas en el exterior.

–Siento que sea extranjero –se apenó Johnson.

Hacía que el asesinato pareciera menos real. Johnson era de la opinión que los extranjeros eran propensos a morir a balazos.

–Su Señoría está furioso –continuó el inspector–. Avisaremos al doctor Cartwright para que nos acompañe. ¡Ojalá no borren esas huellas!

Badgworthy se sentía transportado al séptimo cielo. ¡Un asesinato! ¡En Chimneys! El inspector Badgworthy a cargo del caso. La policía tiene una pista. Arresto sensacional. Promoción y galardones para el mencionado inspector.

«A menos que Scotland Yard se entrometa», agregó para sí mismo. El pensamiento amortiguó su entusiasmo por un momento. Dadas las circunstancias, era muy posible que los de Londres intervinieran.

Fueron a buscar al doctor Cartwright, un hombre joven y curioso. Su actitud fue casi idéntica a la de Johnson.

–¡Cielo santo! –exclamó–. No hemos tenido aquí un asesinato desde la época de Tom Pearce.

Los tres subieron al pequeño coche del doctor, y emprendieron la marcha hacia Chimneys. Cuando pasaban por el Jolly Cricketers, el médico advirtió la presencia de un hombre en la puerta de la posada.

–Un forastero –comentó–. Un tipo bien parecido. ¿Cuánto llevará aquí? ¿Qué hace en el Cricketers? No lo he visto hasta ahora. Debió llegar anoche.

–Pero no en tren –aseguró Johnson.

Su hermano era el jefe de la estación y, por consiguiente, estaba bien informado de las llegadas y partidas de trenes.

–¿Quién vino ayer a Chimneys? –preguntó el inspector.

–Lady Eileen en el de las 3.40, con dos caballeros, un norteamericano y otro militar, ambos sin criados. El marqués y un extranjero, quizás el asesinado, más un ayuda de cámara, en el de las 5.40. Mr. Eversleigh se apeó del mismo tren. Mrs. Revel llegó en el de las 7.25, así como otro extranjero, calvo, de nariz aguileña. La doncella de dicha señora llegó en el de las 8,56. Johnson se detuvo, sin aliento.

–¿Nadie que se hospede en el Cricketers?

Johnson meneó la cabeza.

–Ese joven debió llegar en coche –dedujo el inspector–. Johnson, pregunte con discreción en el Cricketers cuando vuelva. No perdamos de vista a los forasteros. Ése está muy moreno y deduzco que llega de otra tierra.

El inspector hizo un gesto de sagaz aprobación, como indicando que a un hombre tan despierto como él no se le escapaba ni un detalle.

El automóvil atravesó la verja del parque de Chimneys. Descripciones de este lugar histórico aparecen en todas las guías turísticas. También aparece en el número 3 de la revista *Mansiones históricas de Inglaterra*. Los turistas de Middlingham recorren los jueves las habitaciones abiertas al público. Sería, por tanto, superfluo explicar cómo es Chimneys cuando se ofrecen tantas facilidades para conocerlo.

Los recibió un mayordomo de cabello cano y perfectas maneras. Parecía decir: «No estamos acostumbrados a que se cometan asesinatos entre estas paredes. Pero son tiempos malvados. Enfrentemos el desastre con calma y hagamos ver hasta nuestro último soplo de vida que no ha ocurrido nada fuera de lo normal».

–Su Señoría les espera. Síganme, por favor.

Los condujo a una habitación pequeña y cómoda, en la que se refugiaba lord Caterham para huir de tanta magnificencia como le rodeaba, y le anunció.

–La policía, milord, y el doctor Cartwright.

El marqués se paseaba muy agitado.

–¡Ah! Al fin, inspector. Le doy las gracias ¿Cómo le va, Cartwright? ¡Menudo lío, señores! ¡Menudo lío!

Mientras hablaba, lord Caterham no dejaba de pasarse las manos por el pelo que ya estaba erizado como las púas. Se parecía menos que nunca a un par del reino.

–¿Dónde está el cadáver? –inquirió el médico con un tono seco.

Caterham le miró como si le aliviase la pregunta tan directa.

–En la cámara del Consejo, donde fue encontrado. Prohibí que se tocase nada. Me pareció lo más correcto.

–Lo fue, milord –aprobó el inspector.

Sacó un cuaderno y un lápiz.

–¿Quien descubrió al muerto? ¿Usted?

–No. ¡Por Dios! –exclamó Caterham–. ¿Cree que me levanto a esa inverosímil hora del día? Fue una criada. Chilló como si la despellejasen; yo no la oí. Me avisaron y, naturalmente, bajé, y ahí estaba.

–¿Reconoció el cadáver como el de un huésped suyo?

–Sí, inspector.

–¿Se llamaba?

La sencilla pregunta trastornó a lord Caterham. Abrió la boca un par de veces y la cerró.

–¿Quiere saber su nombre? –preguntó con voz débil.

–Sí, milord.

El marqués miró en derredor como si buscase inspiración.

–Se llamaba... me parece... estoy convencido... sí, conde Stanislaus.

Lo raro de su conducta hizo que el inspector dejase de escribir para mirarle. En aquel momento, hubo una intromisión que reanimó considerablemente al apurado aristócrata.

Entró una joven en la habitación. Era alta, delgada y morena; su rostro juvenil era atractivo. Parecía muy decidida. Lady Eileen, apodada Bundle, primogénita del marqués, inclinó la cabeza en dirección a los recién llegados y le dijo a su padre:

–Ya lo he encontrado.

Durante un segundo el inspector estuvo a punto de correr, dando la impresión de que la joven había capturado al asesino, pero inmediatamente comprendió que se refería a algo distinto.

Lord Caterham exhaló un suspiro de descanso.

–¡Bravo! ¿Qué dijo?

–Que viene inmediatamente y que debemos «emplear la máxima discreción».

Su padre chasqueó la lengua.

–Sólo George Lomax puede aconsejar semejante idiotez. Sin embargo, en cuanto aparezca me lavaré las manos en este asunto.

Esa perspectiva pareció reanimarlo.

–¿El asesinado se llamaba conde Stanislaus? –preguntó el médico.

Padre e hija intercambiaron una rápida mirada, y el primero declaró dignamente:

–Acabo de informarles de ello.

–Su anterior indecisión me ha obligado a asegurarme –explicó Cartwright.

Había un ligero brillo de duda en los ojos del inspector y Caterham hizo una mueca de reproche.

–Le llevaré a la cámara del Consejo –dijo con un tono un poco más enérgico.

Le siguieron. El inspector, que cerraba la marcha, miraba en todas las direcciones, como si esperase encontrar una pista en el marco de un cuadro o detrás de una puerta.

Caterham abrió una de éstas con una llave que guardaba en el bolsillo. Vieron una sala enorme, pavimentada de roble, con tres puertas ventanas que daban a la terraza. Había una larga mesa, muchos cofres y varias sillas antiguas muy bellas. En las paredes, se veían retratos de los antepasados de los Caterham y de otros personajes.

Cerca de la pared de la izquierda, a medio camino entre la entrada y la ventana, yacía de espaldas un hombre, con los brazos abiertos.

El doctor Cartwright se arrodilló junto a él. El inspector fue a examinar las puertas ventanas. La del centro estaba cerrada, pero no asegurada; en los escalones se veían huellas de pasos que se aproximaban a la ventana y otra serie que se alejaban de ella.

–Resultan claras –dijo el inspector–; pero no se ven en el interior, destacarían en el encerado.

–Tal vez yo pueda facilitarle la explicación –prometió Bundle–. La criada dio brillo a la mitad del suelo esta mañana antes de descubrir el cadáver. No había mucha luz cuando empezó. Se encaminó a la ventana, corrió las cortinas y se puso a trabajar. El cuerpo quedaba oculto por la mesa. No lo vio hasta que tropezó con él.

El inspector afirmó varias veces.

–Aquí le dejo, Badgworthy –dijo Caterham, ansioso de marcharse–. No le costará encontrarme si me necesita. Mr. George Lomax llegará muy pronto desde Wyvern Abbey y les informará. Sabe de esto mucho más que yo. El asunto le concierne.

El marqués se retiró precipitadamente sin esperar contestación.

–Lomax cometió una torpeza al complicarme –se quejó en voz alta en el pasillo–. ¿Qué hay, Tredwell?

El mayordomo revoloteaba atento a su lado.

–Milord, me he tomado la libertad de adelantar la hora de su desayuno. Lo tiene dispuesto en el comedor.

–No conseguiré tragar un bocado –rezongó Caterham sombrío, cambiando su rumbo hacia la mencionada habitación–. No, aunque me obliguen.

Bundle le cogió del brazo y entraron juntos en el comedor. En el aparador había media docena de bandejas de plata, en las que los manjares conservaban su calor por medio de calentadores eléctricos.

–Tortilla –olfateó Caterham, levantando sucesivamente todas las tapaderas–, huevos con beicon, riñones, picadillo de carne, jamón y faisán frío. Nada de eso me apetece, Tredwell. Ordene al cocinero que me prepare un huevo pasado por agua.

–Muy bien, milord.

El mayordomo se marchó. Caterham llenó un plato con riñones y beicon, se sirvió un tazón de café y se sentó a la mesa. Bundle se dedicó a los huevos con beicon.

–Estoy hambrienta –dijo con la boca llena–. Debe de ser la emoción.

–Mejor para ti –gimió su padre–. A los jóvenes os entusiasman los contratiempos. Yo, en cambio, como sabes, estoy muy delicado. Sir Abner Willis ha insistido, como cualquier médico, en que evite toda clase de preocupaciones. Decirlo no cuesta nada. ¿Cómo evitar las preocupaciones si ese asno de Lomax me embarca en esta aventura? ¿Por qué no me opuse con más energía?

Sacudiendo melancólicamente la cabeza, se levantó y se sirvió jamón en otro plato.

–Desde luego, «El besugo» se ha lucido en esta ocasión –observó Bundle alegremente–. Habló sin coherencia por teléfono. Aparecerá dentro de un par de minutos, recomendando diez veces seguidas, a todo el que se ponga a tiro, discreción y prudencia.

La perspectiva arrancó un gemido a lord Caterham.

–¿Estaba levantado? –preguntó.

–Me anunció que, desde las siete, dictaba cartas e informes –contestó Bundle.

–Y se enorgullece de ello –conjeturó su padre–. Los hombres públicos son extraordinariamente egoístas. Explotan a sus míseros secretarios desde la madrugada redactando estupideces. La nación se beneficiaría si se votase una ley prohibiéndoles que se levantasen antes de las once. Los soportaría si no me vinieran con discursos. Lomax me martiriza constantemente por mi «posición». Como si yo tuviera alguna. ¿Quién anhela ser par hoy en día?

–Nadie. Es preferible ser dueño de una taberna.

Tredwell reapareció con dos huevos pasados por agua en una bandejita de plata labrada, que depositó en la mesa, frente al marqués.

–¿Qué es esto? –se horrorizó Caterham.

–Huevos pasados por agua, milord.

–Me dan náuseas –dijo enfadado Caterham–. Son insípidos. No me atrevo ni a mirarlos. Lléveselos, Tredwell.

–Muy bien, milord.

El mayordomo se marchó tan silenciosamente como había llegado con el plato de huevos.

–¡Alabado sea el Señor porque nadie madruga en esta casa! –exclamó Caterham–. Tendremos que darles la noticia cuando se despierten.

Suspiró.

–¿Quién lo ha matado y por qué? –preguntó Bundle.

–Eso no nos importa, gracias a Dios. Es tarea de la policía. Badgworthy no averiguará nada. Espero que el culpable sea el tal Nosystein

–¿A quién te refieres?

–Al sindicato ciento por ciento británico.

–¿Para qué iba a matarlo Mr. Isaacstein? ¿No vino con el propósito de conocerlo?

–Altas finanzas –dijo lord Caterham vagamente–. Lo cual me hace pensar que Mr. Isaacstein probablemente será madrugador y que aparecerá de un instante a otro. Los financieros tienen el vicio de levantarse temprano. Creo que por ricos que sean, toman siempre el tren de las 9.17. El caso es madrugar.

El ruido de un coche, conducido a gran velocidad, entró a través del balcón abierto.

–¡«El besugo»! –vaticinó Bundle.

Padre e hija se asomaron y saludaron al ocupante del coche, que se había detenido en la entrada.

–Por aquí, mi buen amigo, por aquí –gritó Caterham, que se apresuró a engullir un pedazo de beicon.

George Lomax no intentó entrar por el balcón. Desapareció de su vista y reapareció en pos de Tredwell, que se retiró al punto.

–Desayune –invitó Caterham, estrechándole la mano–. ¿Quiere riñones?

George los rechazó impaciente.

–¡Es una terrible calamidad!

–Lo es. ¿Pescado?

–No, no. Hay que silenciarlo, hay que silenciarlo a toda costa.

Como Bundle había profetizado, rompió a hablar sin coherencia.

–Comprendo sus sentimientos –aplacó Caterham–. Pruebe los huevos con beicon o el faisán.

–Una situación imprevista, una calamidad nacional... Concesiones perdidas...

–Calma, calma –pidió el marqués–. Coma. La comida le tranquilizará. ¿Huevos pasados por agua? Había unos por aquí hace un momento.

–No quiero comer –dijo George–. He desayunado y, aunque no lo hubiera hecho, no podría probar nada. Pensemos en nuestras futuras acciones. ¿A quién se lo ha comunicado?

–Lo sabemos Bundle, yo, la policía y Cartwright. Y naturalmente, el servicio.

George gimió.

–Calma, querido amigo –rogó el bondadoso Caterham–. ¿Por qué no toma un bocado? Piense en la imposibilidad de ocultar un cadáver. Hay que enterrarlo y todas esas cosas. Muy lamentable, pero es lo que hay.

George se serenó de pronto.

–Tiene razón, Caterham. ¿Dice que ha avisado a la policía local? No basta. Necesitamos a Battle.

–¿Quién es ese caballero?

–Un superintendente de Scotland Yard, un hombre de gran discreción. Colaboró con nosotros en el deplorable caso de los fondos del partido.

–¿Que ocurrió? –inquirió Caterham interesado.

George había advertido la presencia de Bundle y recordó oportunamente la discreción. Se levantó.

–No perdamos más tiempo. Debo enviar unos telegramas de inmediato

–Escríbalos y Bundle los enviará por teléfono.

George empuñó su pluma estilográfica y escribió con rapidez increíble. Entregó el primero a Bundle, que lo leyó con curiosidad.

–¡Cielos! ¿Qué nombre? ¿Barón qué?

–Barón Lolopretjzyl.

Bundle pestañeó.

–Entiendo. No será fácil deletrearlo a telégrafos.

George siguió escribiendo. Entregó, por fin, el producto de la tarea a Bundle y se dirigió al dueño de la casa.

–Lo mejor que puede hacer, Caterham...

–¿Sí? –dijo el marqués, aprensivo.

–Es dejarlo todo en mis manos.

–Lo mismo había pensado –afirmó Caterham con vivacidad–. Encontrará a la policía y al doctor Cartwright en la Cámara del Consejo; con el cadáver, claro está. Mi querido Lomax, tiene Chimneys a su plena disposición, haga lo que le plazca.

–Gracias –dijo George–. Si hubiera de consultarle...

Pero lord Caterham ya se había ido. Bundle había observado su retirada con una sonrisa severa.

–Despacharé los telegramas. ¿Sabe llegar a la cámara del Consejo?

–Sí, gracias, lady Eileen.

George se precipitó fuera del comedor.

CAPÍTULO XI

EL SUPERINTENDENTE BATTLE

Lord Caterham tenía tanto miedo a las consultas de George, que dedicó toda la mañana a recorrer su enorme finca. Sólo la llamada del hambre le condujo a la mansión, reflexionando que a aquellas alturas lo peor ya habría pasado.

Una puerta lateral le permitió entrar de puntillas en el edificio y deslizarse en su leonera. Se alegró de que nadie hubiera advertido su llegada, pero se equivocaba. Nada escapaba a la mirada alerta de Tredwell. El mayordomo apareció en la puerta.

–Perdóneme, milord...

–¿Qué pasa?

–Mr. Lomax, milord, está ansioso por verle en la biblioteca tan pronto como usted regrese.

Tredwell insinuaba, mediante esta juiciosa frase, que lord Caterham no había regresado si así lo prefería.

El marqués se levantó resignado.

–Tarde o temprano lo habré de soportar. ¿En la biblioteca, dice?

–Sí, milord.

Caterham recorrió los amplios espacios de la mansión de sus antepasados, y llegó a la puerta de la biblioteca. Estaba cerrada con llave. Cuando sacudió el picaporte, alguien la abrió y el rostro suspicaz de George Lomax se mostró en una rendija. Su semblante cambió al reconocer a su anfitrión.

–Entre, Caterham. Nos preocupaba su larga ausencia.

El marqués esquivó una respuesta directa, mascullando cuatro palabras sobre sus deberes de propietario. Había otros dos hombres en la habitación. Uno era el coronel Melrose, jefe de la policía, y el otro, un individuo fornido de mediana edad, cuyo rasgo más notable era su inexpresividad.

–El superintendente Battle llegó hace media hora –dijo George–. Se ha entrevistado con el inspector Badgworthy y el doctor Cartwright. Ahora desea interrogarnos.

Se sentaron una vez Caterham saludó al coronel y al superintendente.

–Battle, será inútil ponderar que nos enfrentamos con un caso que reclama extremada discreción –dijo George.

El superintendente afirmó de una manera tan indiferente que complació al marqués.

–No tema, Mr. Lomax; pero no oculte ningún hecho. El caballero asesinado se llamaba conde Stanislaus o con ese nombre le conocía el servicio, ¿verdad? ¿Era su verdadero nombre?

–No –contestó receloso Lomax.

–¿Quién era?

–El príncipe Michael de Herzoslovaquia.

La única reacción de Battle fue abrir un poco más los ojos.

–¿Y cuál, si me permite la pregunta, fue el objeto de su visita? ¿Distraerse?

–Había otro, Battle. ¿Cuento con su discreción?

–Sí, por supuesto, Mr. Lomax.

–¿Y con la suya, coronel Melrose?

–Naturalmente.

–El príncipe Michael vino con el estricto propósito de conocer a Mr. Herman Isaacstein. Había de discutir un préstamo bajo determinadas condiciones.

–¿Cuáles?

–No lo sé exactamente, puesto que faltaba ultimarlas. En términos generales, y dando por sentada su subida al trono, el príncipe se comprometería a otorgar concesiones petrolíferas a las compañías en que Mr. Isaacstein tiene intereses. El gobierno británico apoyaría las pretensiones del príncipe Michael en vista de su franca simpatía por los ingleses.

–Es suficiente –dijo el superintendente–. El príncipe Michael quería dinero; Mr. Isaacstein, el petróleo y nuestro gobierno estaba dispuesto a hacer de padrino. Otra pregunta. ¿Quién más codiciaba las concesiones?

–Un grupo de financieros norteamericanos había efectuado ciertos avances con Su Alteza.

–Y fueron defraudados, ¿verdad?

George no picó el anzuelo.

–El príncipe Michael simpatizaba con los ingleses –repitió.

Battle no insistió.

–Lord Caterham, corríjame si estoy equivocado. Ayer conoció al príncipe en Londres y vinieron juntos aquí. Le acompañaba un ayuda de cámara herzoslovaco, llamado Boris Anchoukoff. El capitán Andrassy, su edecán, se quedó en la ciudad. El príncipe se retiró inmediatamente a sus habitaciones, pretextando cansancio, y le sirvieron la cena en ellas. De modo que no conoció en ningún momento a sus otros huéspedes. ¿Es correcto?

–Exacto.

–Esta mañana, a eso de las 7.45, una criada descubrió el cadáver. El doctor Cartwright practicó un reconocimiento a la víctima, dictaminando que había muerto a consecuencia de un disparo de un revólver. No se encontró ningún revólver y nadie en la casa parece haber oído el disparo. El reloj del difunto, roto durante la caída, indica que el crimen se perpetró a las doce menos cuarto. ¿A qué hora se acostaron anoche?

–Temprano. La reunión distaba de ser un éxito. Alrededor de las diez y media.

–Gracias. Milord, descríbame a sus invitados.

–Pero, ¿el asesino no vino de fuera?

Battle sonrió.

–Me atrevería a decir que sí. Sin embargo, la rutina me impone la obligación de informarme de los ocupantes de la casa.

–Aparte del príncipe, su criado y Mr. Isaacstein, de quienes ya hemos hablado, está Mr. Eversleigh...

–Que trabaja en mi despacho –terció George condescendiente.

–¿Y que estaba enterado de los verdaderos motivos de la presencia del príncipe?

–Creo que no –repuso George pomposamente–. Habrá sospechado que algo se trama, pero no considero necesario dispensarle toda mi confianza.

–Ya, ya. Continúe, milord.

–También estaba Mr. Hiram Fish.

–¿Quién es?

–Un norteamericano. Vino con una carta de presentación de Mr. Lucius Gott. ¿Sabe quién es?

El superintendente sonrió. ¿Quién no conocía a Lucius C. Gott, el multimillonario?

–Le interesan mis primeras ediciones. No pueden compararse con la colección de Mr. Gott, pero tengo algunos tesoros. Mr. Fish es un entusiasta de los libros. Puesto que Mr. Lomax me pidió que invitara a otras personas, a fin de que la reunión tuviera naturalidad, rogué a Mr. Fish que aceptara mi hospitalidad. Con esto he mencionado a todos los varones. La única dama ajena a la casa es Mrs. Revel, que supongo que vendría con su doncella. Además de mi hija mayor, están las pequeñas, las niñeras, la institutriz y el servicio.

Caterham tomó aliento.

–Gracias –dijo Battle–. Pura rutina, pero necesaria

–¿Se duda de que el asesino entrara por la ventana? –inquirió George.

Battle no respondió en seguida.

–Tenemos las huellas de entrada y salida –contestó al fin–. A las 11.40, un coche se detuvo en la carretera, junto al muro del jardín. A las doce, también en coche, un joven llegó al Jolly Cricketers y pidió una habitación. Dejó las botas en el pasillo para que les sacasen brillo. Estaban húmedas y llenas de barro; como si hubiese estado andando un buen rato a través de la hierba en el parque.

George se inclinó ansioso.

–¿Podría comparar esas botas con las huellas?

–Ya lo hemos hecho.

–¿Y que?

–Corresponden.

–¡Asunto concluido! –exclamó George–. Hemos encontrado al asesino. ¿Cómo se llama ese joven?

–Anthony Cade.

–Hay que arrestarlo; debemos perseguirlo.

–No será necesario –aseveró Battle.

–¿Por qué?

–Porque está cerca de aquí.

–¿Cómo?

–Es curioso, ¿verdad?

El coronel Melrose miró interesado al superintendente.

–¿Qué nos oculta, Battle?

–He dicho que era curioso. Ese joven, en vez de huir, lo que sería lógico a todas luces, no sólo se queda, sino que colaborará para que identifiquemos al autor de las huellas.

–¿Qué piensa usted?

–No se qué pensar, y eso es un estado mental muy inquietante.

–¿Cree que...? –empezó a decir el coronel.

Le interrumpió un golpecito en la puerta. George fue a abrir. Tredwell, disfrazando la humillación de tener que llamar, anunció desde el umbral:

–Perdón, milord. Un caballero pide que se le reciba por algo urgente, relacionado con la tragedia de esta mañana.

–¿Cómo se llama? –intervino Battle.

–Su nombre es Anthony Cade, señor. Aseguró que no diría más.

Los cuatro hombres se inmovilizaron. Súbitamente, lord Caterham se echó a reír.

–Por fin me divierto. Hágale pasar, Tredwell. Hágale pasar ahora mismo.

CAPÍTULO XII

ANTHONY CUENTA SU HISTORIA

–Mr. Anthony Cade –anunció el mayordomo.

–Se presenta el sospechoso del hostal –dijo el joven.

Al entrar se dirigió hacia lord Caterham, comprendiendo que era el dueño de la casa. Al unísono, clasificó a los tres presentes así: «1, Scotland Yard; 2, autoridad local, seguramente el jefe de policía; 3, caballero al borde de la apoplejía. Un funcionario gubernamental».

–Me excuso por mi intempestiva llegada –agregó Anthony, siempre dirigiéndose a lord Caterham–. Se murmuraba en el Joly Crickequers, o como se llame la taberna del pueblo, que ha habido un asesinato en esta casa y en la creencia de que quizá pueda dar algunos datos he venido aquí.

Pasaron unos segundos sin que nadie respondiera. El experto superintendente Battle conocía la ventaja que representa dejar hablar a quien está dispuesto a hacerlo; el coronel Melrose callaba por ser de natural taciturno; George porque estaba acostumbrado a que le informaran; y lord Caterham porque no sabía qué decir. El silencio de los otros tres, y el hecho de que el joven se refiriese a él, le obligaron a hacer uso de la palabra.

–Pues... claro, claro... –tartamudeó–. ¿Por qué... no... se sienta?

–Gracias –contestó Anthony.

George carraspeó majestuosamente.

–Eeeh... cuando dice que puede arrojar algo de luz en este asunto se refiere a...

–Me refiero a que anoche me introduje en la propiedad de lord Caterham, por lo que pido perdón –confesó Anthony–. Ocurrió a las 11.45, hora en que sonó un disparo. Creo que es la hora del crimen.

Miró a su alrededor. Finalmente, sus ojos se detuvieron en el superintendente, cuya impasibilidad parecía apreciar.

–Pero creo que eso no es nuevo para usted –añadió suavemente.

–¿Por qué, Mr. Cade? –preguntó Battle.

–Tengo la costumbre de calzarme cuando me levanto. Esta mañana me puse zapatos. Más tarde, cuando pedí las botas, no me las pudieron dar. Algún encantador agente se las había llevado. Así que sume dos y dos, y me apresuré a venir aquí para aclarar mi posición si es posible.

–Le felicito por su cordura –dijo Battle, sin comprometerse.

Los ojos de Anthony chispearon.

–Aprecio su reticencia, inspector. ¿Es inspector, verdad?

El marqués intervino. Empezaba a sentir debilidad por el joven.

–Es el superintendente Battle, de Scotland Yard. Este caballero es el coronel Melrose, nuestro jefe de policía. Y le presento, finalmente, a Mr. Lomax.

Anthony miró interesado al último.

–¿Mr. George Lomax?

–Sí.

–Mr. Lomax, ayer tuve el honor de recibir una carta suya.

George se desconcertó.

–Se equivoca –replicó con voz fría.

Hubiera dado un tesoro por tener al lado a miss Oscar, quien mecanografiaba sus cartas y recordaba tanto a su destinatario como su contenido. Una persona de su categoría no podía reparar en estos detalles tan insignificantes.

–Mr. Cade –añadió–, si mal no recuerdo, nos iba usted a proporcionar una explicación de lo que hacía en esta finca a las 11.45 de la noche.

Su tono equivalía a expresar: «Y no le creeremos, aunque sea el Evangelio».

–Sí, Mr. Cade, ¿qué se proponía? –medió Caterham con no pequeño interés.

–Pues es una historia muy larga –le repuso Anthony, y sacó la pitillera–. ¿Me permite?

Su Señoría asintió, y el joven encendió un cigarrillo preparándose para la prueba.

Advirtió lo espinoso de su situación. En el espacio de veinticuatro horas, se había visto envuelto en dos crímenes distintos. Su intervención en el primero no le ayudaría en nada con el segundo. Después de hacer desaparecer un cadáver, desorientando con ello a la justicia, había aparecido en el escenario del otro asesinato en el instante preciso en que se cometía. Como joven aficionado a las aventuras, no podría quejarse.

«Sudamérica está cada vez más lejana», pensó. Respondería la verdad, modificada por una leve alteración y una grave supresión.

–Los hechos empezaron hará de ello tres semanas, en Bulawayo –dijo Anthony–. Mr. Lomax conocerá, como es natural, aquella parte del Imperio, pues se dice, y no en balde: «¿Qué sabemos de Inglaterra que Inglaterra no sepa?». Durante una conversación con un buen amigo mío, Mr. James McGrath...

Pronunció el nombre lentamente, fijos los ojos en George, que brincó en su asiento, reprimiendo una extemporánea exclamación.

–Fue a consecuencia de ello por lo que vine a Inglaterra con el objeto de llevar a cabo un encargo que Mr. McGrath no podía efectuar en persona. Por ello, y puesto que el pasaje había sido reservado a su nombre, viajé como James McGrath. El superintendente me dirá qué delito cometí y cuántos meses de cárcel me esperan.

–Continuemos con la historia, señor –respondió Battle, con un brillo inesperado en los ojos.

–Y como James McGrath me alojé en el Hotel Blitz de Londres. Mi misión era entregar un manuscrito a unos editores; casi inmediatamente, recibí delegaciones de dos partidos políticos de un país extranjero. Los métodos de una fueron puntualmente constitucionales; los de la otra, no. Las traté como sus respectivas conductas me aconsejaron. Mis peripecias no habían concluido. Aquella misma noche, un camarero intentó desvalijarme.

–¿Lo comunicó a la policía? –indagó Battle.

–No, tal como usted sospecha. No perdí nada. El gerente del hotel, a quien le conté todo, confirmará mis palabras e informará de que el camarero desapareció del hotel durante la noche. Al día siguiente, los editores me telefonearon y convinimos que me visitaría un representante suyo, a quien yo daría el manuscrito. Al día siguiente, se realizó la entrega. Desde entonces, no he tenido noticias suyas y creo que el manuscrito obra en su poder. Ayer, encarnando todavía a Mr. McGrath, recibí una carta de Mr. Lomax...

Anthony se interrumpió, distraído por el gesto intranquilo de George.

–La recuerdo en este momento. Mi abundante correspondencia... ¿Cómo iba a saberlo si el nombre era distinto? Y añado –exclamó George, firme en su honestidad– que considero esta sustitución indigna. No me cabe duda de que recibirá un severo castigo penal.

–En la carta –siguió Anthony sin amilanarse–, Mr. Lomax apuntó varias cosas sobre el manuscrito y me invitaba, en representación de lord Caterham, a que viniera a pasar el fin de semana.

–Me alegro de tenerlo aquí, querido muchacho –dijo el aristócrata–. Más vale tarde que nunca, ¿verdad?

George le miro con cara de pocos amigos.

Battle continuaba observando a Anthony.

–¿Y ésta es la explicación de su presencia de ayer noche en el jardín, señor? –preguntó.

–Desde luego que no –exclamó Anthony–. Si me invitan a pasar el fin de semana en una casa de campo no escalo sus muros de noche, ni recorro solapadamente sus jardines, ni intento abrir las ventanas. Voy a la puerta, llamo al timbre y me limpio las suelas de los zapatos en la alfombrilla. Contesté a Mr. Lomax que ya no tenía el manuscrito y rechacé apesadumbrado la amable invitación de lord Caterham; pero después me acordé de algo. –Hizo una pausa. Había llegado el momento de pisar suelo resbaladizo–. En mi lucha con Giuseppe, el camarero, le arrebaté un trocito de papel en el que había unas palabras. Entonces no significaban nada para mí; la mención de Chimneys me las recordó. Volví a leerlas; no me había equivocado. Como verán ustedes, caballeros, las palabras son: *Chimneys, 11.45, jueves.*

Battle examinó atentamente el papel.

–Desde luego, Chimneys podía o no tener relación con esta casa. Lo cierto es que el mencionado Giuseppe era un ladrón. Vine, por tanto, en mi coche, me cercioré de que no había novedad, fui al hostal y, una vez allí, pensé poner en guardia a lord Caterham para que evitase cualquier contratiempo durante el fin de semana.

–Muy agradecido –dijo el marqués.

–Llegué tarde. Por consiguiente, osé saltar la tapia y correr hasta la terraza. La casa estaba silenciosa y a oscuras. En el instante de marcharme, oí la detonación. Me pareció que sonaba en el interior e intenté abrir las ventanas. Como el silencio y la calma no se alteraron, deduje que un cazador furtivo había disparado su arma, conclusión natural en vista de las circunstancias.

–Muy natural –exclamó Battle impasible.

–Fui al hostal y, esta mañana, como he dicho, me enteré de la noticia. Forzosamente tenía que resultar sospechoso y vine a contar lo sucedido con la esperanza de no salir esposado de aquí.

Hubo una pausa. El coronel Melrose consultó con los ojos al superintendente.

–Eso lo aclara todo –comentó.

–Sí –apreció Battle–. Esta mañana no voy a emplear las esposas.

–¿Alguna pregunta, Battle?

–Quisiera saber algo. ¿Qué era ese manuscrito?

George, que era el aludido, repuso a regañadientes:

–Las memorias del difunto conde Stylptitch...

–No diga más –interrumpió Battle–. Comprendo.

Se encaró con Anthony.

–¿Sabe quién fue la víctima, Mr. Cade?

–En el hostal se hablaba de cierto conde Stanislaus.

–Cuénteselo –le dijo Battle a George.

George tuvo que obedecer, aunque su disgusto fue evidente.

–El caballero que se amparaba bajo el nombre de conde Stanislaus no era sino Su Alteza, el príncipe Michael de Herzoslovaquia.

Anthony silbó.

–¡Vaya un compromiso!

Battle, que lo había estado observando, soltó un gruñido como si estuviera satisfecho y se levantó bruscamente.

–Desearía preguntar un par de cosas a Mr. Cade. Si me lo permiten, lo llevaré a la cámara del Consejo.

–Considérese en su casa –dijo lord Caterham.

Anthony y el detective salieron.

El cadáver no ocupaba ya el lugar de la tragedia. Sólo una mancha oscura en el sitio en que había yacido indicaba una muerte por violencia. El sol, a través de las tres grandes ventanas, inundaba de luz la habitación y arrancaba un leve lustre áureo a los revestimientos de madera.

Anthony miró con un gesto de aprobación a su alrededor.

–Precioso –murmuró–. Nada hay como la vieja Inglaterra, ¿no es verdad?

–¿Creyó que habían disparado en esta habitación? –preguntó Battle, sin responder al elogio.

–Veamos.

Anthony salió a la terraza y estudió la fachada.

–Sí, eso es. Ocupa toda la esquina. Si hubiesen hecho fuego en otra parte, hubiera sonado a la izquierda, y lo oí detrás de mí o a la derecha. Eso me sugirió un cazador furtivo. Se halla al extremo del ala.

Al entrar, preguntó de pronto, como si tuviera una idea:

–¿Por qué? Lo mataron aquí, ¿verdad?

–¡Ah! Nunca se sabe bastante. Sí, lo mataron aquí. ¿Dijo que empujó las ventanas?

–Sí. Estaban cerrados.

–¿Cuántas probó?

–Las tres.

–¿Está seguro?

–Nunca hablo sin más ni más. ¿Por qué?

–Es singular –dijo Battle.

–¿Qué?

–Esta mañana, cuando descubrieron el crimen, la ventana central estaba abierta, me refiero a que no con la falleba.

–¡Uf! –suspiró Anthony, sentándose y buscando su pitillera–. ¡Menuda sorpresa! Eso modifica el caso y presenta sólo dos alternativas.

O lo mató alguien de la casa, alguien que abrió la falleba después de mi marcha para que pareciera que lo había realizado un extraño, haciendo que las culpas recaigan en mí. O, en una palabra, que yo miento. Usted se inclina a pensar lo segundo; pero, por mi honor, se engaña.

–Nadie se irá de esta casa hasta que yo haya descubierto la verdad –prometió Battle.

Anthony lo miró agudamente.

–¿Desde cuándo sospecha que puede ser un trabajo interior?

Battle sonrió.

–Desde el principio. Las huellas de usted son en exceso llamativas. Dudé tan pronto como comprobamos que sus botas las habían hecho.

–Me descubro ante Scotland Yard.

Pero en aquel preciso instante en que el superintendente reconocía la falta de complicidad de Anthony en el crimen, éste adivinó que no debía cantar victoria. Battle era un policía muy sagaz, no le pasaría inadvertido ni un detalle.

–¿Ocurrió aquí? –inquirió Anthony, señalando la mancha oscura del suelo.

–Sí.

–¿Con qué lo mataron? ¿Con un revólver?

–Sí, no sabremos la marca hasta que extraigan la bala en la autopsia.

–¿Lo han hallado?

–No.

–¿Tienen indicios?

–Esto.

El superintendente Battle, como un prestidigitador, exhibió una cuartilla, mirando a Anthony con disimulo.

El joven identificó el dibujo sin asombrarse.

–¡Ajá! De nuevo los Camaradas de la Mano Roja. Tendrían que litografiar su tarjeta de visita, ya que la esparcen con tanta profusión. Debe de ser muy aburrido dibujarlas una por una. ¿Dónde la encontraron?

–Debajo del cadáver. ¿La había visto antes, señor?

Anthony le contó con todo detalle su contacto con la emprendedora cofradía.

–Las apariencias apuntan a los camaradas.

–¿Lo cree, señor?

–Estaría de acuerdo con su gran propaganda, pero perro ladrador, poco mordedor. Mi opinión particular es que carecen de valor para ello; además, son muy pintorescos, no los imagino disfrazándose de huéspedes elegantes de una mansión histórica. Pero, ¿quién sabe?

–Tiene razón, Mr. Cade, ¿quién sabe?

Anthony le miró con una expresión risueña.

–Veo el juego claro. Una ventana abierta, las huellas y un forastero misterioso en el hostal del pueblo. Le aseguro, mi querido superintendente, que puedo ser muchas cosas, salvo el agente local de la Mano Roja.

Battle esbozó una débil sonrisa y jugó la última carta.

–¿Tendría algún inconveniente en ver el cadáver? –le preguntó a bocajarro.

–En lo más mínimo –contestó Anthony.

Battle precedió a Anthony por el pasillo hasta una puerta que abrió con una llave que sacó del bolsillo. Era una salita. El cadáver reposaba en una mesa, cubierto con una sábana.

El superintendente retiró la tela. Sus ojos se iluminaron al oír la sorprendida exclamación del joven.

–Lo ha reconocido, ¿verdad, Mr. Cade? –preguntó con una voz en la que vibraba una inconsciente nota de triunfo.

–Sí, lo he visto antes –confesó Anthony–; pero no como el príncipe Michael Obolovitch. Se fingió empleado de Banderson & Hodkins, editores, y dijo llamarse Holmes.

CAPÍTULO XIII

EL NORTEAMERICANO

El superintendente Battle arregló la sábana con el aire apabullado de quien no acierta el blanco con su último cartucho.

Anthony reflexionaba, con las manos en los bolsillos.

–Así que éstos son los «otros medios» que prometió el viejo Lollipop –murmuró.

–¿Cómo, Mr. Cade?

–Nada, superintendente. Perdone mi abstracción. Yo, mejor dicho, mi amigo Jimmy McGrath, ha perdido mil libras esterlinas.

–Es una bonita suma.

–En efecto. No es tanta la cantidad como la idea de que me han tomado el pelo lo que me enfurece. Entregué el manuscrito como un tierno corderito. Me duele, me duele mucho.

Battle calló.

–En fin, será inútil llorar. Quizás no las haya perdido del todo –se consoló Anthony–. Si recobro las memorias de Stylptitch de aquí al miércoles, todo serán risas y jolgorios.

–Regresemos a la cámara del Consejo. Quiero enseñarle algo.

En la sala, Battle se aproximó inmediatamente a la ventana central.

–He observado, caballero, que esta ventana se mueve con dificultad. Usted pudo creer que estaba cerrada con falleba. Estoy convencido de que se equivocó.

Anthony le miró con atención.

–¿Y si yo le contradijera?

–Pero, ¿como sería posible? –replicó el superintendente, traspasándolo con la mirada.

–Se lo concedo.

Battle sonrió contento

–No es usted tonto, señor; pero si no le molesta, agregaré que es algo descuidado en el momento preciso.

–Lo soy a veces, porque...

Battle le apretó un brazo, inclinándose a escuchar. Pidió silencio con un leve gesto y, andando de puntillas, abrió la puerta de un tirón. En el umbral apareció un hombre alto, de pelo negro, con raya en medio, ojos muy azules e inocentes y cara plácida.

–Perdonen, caballeros –dijo con voz lenta y marcado acento estadounidense–. ¿Puedo inspeccionar el lugar del crimen? ¿Pertenecen ambos a Scotland Yard?

–Yo no tengo ese honor –respondió Anthony–. Este caballero es el superintendente Battle de Scotland Yard.

–¿De veras? –exclamó el norteamericano muy interesado–. Celebro saberlo. Soy Hiram P. Fish, de Nueva York.

–¿Qué quería, Mr. Fish? –inquirió Battle.

El norteamericano avanzó en la habitación, y miró con mucho interés la mancha oscura en el suelo.

–El crimen es una de mis pasiones, Mr. Battle. Publiqué en un semanario una monografía sobre el tema «Degeneración y criminales».

Mientras hablaba, sus ojos vagaron por la sala tomando nota de todo. Se detuvieron especialmente en la ventana.

–Ha sido retirado el cadáver –explicó innecesariamente Battle.

–Claro –dijo Fish, y examinó las paredes–. En esta habitación hay algunos cuadros notables: un Holbein, dos Van Dick y, si no yerro, un Velázquez. Me interesa la pintura y también las primeras ediciones. Lord Caterham me invitó a ver las suyas.

Suspiró.

–Ahora será imposible, porque lo correcto será que los huéspedes nos marchemos.

–Tendrá que esperar –dijo Battle–. Nadie se irá de esta casa sin nuestra autorización. Estamos pendientes de la vista del caso.

–Vaya. ¿Cuándo se celebrará?

–Mañana o el lunes. Depende de la autopsia y de otros trámites.

–Está bien. Dadas las circunstancias, será un triste fin de semana.

Battle fue hacia la puerta.

–Salgamos de aquí. Nos incautaremos de esta sala por ahora.

Esperó a que los otros dos salieran, y después cerró con la llave, que se guardó en un bolsillo.

–¿Buscan huellas dactilares? –dijo Mr. Fish.

–Tal vez –respondió Battle lacónico.

–Con un tiempo como el de anoche, el intruso debió dejar sus huellas sobre el parqué.

–En la sala no hay ninguna; en el exterior abundan.

–Las mías –explicó Anthony alegremente.

Los inocentes ojos de Mr. Fish se trasladaron a él.

–¡Me sorprende usted, joven! –exclamó.

Doblaron una esquina, llegaron al vestíbulo, decorado de roble como la cámara del Consejo. Una amplia galería recorría la parte de arriba.

En el fondo, había dos personas.

–¡Ah! Nuestro afable anfitrión –exclamó Mr. Fish.

La grotesca descripción de lord Caterham obligó a Anthony a volver la cara para ocultar una sonrisa.

–Y le acompaña la señora cuyo nombre no entendí anoche –continuó el norteamericano–. Pero es inteligente, muy inteligente.

Con lord Caterham estaba Virginia Revel.

Anthony había esperado el encuentro. No sabiendo cómo portarse, prefirió que Virginia tomara la iniciativa. Su presencia de espíritu despertaba su confianza; pero, ¿qué haría? Su intriga duró poco.

–¡Mr. Cade! –exclamó Virginia, ofreciéndole ambas manos–. ¿Ha conseguido venir por fin?

–Mi querida Mrs. Revel, ignoraba que Mr. Cade fuese amigo suyo –se asombró Lord Caterham.

–Hace siglos que nos conocemos –dijo Virginia, sonriendo a Anthony con un brillo de malicia en los ojos–. Nos encontramos ayer, inesperadamente, en Londres y le comuniqué que vendría aquí.

Anthony terció inmediatamente para darle una pista.

–Expliqué a Mrs. Revel que me había visto forzado a rehusar su grata invitación, puesto que iba a nombre de otra persona. No iba a imponerle un perfecto desconocido con falsos pretextos.

–¡Muchacho, eso está muerto y enterrado! –se apresuró a decir lord Caterham–. Haré que traigan su equipaje del hostal.

–Agradezco su amabilidad, milord, pero...

–¡Pamplinas! Se alojará en Chimneys. El Cricketers es un lugar horrible, quiero decir para alojarse.

–Debe aceptar, Mr. Cade –dijo Virginia, con voz suave.

Anthony notó un cambio en el ambiente gracias a la intervención de la joven. Ya no era un extraño en situación ambigua. La posición social de Virginia, firme e insospechable, le amparaba. Pensó en la pistola escondida en el árbol de Burnham Beechs y sonrió para sí.

–Enviaré a recoger su maleta –le dijo lord Caterham a Anthony–. Supongo que, dadas las circunstancias, no saldremos a cazar y lo siento; pero así estamos. ¿Qué diablos haré con Isaacstein? ¡Vaya un apuro!

El noble suspiró apesadumbrado.

–Entonces, todo arreglado –afirmó Virginia–. Mr. Cade, lo explotaré inmediatamente pidiéndole que me lleve al lago. Es un sitio muy tranquilo, alejado de los crímenes y de los misterios. Compadezco al pobre lord Caterham, víctima indirecta del asesinato. En realidad la culpa es de George. Él organizó este encuentro.

–¿Por qué le hice caso? –se quejó el marqués con el aire de un Hércules traicionado por su única debilidad.

–¿Quién puede resistirse a George? –dijo Virginia–. Le acorrala a uno de forma que no puede escapar. Me propongo inventar una solapa desprendible.

–¡Ojalá lo logre! –replicó lord Caterham–. Me alegro de su presencia, Cade. Necesito que me socorran.

–Le estoy muy reconocido, lord Caterham –respondió Anthony, y agregó–: Sobre todo porque resulto tan sospechoso. Mi estancia aquí beneficiará al superintendente

–¿Por qué, señor? –inquirió Battle.

–No le costará tanto vigilarme –explicó Anthony.

El parpadeo fugaz del policía le reveló que el tiro había sido certero.

CAPÍTULO XIV

POLÍTICA Y FINANZAS

Sólo aquel pestañeo delató al impasible superintendente Battle. Era difícil saber si le había sorprendido la amistad entre Virginia y Anthony. Él, lord Caterham y Mr. Fish observaron a la pareja que cruzaba la entrada del jardín.

–Un joven muy simpático –comentó el marqués.

–Ha sido una suerte que Mrs. Revel encontrara a un viejo amigo –murmuró el norteamericano–. ¿Hace mucho que se conocen?

–Al parecer, sí –respondió Caterham–. Nunca me habló de ese muchacho. Oiga, Battle: Mr. Lomax ha estado preguntando por usted. Lo encontrará en la sala Azul.

–¡Gracias, milord! En seguida me reúno con él.

Battle, que dominaba ya la geografía del edificio, llegó a la sala sin tropiezos.

–¡Ah, aquí está usted, Battle! –dijo Lomax.

Se paseaba impaciente de un lado a otro de la alfombra. Había alguien más en la habitación, un hombretón sentado en una butaca arrimada a la chimenea. Vestía un impecable traje de caza, que, no obstante, no le sentaba bien. En su grueso rostro amarillento lucían unos negros ojos impenetrables como los de una cobra. Su gran nariz descubría una curva generosa y su fuerte mandíbula revelaba energía, voluntad y dureza.

–Cierre la puerta, Battle –ordenó Lomax irritado–. Este caballero es Mr. Herman Isaacstein.

El superintendente inclinó respetuoso la cabeza.

Conocía al dedillo la biografía de Isaacstein y, si el gran financiero callaba en tanto que Lomax parloteaba frente a ellos, sabía cuál de los dos mandaba.

–Ahora podremos hablar con libertad –exclamó George–. No quise decir mucho en presencia de Melrose y de lord Caterham. Comprenderá por qué. Debemos evitar que se divulguen ciertas cosas.

–Siempre se acaban sabiendo –afirmó Battle.

Durante una fracción de segundo vio la sombra de una sonrisa en el rostro amarillento del financiero. Desapareció tan rápidamente como había aparecido.

–¿Qué opina de ese muchacho, de ese Anthony Cade? –indagó George–. ¿Lo considera inocente?

Battle apenas se encogió de hombros.

–Cuenta una historia sencilla. Podremos comprobar al menos una parte. A primera vista justifica su presencia aquí anoche. Desde luego, telegrafiaré a Sudáfrica pidiendo informes sobre sus antecedentes.

–¿Le exime entonces de toda responsabilidad?

–Despacio, señor –pidió Battle, alzando una de sus grandes manos cuadradas–. No he dicho eso.

–¿Cuál es su idea del crimen, superintendente Battle? –inquirió Isaacstein hablando por primera vez.

Tenía una voz profunda y sonora que conmovía al oyente. Había sido un buen instrumento a su servicio en su juventud, en los días de las peliagudas discusiones de los Consejos de administración.

–Es pronto para tenerla, señor. Aún estoy preguntándome lo más fundamental.

–¿Qué es?

–¡Oh, lo de siempre! ¿Cuál fue el motivo? ¿Quién se beneficia de la muerte del príncipe Michael? No progresaremos hasta que encontremos la respuesta.

–El partido revolucionario de Herzoslovaquia... –empezó George.

El superintendente lo interrumpió con menos respeto del acostumbrado.

–No fueron los Camaradas de la Mano Roja, si es que piensa en ellos.

–¿Y el papel con la mano pintada?

–Lo pusieron a fin de desorientarme o, mejor aún, para que culpásemos a esa organización.

George se sintió picado en su amor propio.

–Battle, no entiendo su seguridad.

–¡Por Dios, Mr. Lomax! Lo sabemos todo sobre los Camaradas de la Mano Roja y no los hemos perdido de vista desde que el príncipe Michael desembarcó en Inglaterra. Es una tarea rutinaria en nuestra profesión. Les impedimos que llegasen a menos de un kilómetro de distancia de Su Alteza.

–Coincido con el superintendente –declaró Isaacstein–. Hay que investigar en otra dirección.

Battle se reanimó con su apoyo.

–No sabemos quiénes son los que salen ganando con su muerte; en cambio, y eso es algo, sabemos quién pierde con ella.

–¿Señala a...? –dijo Isaacstein.

Sus negrísimos ojos se fijaron en Battle, quien volvió a pensar en una cobra.

–Usted y Mr. Lomax, además del partido leal de Herzoslovaquia. Perdone la expresión, señor, pero está usted frito.

–¡Battle! –se horrorizó George.

–Siga, superintendente –ordenó Isaacstein–. Esa expresión describe muy bien la situación. Es usted inteligente.

–Necesita usted un rey que sustituya al que ha perdido... –continuó Battle, chascando los dedos–. El tiempo apremia y la cuestión no es fácil. No me interesan sus proyectos, un esbozo de los mismos me basta; pero supongo que el negocio es grande...

Isaacstein afirmó lentamente:

–Enorme.

–De ello nace mi segunda pregunta. ¿Quién es el heredero del trono herzoslovaco?

Isaacstein miró a Lomax, que contestó a duras penas y tras mucha vacilación:

–Será... me parece que... seguramente el príncipe Nicolás.

–¡Ah! –exclamó Battle–. ¿Y qué es el príncipe?

–Un primo hermano de Michael.

–¿Y qué sabe de él? Esencialmente, ¿dónde para ahora?

–Sabemos muy poca cosa. De muchacho tuvo ideas peculiares, frecuentó a los republicanos y a los socialistas y se portó de un modo indigno de su prosapia. Lo expulsaron de Oxford por una diablura. Se rumoreó, sólo se rumoreó, que murió dos años más tarde en el Congo. Reapareció, hará de ello pocos meses, al iniciarse la reacción de los monárquicos.

–¿Sí? ¿Dónde?

–En América.

–¿En América? –Battle se volvió al financiero, pronunciando una sola palabra–: ¿Petróleo?

Isaacstein asintió.

–Manifestó que, si los herzoslovacos elegían un monarca, le preferirían al príncipe Michael, puesto que simpatizaba con las ideas políticas modernas; y subrayó sus aventuras democráticas del pasado y sus preferencias republicanas. Estaba dispuesto a compensar la ayuda financiera mediante concesiones territoriales hechas a un grupo de capitalistas norteamericanos.

Battle se olvidó de su impasibilidad, hasta el punto de emitir un silbido prolongado.

–¿De modo que así estamos? –dijo–. Al mismo tiempo, los leales apadrinaron al príncipe Michael y usted se prometió la victoria. ¡Y entonces ocurre esto!

–No creerá que... –empezó George.

–Mr. Isaacstein dice que es un gran negocio –atajó Battle–. Y si él dice que es un gran negocio le creo.

–Nunca faltan medios siniestros para obtener una victoria –dijo suavemente Isaacstein–. Wall Street triunfa por ahora, pero no estoy vencido. Descubra al asesino del príncipe Michael, superintendente Battle, y le hará un servicio a su patria.

–Me parece muy sospechosa la ausencia del capitán Andrassy –intercaló George–. ¿Por qué no vino ayer con el príncipe?

–La razón, por lo que me he informado, es sencillísima –respondió Battle–. Permaneció en Londres por orden del príncipe Michael para concretar una cita con una dama. El barón pensaba que era imprudente dedicarse en este momento a materias tan frívolas, por lo que Su Alteza siguió adelante a escondidas. Fue, según mis noticias, un joven disipado, un tanto loco.

–Es verdad –afirmó George–. Sí, lo era.

–No olvidemos otro punto –insinuó, titubeando, Battle–. Se dice que el Rey Víctor está en Inglaterra.

Lomax arrugó la frente en su esfuerzo por recordar al supuesto monarca.

–¿El Rey Víctor?

–Es un famoso malhechor francés, señor. Recibimos un aviso de la Sûreté en París.

–Ahora lo recuerdo –dijo George–. El ladrón de joyas, ¿verdad? El mismo que...

Calló en seco. Isaacstein, que había contemplado abstraído la chimenea, levantó los ojos un poco tarde para sorprender la mirada de advertencia del superintendente; pero, siendo un hombre perceptivo, notó la tensión en el ambiente.

–¿Me necesita aún, Lomax? –preguntó.

–No, gracias, amigo mío.

–¿Trastornaría sus planes mi regreso a Londres, superintendente?

–Sí, señor –repuso Battle cortés–. Si se va usted, los demás invitados pretenderán imitarlo. Sería una catástrofe.

–Naturalmente.

El gran financiero salió de la habitación, cerrando la puerta a su espalda.

–Espléndido sujeto ese Isaacstein –murmuró George, indiferente.

–Tiene una personalidad muy poderosa –dijo Battle.

George reanudó sus paseos.

–¡El Rey Víctor! Me perturba la noticia. Lo creía en la cárcel.

–Lo dejaron en libertad hace unos meses. La policía francesa se proponía pegarse a él, mas les dio el esquinazo. Era de esperar. Es un delincuente de colosal audacia. Por algún motivo, ellos creen que está en Inglaterra, y por eso nos han avisado.

–¿Para que habrá venido?

–¿Acaso no lo sabe, señor? –preguntó Battle con acento significativo.

–Es que... ¿Piensa...? Veo que está enterado del suceso. Yo no pertenecía entonces al ministerio. El difunto lord Caterham me lo narró. Fue un desastre sin igual, sin precedentes.

–El Koh-i-noor –masculló el superintendente.

–¡Silencio, Battle! –demandó George mirando a su alrededor–. No mencione nombres, por favor; es preferible no hacerlo. Llámelo K, si ha de nombrarlo.

El superintendente recobró su aplomo.

–¿Asocia al Rey Víctor con este asesinato, Battle?

–No hay que despreciar esa posibilidad. Busque en su memoria, señor, y verá que sólo había cuatro sitios donde un cierto visitante real pudo haber escondido la joya. Chimneys era uno de ellos. El Rey Víctor fue arrestado en París tres días después de la desaparición del K. Siempre creímos que algún día nos conduciría hasta la joya.

–Chimneys fue registrado y casi desmantelado una docena de veces.

–Sí, pero ¿de qué sirve buscar cuando se desconoce el lugar preciso? –replicó Battle–. Supongamos que el Rey Víctor vino a recogerlo, fue sorprendido por el príncipe Michael y lo mató de un balazo.

–Es una solución probable del misterio.

–Yo no afirmaría tanto. Sólo que es posible.

–¿Por qué?

–Porque el Rey Víctor jamás cometió un homicidio –dijo Battle muy serio.

–Pero un individuo como él, un criminal peligroso...

Battle negó con la cabeza para expresar su disconformidad.

–Los delincuentes no cambian, Mr. Lomax. ¿Le sorprende? Sin embargo...

–Dígalo.

–Deseo interrogar al ayuda de cámara del príncipe. Lo he reservado a propósito hasta ahora. Lo convocaré aquí, con su permiso.

George se lo dio. Tredwell apareció a la llamada del superintendente y se marchó provisto de las oportunas instrucciones.

No tardó en volver con un hombre alto, rubio, de pómulos altos y azules ojos muy hundidos. Su impasibilidad rivalizaba con la de Battle.

–¿Es usted Boris Anchoukoff?

–Sí.

–¿Ayuda de cámara del príncipe Miguel?

–Sí. Yo era el ayuda de cámara del príncipe.

El ayuda de cámara hablaba un inglés fluido, pero con áspero acento extranjero.

–¿Sabe que asesinaron anoche a su señor?

La única respuesta fue una especie de ladrido, que pareció brotar de la garganta de una fiera. George retrocedió alarmado hasta la ventana.

–¿Cuándo vio al príncipe por última vez?

–Su Alteza se acostó a las diez y media. Dormí, como siempre, en la antecámara. Debió bajar por la puerta que da al pasillo, porque no le oí. Tal vez me narcotizaron. He sido desleal: dormía cuando mi amo estaba despierto. Estoy maldito.

George le observaba fascinado.

–Quería a su señor, ¿verdad? –apuntó Battle vigilándole.

Los rasgos de Boris sufrieron una contracción dolorosa. Tragó saliva dos veces. Su voz sonó cargada de emoción.

–Le diré una cosa, policía inglés, hubiera muerto por él; porque ha muerto y yo vivo, no dormiré ni mi alma conocerá la paz hasta que lo haya vengado. Seguiré el rastro de su asesino como un perro y cuando lo descubra... ¡ah! –sus ojos relampaguearon y blandió un puñal tremendo que sacó de debajo de la chaqueta–. No acabaré inmediatamente con él, no; le cortaré la nariz, le rebanaré las orejas, le arrancaré los párpados y luego clavaré en su negro corazón esta hoja.

Envainó el puñal, dio media vuelta y se fue de la habitación. Los saltones ojos de George Lomax casi se desprendieron de las órbitas mientras miraba la puerta cerrada.

–Un herzoslovaco sin adulterar –murmuró–. Un pueblo bárbaro, una raza de bandidos.

Battle se levantó con un movimiento ágil.

–Si no es sincero, su habilidad de actor merece aplausos –dijo–. ¡Dios perdone al asesino del príncipe Michael si ese sabueso humano se nos anticipa!

CAPÍTULO XV

EL FRANCÉS

Virginia y Anthony caminaron codo a codo por el sendero que conducía al lago. Por unos minutos después de salir de la casa permanecieron en silencio. Fue Virginia la que por fin rompió el silencio con una risita.

–¡Es gracioso! Aquí estoy a punto de reventar con todas las cosas que le quiero decir y no sé por dónde empezar. Ante todo –dijo bajando la voz–, ¿qué hizo con el cadáver? Suena horrible, ¡verdad? Jamás soñé que me vería envuelta en un crimen.

–Será una sensación nueva para usted –repuso Anthony.

–¿Para usted no?

–Nunca había hecho desaparecer un cadáver, claro está.

–Explíquemelo.

Anthony expuso sucintamente sus actividades nocturnas. Virginia lo escuchó interesada.

–Es usted muy listo –aprobó cuando él hubo terminado–. Recogeré el baúl en Paddington al regresar. El único obstáculo es que quizás lo interroguen sobre lo que hizo durante la tarde de ayer.

–No corro ese peligro. No habrán encontrado el cadáver hasta la madrugada o quizá por la mañana. De lo contrario, los periódicos lo publicarían. Y contradiciendo a las novelas de detectives, los médicos no pueden precisar a qué hora falleció una persona. El momento exacto de la muerte será bastante vago. Tener una coartada para la noche pasada sería lo más apropiado.

–Lo sé, Lord Caterham me lo ha contado. El superintendente se ha convencido ya de su inocencia ¿verdad?

Anthony demoró algo la respuesta.

–No parece muy listo –añadió Virginia.

–¿Qué quiere que le diga? El cráneo de Battle encierra algo más que aire y serrín. Dudo de que esté persuadido de mi inocencia. Le desconcierta mi aparente falta de motivo

–¿Aparente? –exclamó Virginia–. ¿Qué razones tendría usted para matar a un desconocido conde extranjero?

Anthony le dirigió una mirada aguda.

–¿Vivió cierto tiempo en Herzoslovaquia?

–Sí, dos años, con mi marido. Perteneció a la embajada británica.

–Poco antes del regicidio. ¿Conoció al príncipe Michael Obolovitch?

–Claro. Era una especie de tipejo repulsivo. Recuerdo que me propuso un casamiento morganático.

–¿Y qué se proponía hacer con su esposo?

–Una repetición del episodio bíblico de David y Urías.

–¿Qué respondió a la tentadora oferta?

–Desgraciadamente, tuve que ser diplomática; de lo contrario el príncipe se hubiera resentido visiblemente. No obstante, su desengaño fue duro. ¿A qué se debe su interés por Michael?

–Mi torpe curiosidad no carece de fundamento. Tengo entendido que no tuvo ocasión de conocer al asesinado.

–No, porque como en las novelas, se retiró a sus aposentos al poco rato de llegar.

–¿Y el cadáver?

Virginia negó con la cabeza sin dejar de mirarlo con interés.

–¿Podría lograrlo?

–Tal vez mediante la influencia de personas importantes, como lord Caterham. ¿Por qué? ¿Es una orden?

–No, no –exclamó Anthony, horrorizado–. ¿Tan autoritario soy? He aquí lo que sucede: el conde Stanislaus no era sino el príncipe Michael de Herzoslovaquia.

Los ojos de Virginia se dilataron.

–¡Oh! –Su rostro se distendió en una cautivadora sonrisa oblicua–. ¿Michael se refugió en sus habitaciones para evitar un encuentro conmigo?

–Eso o algo parecido –admitió Anthony–. Si estoy en lo cierto, el hecho de que usted haya estado en Herzoslovaquia quizá sea la causa de que procuraran evitar su venida a Chimneys. Es el único de los presentes que conocía a Michael.

–¿La víctima era un impostor? –preguntó Virginia con sequedad.

–Esa posibilidad no sería descabellada. Aclararemos la cuestión si logra que lord Caterham le enseñe el cadáver.

–Lo mataron a las 11.45 –caviló Virginia–, la hora que mencionaba el trozo de papel. El asunto es misterioso por sus cuatro costados.

–¡Ah! He recordado algo. ¿Cuál es su ventana? ¿La segunda del extremo sobre la Cámara del Consejo?

–No, mi dormitorio se halla en el ala isabelina, en el lado opuesto. ¿Por qué?

–Anoche, al retirarme después del disparo, se encendió una luz en esa habitación.

–¡Qué extraño! Bundle nos informará de quién la ocupa. Tal vez oyeron la detonación.

–Pero no investigaron. Battle ha asegurado que nadie escuchó el disparo. A decir verdad, es una pista miserable, pero la explotaré.

–Sí, es curioso –señaló Virginia, pensativa.

Habían llegado a la caseta de los botes y estuvieron charlando recostados en una pared.

–Le relataré la historia completa –prometió Anthony–. Navegaremos por el lago a salvo de los oídos alertas de Scotland Yard, eruditos norteamericanos y doncellas curiosas.

–Lord Caterham me ha proporcionado informes, aunque no los suficientes –dijo Virginia–. Empecemos: ¿quién es usted en realidad? ¿Anthony Cade o Jimmy McGrath?

Por segunda vez en aquella mañana, Anthony narró la historia de las seis últimas semanas de su vida con la diferencia de que la versión ofrecida a Virginia no sufrió recortes. Concluyó con el sorprendente reconocimiento de «Mr. Holmes».

–Mrs. Revel, no le he dado las gracias por arriesgar la salvación de su alma inmortal afirmando que soy un viejo amigo suyo.

–Lo es –afirmó Virginia–. ¿Cómo puede pensar que le cargaría con un muerto y a nuestro encuentro siguiente pretendería que sólo le conocía de vista. ¡No!

Calló un instante.

–¿Sabe qué presiento? –agregó–. Que estas memorias ocultan un nuevo misterio que todavía no hemos aclarado.

–Estamos de acuerdo. Me gustaría que me explicara algo.

–¿Qué?

–¿Por qué se asombró cuando pronuncié el nombre de Jimmy McGrath en Pont Street? ¿Lo había oído antes?

–Sí, apreciado Sherlock Holmes. George –mi primo George Lomax– me visitó el otro día sugiriéndome un montón de necedades. Quería que yo, en mi estancia en esta casa, embrujase a McGrath y le arrebatase no sé cómo las memorias. Desde luego, no lo dijo de esas manera. Dijo muchas tonterías sobre las damas inglesas y todo eso, pero lo que pretendía estaba muy claro. Es la clase de cosas sucias que se le ocurren al pobre George. Y entonces cuando intenté saber demasiado, se echó atrás con un montón de mentiras que no hubieran engañado ni a un niño de dos años.

–El proyecto ha tenido éxito –dijo Anthony–. Aquí tiene a su James McGrath y aquí está usted embrujándome totalmente.

–Pero ¡ay!, para desgracia del pobre George, sin memorias. Me toca el turno de preguntar. ¿Cómo supo que yo no era la autora de las cartas? No discutió cuando lo negué.

–Porque poseo una buena dosis de psicología práctica –sonrió Anthony.

–Quiere decir que su fe en mi honestidad moral es tal que...

–No –interrumpió Anthony negando con la cabeza–. No sé nada de su moral. Pudo escribir a un amante, pero nunca consentiría que la extorsionasen. La Virginia Revel de las cartas se moría de miedo; usted habría luchado.

–Me pregunto quién será esa mujer, dónde estará. Me produce la sensación de tener una hermana gemela.

Anthony encendió un cigarrillo.

–¿Sabe que una de las cartas fue escrita en Chimneys? –preguntó por fin.

–¿Qué? –se sobresaltó Virginia–. ¿Cuándo?

–No llevaba fecha. Es raro ¿verdad?

–Estoy absolutamente seguro de ser la única Virginia Revel que ha estado en Chimneys. Bundle o lord Caterham hubieran comentado la coincidencia.

–En efecto. Mrs. Revel, empiezo a dudar de la existencia de su tocaya.

–Es muy esquiva –dijo Virginia.

–Demasiado. Y ello me lleva a creer que la persona que escribió las cartas se sirvió deliberadamente de su nombre.

–Pero ¿por qué? –protestó Virginia–. ¿Por qué iban a hacer algo así?

–Ahí está. Nos queda mucho por descubrir.

–¿Quién cree usted que mató a Michael? ¿Los Camaradas de la Mano Roja?

–Quizá –contestó Anthony, sin mucha convicción–. Un crimen sin pies ni cabeza estaría más en su línea.

–Resumamos porque se acercan Bundle y su padre –acució Virginia–. Ante todo, averigüemos si el muerto es el verdadero Michael.

Anthony remó hacia la orilla. Segundos después, saltaban a tierra frente al marqués y su hija.

–La comida se retrasa –anunció deprimido lord Caterham.

–Supongo que Battle habrá ofendido al cocinero.

–Bundle, éste es un amigo mío –presentó Virginia–. Sé buena con él.

Lady Eileen examinó un rato a Anthony y luego se volvió hacia Virginia como si el joven no estuviera presente.

–¿Dónde encuentras hombres tan guapos, Virginia? ¿Cómo lo haces? –preguntó ella envidiosa.

–Te lo regalo –respondió Virginia generosamente–. Sólo me interesa lord Caterham.

Cogió sonriendo el brazo del halagado marqués y se marchó con él.

–¿Habla usted? –preguntó Bundle–. ¿O es un hombre fuerte y silencioso?

–¿Hablar? –exclamó Anthony–. Soy un loro. Murmuro, bramo como un torrente. A veces incluso hago preguntas.

–¿Por ejemplo?

–¿Quién ocupa la segunda habitación de la izquierda a partir del extremo?

Anthony señaló el lugar mencionado.

–Su extraordinaria pregunta me interesa. Veamos. Es el cuarto de mademoiselle Brun. La institutriz francesa. Cuida de mis dos hermanas Dulcie y Daisy. Supongo que pensarían bautizar a la siguiente con el nombre de Dorothy May. Pero mi madre se cansó de no tener más que niñas y murió. Pensó que alguien ya se ocuparía de proveer un heredero.

–Mademoiselle Brun –repitió Anthony pensativo–. ¿Cuánto hace que está en la casa?

–Dos meses. Se incorporó a la familia en Escocia.

–¡Ah! Huelo a gato encerrado.

–¡Quisiera el cielo que yo oliese la comida! –suspiró Bundle–. ¿Pido al superintendente que almuerce con nosotros, Mr. Cade? Usted, un hombre de mundo, conocerá la etiqueta en estos casos. Es la primera vez que ha habido un asesinato en casa. Emocionante ¿verdad? Lamento que se probara su inocencia esta mañana. Siempre he querido conocer a un asesino para cerciorarme de si son alegres y seductores como pretenden los periódicos dominicales. ¡Dios mío! ¿Qué es eso que veo?

«Eso» era un taxi. De sus dos ocupantes, uno exhibía una calva perfecta y una copiosa barba; el otro, más bajo y más joven, tenía un magnífico bigote negro. Anthony, reconociendo al primero, sospechó que a él se debía –más que el vehículo que le transportaba – la exclamación de asombro de Bundle.

–O mucho me equivoco o es mi viejo amigo el barón Lollipop.

–¿Barón... qué?

–Lo llamo Lollipop por comodidad. La pronunciación de su apellido endurece las arterias.

–Yo casi destrocé el teléfono esta mañana –dijo Bundle–. ¿Así que el barón? Preveo que me lo largarán esta tarde; y he soportado a Isaacstein toda la mañana. ¡Que le aguante George! ¡Al infierno con la política! Perdóneme, Mr. Cade; tengo que socorrer a mi viejo y desventurado progenitor.

La joven se precipitó hacia la casa.

Anthony la contempló durante un par de minutos y ensimismado en sus pensamientos encendió un cigarrillo. Mientras lo hacía, sus oídos captaron un sonido furtivo muy cerca de él. Estaba junto a la caseta de los botes, y el ruido parecía sonar a la vuelta de la esquina. Se le ocurrió que alguien intentaba sofocar un estornudo.

«¿Quién andará por ahí?», se dijo. «Lo mejor será verlo.»

Unió la acción a la palabra. Arrojó la cerilla y corrió ágil y silenciosamente hasta la esquina.

Sorprendió a un hombre que se levantaba del suelo en el que había estado arrodillado. Era alto, llevaba un gabán claro, gafas, una barba corta y puntiaguda. Parecía algo torpe. Tendría de treinta a cuarenta años y su apariencia era respetable.

–¿Qué hace usted aquí? –inquirió Anthony.

Estaba muy seguro de que el hombre no era huésped de lord Caterham.

–Le pido perdón –dijo el extraño con un inconfundible acento extranjero y una sonrisa que pretendía ser agradable–. Me he extraviado al regresar al Jolly Cricketers. ¿Tendría monsieur la bondad de orientarme?

–Con mucho gusto, pero no es necesario que vaya a nado.

–¿Cómo? –exclamó el extranjero desconcertado.

–Dije que no es necesario nadar –repitió Anthony mirando al lago–. A alguna distancia de aquí hay un camino para los transeúntes; esta parte del jardín está reservada para el dueño de la finca.

–Lo siento de veras. Me perdí. Le agradecería que me indicara la dirección exacta.

Anthony se abstuvo de decir que agazaparse detrás de una caseta era una forma harto extravagante de pedir orientación. Tomó suavemente el brazo del extranjero.

–Vaya por ahí alrededor del lago y encontrará un sendero recto; vuelva después a la izquierda y llegará al pueblo. Se hospeda en el Cricketers ¿verdad?

–Sí, monsieur, desde esta mañana. Muchas gracias por sus indicaciones.

–De nada. Espero que no se haya resfriado.

–¿Cómo? –se extrañó el desconocido.

–Arrodillándose en el suelo húmedo –explicó Anthony–. Me pareció oír que estornudaba.

–Es muy posible –confesó el extranjero.

–Claro. No contenga sus estornudos. Un médico eminente aseguró que es terriblemente peligroso no recuerdo por qué. Quizás porque ocasiona inhibiciones, quizás porque endurece las arterias, pero nunca lo haga. Buenos días.

–Buenos días y gracias de nuevo, monsieur, por indicarme la dirección correcta.

–Segundo extranjero sospechoso en el hostal –murmuró Anthony para sí observando al desconocido–. Me desconcierta. Parece un viajante de comercio francés y no un miembro de la Mano Roja. ¿Representará a un tercer partido del tumultuoso reino de Herzoslovaquia? La institutriz francesa tiene la segunda ventana desde el exterior y un francés repta por esos terrenos espiando las conversaciones particulares. Apuesto mi sombrero a que dará que hablar.

Regresó a la mansión. Encontró en la terraza a lord Caterham muy deprimido y a los dos recién llegados. Revivió al ver a Anthony.

–¡Ah! Permítame que le presente al barón... ¡ejem, ejem! y al capitán Andrassy; Mr. Anthony Cade.

El barón miró a Anthony con mucha desconfianza.

–¿Mr. Cade? –dijo muy serio–. Creo que no...

–Tengamos unas palabras a solas, barón –suplicó Anthony–. Y todo se aclarará.

El barón se inclinó y le siguió a un rincón de la terraza.

–Caballero –comenzó Anthony–, me rindo a su discreción. He abusado del honor británico hasta el extremo de venir a este país bajo un nombre ficticio. Me conoció usted como James McGrath y usted mismo reconocerá que el engaño fue inocente. ¿Lee usted a Shakespeare? Entonces conocerá sus comentarios sobre la escasa importancia de la nomenclatura de las rosas. Ése es mi caso. A usted le interesaba el hombre que estaba en posesión de las memorias. Yo lo fui. Ahora sabe que ya no las tengo. Le felicito por la estratagema, barón. ¿Quién la ideó? ¿Usted o su señor?

–De Su Alteza idea fue. Y nadie sino él quiso que la llevara a cabo.

–Lo efectuó con gran habilidad –aprobó Anthony–. Lo tomé por un inglés.

–La educación de un caballero inglés el príncipe recibió –aclaró el barón–. Costumbre de Herzoslovaquia es.

–Dejó en mantillas a los actores profesionales –dijo Anthony–. ¿Sería indiscreto preguntar qué ha sido de las memorias?

–¿Entre caballeros?

–Me confunde usted, barón. Jamás me llamaron caballero tan a menudo como en las últimas cuarenta y ocho horas.

–Esto le diré. Creo que las quemaron.

–Lo cree, pero no lo sabe ¿eh? ¿Es así?

–Su Alteza en su poder las retuvo. Su propósito era leerlas y luego con el fuego destruirlas.

–¡Oh! Sin embargo, su estilo no permitía despacharlas en media hora.

–Entre el equipaje de mi señor sacrificado descubiertas no han sido. Por consiguiente, quemadas fueron.

–¡Hum!

Anthony recapacitó un instante.

–Mis preguntas obedecen, barón, a que, como ya sabrá, me he visto complicado en el asesinato. Debo borrar de mí toda sospecha.

–Indudablemente. Su honor lo exige.

–Le envidio su riqueza de expresión. Pues bien; el único medio de demostrar mi inocencia es descubrir al asesino y, para ello, necesito saber todos los hechos. La cuestión de las memorias importa mucho. Tal vez el móvil del crimen sea la urgencia de apoderarse de ellas. Dígame, barón, ¿voy desencaminado?

El barón titubeó.

–¿Usted las memorias ha leído? –preguntó cautamente

–Me basta esa respuesta –sonrió Anthony–. Barón, le aviso de que me dispongo a entregar el manuscrito a los editores el próximo miércoles día 1 de octubre.

–¡Pero si no lo tiene! –se asombró el barón.

–He dicho el miércoles. Estamos a viernes. Eso me concede cinco días para conseguir mi propósito.

–¿Y si quemadas fueron?

–No lo creo. Tengo buenas razones para pensarlo.

Doblaron en aquel momento la esquina de la terraza. Una figura enorme avanzaba hacia ellos. Anthony, que no había visto aún al gran Herman Isaacstein, lo miró con mucho interés.

–Barón, este un asunto muy malo... –murmuró Isaacstein blandiendo un largo y rollizo cigarro–. Un asunto muy malo.

–Mr. Isaacstein, mi noble amigo... –exclamó el barón–; nuestro magnífico edificio en ruinas está.

Anthony abandonó a los prohombres a sus lamentaciones y recorrió la terraza. De pronto, le detuvo la visión de una espiral de humo que surgía del centro mismo de un seto de tejos.

«Será el apetito», reflexionó. «Me han dicho que a veces afecta a la vista.»

Miró a derecha e izquierda. Lord Caterham seguía charlando con el capitán Andrassy al otro extremo de la terraza, de espaldas a él. Anthony saltó al jardín y reptó a través de los grandes arbustos.

Comprobó la exactitud de su conjetura. El seto comprendía dos hileras de tejos separados por un estrecho sendero. Se llegaba a él gracias a una abertura orientada hacia la casa. Por lo tanto, no existía ningún misterio.

Anthony miró a lo largo del caminillo. Un hombre descansaba en una butaca de mimbre. Un cigarro a medio consumir humeaba en el brazo del asiento. El fumador parecía dormir.

–¡Hum! –gruñó Anthony–. Mr. Hiram Fish es partidario de la sombra.

CAPÍTULO XVI

UNA VISITA

Anthony subió nuevamente a la terraza con la convicción absoluta de que el centro del lago era el único lugar idóneo para tener una conversación privada.

El resonante tañido del batintín partió del edificio. Tredwell salió majestuosamente por una puerta lateral.

–La comida está servida, milord.

–¡Ah, el almuerzo! –exclamó el marqués, y pareció resucitar.

En aquel momento, dos chiquillas salieron corriendo de la casa. Eran unas mujercitas emprendedoras de doce y diez años, y aunque sus nombres, según declaración de Bundle, eran Dulcie y Daisy, pronto se advirtió que se las conocía como Guggle y Winkle. Ejecutaron una danza bélica, que amenizaron con sus alaridos, hasta que Bundle intervino.

–¿Dónde está mademoiselle? –preguntó.

–¡Tiene *migraine, migraine, migraine*! –cantó Winkle.

–¡Hurra! –aulló Guggle.

Lord Caterham había conseguido introducir a casi todos los huéspedes en la casa. Tocó el brazo de Anthony.

–Venga ahora a mi gabinete –susurró–. Le ofreceré algo especial.

Anduvo por el vestíbulo más como un ratero que como el anfitrión y llego a su *sancta sanctorum*. De un armario, sacó varias botellas.

–Hablar con los extranjeros me da sed –explicó a modo de justificación–. Ignoro por qué será.

Sonó un golpecito en la puerta. Virginia se asomó a la habitación.

–¿Hay algún cóctel para mí? –se informó.

–¡Claro, entre! –contestó, hospitalario, el marqués.

Los cinco minutos siguientes se invirtieron en el paladeo de sabrosas materias líquidas.

–Lo necesitaba –suspiró Caterham, devolviendo la copa a la mesa–. Repito que los extranjeros me secan la garganta. ¡Cómo me fatigan! Lo achaco a su perfecta cortesía. Vamos a comer algo.

Abrió la marcha hacia el comedor. Virginia se rezagó con Anthony.

–He cumplido con mi obligación –cuchicheó–. Lord Caterham me ha enseñado el cadáver.

–¿Y qué? –exclamó Anthony ávidamente.

Una de sus teorías iba a ser confirmada o destruida.

Virginia negó con la cabeza.

–No acertó. Es el príncipe Michael.

–¡Oh! –mascculló desilusionado Anthony, y agregó en voz alta–: Y la institutriz tiene *migraine*.

–No veo qué relación...

–Quisiera conocerla, porque ocupa el segundo cuarto del extremo, el mismo en que se encendió la luz anoche.

–Es interesante.

–Pero inofensivo, probablemente. De todos modos, veré a mademoiselle antes de que acabe el día.

La comida fue una dura prueba. Ni siquiera la alegre imparcialidad de Bundle pudo reconciliar a tan heterogéneos elementos. El barón y Andrassy, correctos, formales y regios, parecían asistir a un banquete dado en un mausoleo. Lord Caterham cayó en un letargo deprimente. Bill Eversleigh devoraba con los ojos a Virginia. George, consciente de la precaria situación en que el azar le había puesto, conversaba inteligentemente con el barón e Isaacstein. Guggle y Winkle, indisciplinadas por la novedad de tener un asesinato a domicilio, necesitaban continuamente que les llamaran la atención. Mr. Hiram Fish masticaba lentamente y pronunciaba secas frases en su extraña jerga. Y el superintendente Battle se había esfumado, sin que nadie supiera qué había sido de él.

–¡Loado sea Dios! Ya se acabó –murmuró Bundle a Anthony al levantarse de la mesa–. George conducirá esta tarde el grupo internacional a su residencia para discutir secretos de Estado.

–Eso despejará la atmósfera –convino Anthony.

–El norteamericano no me preocupa –continuó Bundle–. Puede hablar con mi padre de primeras ediciones en cualquier rincón. Mr. Fish –agregó, cuando éste se acercó a ellos–, le preparo una tarde llena de paz.

El estadounidense se inclinó.

–Es muy amable de su parte, lady Eileen.

–Mr. Fish ya disfrutó de una mañana muy apacible –dijo Anthony.

El norteamericano le lanzó una aguda mirada.

–¡Ah! ¿Descubrió mi retiro? Hay momentos en que un hombre modesto piensa tan sólo en apartarse del bullicio y de la pompa mundanos.

Bundle dejó a los dos hombres. Fish bajó la voz.

–Este asesinato se rodea de misterio, ¿verdad?

–En cantidades considerables –respondió Anthony.

–¿Ese calvo es quizás un familiar de la víctima?

–En cierta manera.

–Estas naciones centroeuropeas se llevan la palma –declaró Mr. Fish–. Me ha llegado el rumor de que el difunto era un príncipe. ¿Qué sabe usted?

–Aquí se le conocía como el conde Stanislaus –replicó evasivo Anthony.

Mr. Fish pronunció entonces una exclamación bastante críptica.

–¡Oh, vaya!

Después se hundió en un momentáneo silencio.

–Ese capitán de la policía, Battle o como se llame –observó por fin–, ¿es un as en su profesión?

–Así lo creen en Scotland Yard –replicó Anthony en un tono seco.

–Tiene el cerebro almidonado –aseguró Fish, sin apartar la mirada de Anthony–. Le falta vida. ¿Por qué nos prohíbe irnos?

–¿Qué pretende?

–Mañana debemos asistir todos a la vista del caso.

–¡Ah! ¿Sólo por eso? Creía que sospechaban de los huéspedes de lord Caterham

–¡Mi querido Mr. Fish!

–Me han sacado de quicio; como soy extranjero... Pero claro, el asesino llegó de fuera. Abrió una ventana, ¿verdad?

–Sí –contestó Anthony mirando al frente.

Mr. Fish suspiró. Después de un par de minutos dijo con un tono dolido:

–Joven, ¿sabe cómo se vacía una mina inundada?

–¿Cómo?

–Por medio de bombas. ¡Y es un trabajo fatigoso! Nuestro fascinante anfitrión se marcha de aquel grupo. Voy en su busca.

Mr. Fish se fue y Bundle volvió al lado de Anthony.

–Ese norteamericano es raro, ¿verdad?

–Sí.

–No le servirá de nada buscar a Virginia –le reprendió Bundle.

–No lo he hecho.

–Lo hacía. No sé cómo se las compone. No es ni su modo de hablar, ni su belleza; pero siempre los seduce. Tiene ahora otras ocupaciones. Me rogó que fuese buena con usted y lo seré; a la fuerza, si es necesario.

–No lo será –aseguró Anthony–. Preferiría que hiciese gala de su bondad en un bote y en medio del lago.

–No es mala idea.

Se encaminaron al lago.

–Le preguntaré algo antes de sumergirnos en tópicos más interesantes –anunció Anthony, apartándose a remo de la orilla–. La obligación antes que la devoción.

–¿Qué dormitorio le interesa ahora? –indagó Bundle pacientemente.

–Ninguno de momento. ¿Quién les proporcionó la institutriz francesa?

–¿Le ha embrujado? Nos la facilitó una agencia, se le paga cien libras al año y su nombre de pila es Geneviève. ¿Qué más?

–Eliminaremos a la agencia. ¿Presentó referencias?

–Magníficas. Sirvió diez años a la condesa de «no sé que».

–¿Que se llama en realidad...?

–La condesa de Breteuil, Château de Breteuil, Dinard.

–¿Vio usted personalmente la condesa? ¿O se trataron por correspondencia?

–Esto último.

–¡Hum!

–Me intriga mucho usted –exclamó Bundle–. ¿Es amor u odio?

–Tal vez sea una idiotez mía. Olvidémoslo.

–«Olvidémoslo» dice él, indiferente, tras enterarse de todo lo que quería saber. Mr. Cade, ¿de quién sospecha? Yo pienso en Virginia, puesto que es la persona menos probable, o quizá Bill.

–¿Y qué me dice de usted?

–Miembro de la aristocracia se confabula en secreto con los Camaradas de la Mano Roja. Sería escandaloso.

Anthony se rió. Se encontraba bien con Bundle, aunque temía sus penetrantes ojos grises.

–Debe de enorgullecerse de esto –dijo súbitamente, abarcando con un gesto todo cuanto les rodeaba.

Bundle entornó los párpados, inclinando levemente la cabeza a un lado.

–Sí; pero me he acostumbrado a ello. No permanecemos mucho aquí porque es mortalmente aburrido. Este verano estuvimos en Cowes, Deauville y Escocia. Chimneys ha pasado cinco meses bajo las fundas. Las retiran una vez a la semana para que los turistas boqueen de asombro y escuchen las explicaciones de Tredwell. «A su derecha está el retrato de la cuarta marquesa de Caterham, obra de sir Joshua Reynolds», etc. Y Ed o Bert, el gracioso del grupo, le propina un codazo a su novia y dice: «Gladys, se gastaron cuatro cuartos, ¿verdad?». Y siguen viendo pinturas, arrastran los pies, bostezan y desean que llegue el instante de regresar a sus casas.

–En esta mansión se han escrito algunas páginas de la Historia.

–George le ha aleccionado –exclamó Bundle–. Nos destroza los oídos con frases parecidas.

Anthony se incorporó sobre el codo para estudiar la ribera.

–¿Es un nuevo desconocido sospechoso el que distingo junto a la caseta o un huésped suyo?

Bundle levantó la cabeza del almohadón encarnado.

–Es Bill –reconoció.

–Busca algo.

–Probablemente a mí –dijo Bundle sin entusiasmo.

–¿Remamos rápidamente en la dirección opuesta?

–Sería preferible; pero no parece usted muy interesado.

–Mi vigor se duplicará a causa de ese reproche.

–Domínese –ordenó Bundle–. No me falta amor propio. Reme hacia ese borrico. Hay que vigilarlo. Virginia le habrá dado el esquinazo. Cualquier día, aunque se le antoje inconcebible, quizás me case con George, de modo que debo ejercitarme en «ser» una de nuestras famosas damas políticas de ahora.

Anthony enfiló el bote hacia la orilla.

–¿Y qué será de mí? –gimió–. No quiero convertirme en tercero en discordia. ¿Son ésas sus hermanas?

–Sí. Cuidado o le echarán el lazo.

–Me gustan los niños. Tal vez les enseñe un juego tranquilo e intelectual.

–No se queje después de que no le avisé.

Dejando a Bundle en compañía del desconocido Bill, Anthony se encaminó al punto en que unos gritos agudos turbaban la paz de la tarde. Lo acogió una exclamación.

–¿Sabe jugar a los pieles rojas? –preguntó Guggle severamente.

–Bastante bien. Escuchad cómo chillo cuando me arrancan la cabellera.

Anthony soltó un alarido.

–¡No está mal! –condescendió Winkle–. Ahora aúlle como un indio bravo.

Anthony lanzó un grito estremecedor. Un minuto después la partida de pieles rojas pisaba el sendero de la guerra.

Al cabo de una hora, Anthony, enjugándose la frente, se aventuró a preguntar si había mejorado la *migraine* de la institutriz. Se alegró de saber que mademoiselle estaba recuperada del todo. Su simpatía le valió que le invitaran a tomar el té en la sala de las niñas.

–Y nos contarás lo del hombre que viste ahorcar –sugirió Guggle.

–¿Tienes un trozo de soga? –inquirió Winkle.

–En la maleta –respondió Anthony–. Os regalaré un trozo a cada una.

Winkle lanzó el aullido pielroja de satisfacción.

–Tenemos que ir a lavarnos –dijo Guggle lúgubremente–. Te esperamos, no lo olvides.

Anthony juró que nada le impediría acudir a la cita. Las dos niñas corrieron hacia la mansión. Anthony las contempló y, mientras lo hacía, se percató de que un hombre se alejaba por el lado opuesto de un bosquecillo y atravesaba precipitadamente el parque. Estaba casi seguro que era el mismo desconocido de la barbita negra que había encontrado por la mañana. Mientras pensaba si valdría la pena seguirle, Mr. Hiram P. Fish salió de un macizo de arbustos. El norteamericano se sobresaltó al verle.

–¿Una tarde tranquila, Mr. Fish? –preguntó Anthony.

–Sí, muchas gracias.

La placidez del norteamericano no era tan evidente como afirmaba. Estaba sonrojado y respiraba como si hubiera galopado a lo largo y ancho de la arboleda. Sacó su reloj.

–Es la hora de la institución británica del té –comentó con voz suave. Cerró la tapa del reloj y se alejó con paso calmo en dirección a la casa.

Anthony fue distraído de sus reflexiones por el superintendente Battle, quien, sin el menor ruido, como si brotara de la tierra, se puso a su lado.

–¿De dónde sale? –dijo irritado.

Battle señaló el grupo de árboles que había detrás de ellos.

–Ese sitio se ha puesto ahora muy de moda –dijo Anthony.

–¿Meditaba, Mr. Cade?

–Sí. ¿Sabe lo que hacía, Battle? Intentaba sumar dos y uno, y cinco y tres de modo que el total fuese cuatro. Y no lo logré, Battle; es imposible.

–Tiene que serlo.

–Deseaba verle. Superintendente, quiero irme. ¿Me lo permite?

Battle, como siempre, no traicionó ningún sentimiento. Su contestación fue rápida e indiferente.

–Depende de su destino.

–Pondré las cartas sobre la mesa, Battle. Deseo ir a Dinard, el castillo de la señora condesa de Breteuil. ¿Es factible?

–¿Cuándo, Mr. Cade?

–Mañana, por ejemplo, después de la vista oral. Regresaría el domingo a última hora de la tarde.

–Ya –dijo Battle lacónicamente.

–¿Consiente?

–No objeto en principio, a condición de que vaya al lugar al que dice que irá y regrese sin entretenerse.

–Battle, no tiene usted rival. O me aprecia de modo extraordinario o es verdaderamente artero. ¿Cuál de las dos cosas es?

Battle se limitó a sonreír.

–Muy bien. Comprendo que tomará precauciones tales como que me sigan sus hábiles agentes; pero deseo saber la verdad.

–Estoy desconcertado, Mr. Cade.

–Las memorias... ¿por qué causan tanto alboroto? ¿Eran sólo memorias? ¿Qué me esconde usted?

Battle volvió a sonreír.

–Véalo así: le hago un favor porque me ha impresionado agradablemente, Mr. Cade. Quisiera que trabajase en mi bando. El aficionado y el profesional se entenderían bien, puesto que uno goza de intimidad y el otro de experiencia.

–Reconozco –dijo Anthony– que siempre he deseado tener la oportunidad de desentrañar un asesinato misterioso.

–¿Qué ideas le inspira este asesinato, Mr. Cade?

–Muchas, preguntas en su mayoría.

–Póngame un ejemplo.

–¿Quién reemplazará a Michael en el trono? La cuestión es importante.

–¿También se le ha ocurrido eso, señor? –exclamó Battle secamente–. El príncipe Nicolás Obolovitch es el siguiente en la sucesión, primo hermano de este caballero.

–¿Dónde está en este momento? –continuó Anthony, y desvió la cara para encender un cigarrillo–. Lo sabe usted, Battle; no lo niegue, porque no le creeré.

–Nuestras noticias le sitúan en Estados Unidos. Por lo menos, estaba hasta hace poco, buscando dinero a cambio de esperanzas.

Anthony profirió una interjección de sorpresa.

–Inglaterra apoyaba a Michael; y Estados Unidos a Nicolás. En ambos países, un grupo de negociantes ambiciona concesiones petrolíferas. El partido monárquico adoptó a Michael; y ahora debe encontrar otro paladín. Mr. Isaacstein y compañía, así como George Lomax, chirrían los dientes, y Wall Street se regocija. ¿Me equivoco?

–Se acerca a la verdad.

–¡Hum! Casi estoy seguro de saber lo que hacía usted en esa arboleda.

Battle sonrió pero no abrió la boca.

–La política internacional me encanta, pero tengo que irme –dijo Anthony–. Me han citado unas damiselas.

Una vez en la casa, Tredwell le dio instrucciones que le guiaron al cuarto de las niñas. Llamó, entró y le acogió una tempestad de jubilosos chillidos.

Guggle y Winkle lo transportaron triunfalmente hasta la institutriz.

Las convicciones de Anthony se estremecieron. Mademoiselle Brun era pequeña, cincuentona, entrecana, cetrina... ¡y un bigote medraba en su labio superior!

No encajaba para nada con la imagen de la notoria aventurera extranjera.

«Creo que he hecho el idiota», pensó Anthony. «Es igual. A mal tiempo, buena cara.»

Inició una amena charla con la institutriz, a quien envaneció la presencia de un joven tan apuesto. El té fue un éxito.

Aquella noche, en su elegante dormitorio, Anthony no se cansó de menear la cabeza. «He vuelto a meter la pata. No sé por dónde cogerlo», se dijo.

Se inmovilizó de pronto.

–¿Qué hay?

La puerta se abrió poco a poco. Un hombre se coló en la habitación, y permaneció en actitud respetuosa junto a la puerta. Era un hombre alto y fornido, de pelo rubio, con los pómulos altos de los eslavos, y una mirada fanática.

–¿Quién es usted?

–Soy Boris Anchoukoff –respondió el hombre en un inglés perfecto.

–¿El ayuda de cámara del príncipe Michael?

–Sí, serví a mi amo. Ha muerto. Ahora le serviré a usted.

–Muchas gracias, pero no necesito criado.

–Es usted mi amo. Le obedeceré fielmente.

–Oiga... No deseo un criado, ni tengo dinero para pagarle.

Boris Anchoukoff le miró con un cierto desprecio.

–No pido dinero. Serví a mi amo. También a usted le serviré hasta la muerte.

Se arrodilló de pronto y, apoderándose de una de las manos de Anthony, se la puso en la frente. Después se levantó de un salto y se fue tan inesperadamente como había llegado.

Anthony se había quedado de piedra.

–¡Qué extraño! Fiel como un perro. Son curiosos los instintos de los balcánicos –murmuró, y reanudó su paseo–. De todos modos, a estas alturas... es un contratiempo.

CAPÍTULO XVII

AVENTURA NOCTURNA

La vista oral se celebró a la mañana siguiente. Fue muy distinta de las que cuentan las novelas. La supresión de los detalles más interesantes contentó hasta al mismísimo George Lomax. El superintendente Battle y el *coroner*[4], ayudados por el jefe de policía, habían llevado el procedimiento hasta el más alto grado de hastío.

Anthony se marchó sin ostentación inmediatamente después de la vista.

Su partida fue el único punto luminoso del día para Bill Eversleigh. George Lomax, en su miedo obsesivo de que se divulgara algo perjudicial para su departamento, hubiera apurado la paciencia de un santo. Había tenido a miss Oscar y a Bill en estado de alarma. La primera había efectuado el trabajo útil e interesante; el segundo había trotado de acá para allá como portador de recados, descifrando telegramas y escuchando las aburridas y estereotipadas frases de su antipático jefe.

Así pues, el joven, completamente derrengado, el sábado por la noche buscó las sábanas. El tiránico comportamiento de George había obstaculizado que cambiase un par de palabras con Virginia, y por ello se sentía injuriado y resentido. Su único consuelo era la desaparición del sujeto de las Colonias, que hasta entonces había monopolizado el trato de Vir-

4. El *coroner* es una figura sin equivalencia en nuestra judicatura, que realiza la instrucción preliminar del caso para ver si hay materia delictiva y pasarlo luego al fiscal.

ginia. Y desde luego, si George Lomax se empeñaba en hacer el asno... Bill se durmió disgustado. El sueño lo alivió. Virginia figuraba en él.

Fue un sueño heroico, en el que surgían llamas y él tenía el papel de salvador. Bajaba, en brazos, del último piso a Virginia, que se había desmayado, y la ponía en la hierba. Luego iba en busca de un paquete de bocadillos. Los bocadillos eran esenciales. George los poseía pero, en vez de entregárselos a Bill, empezaba a dictar telegramas. Estaban ya en la sacristía de una iglesia y Virginia llegaría de un momento a otro para casarse con él. ¡Horror! Bill vestía pijama. Debía ir a su casa a cambiarse. Se abalanzó al coche. El vehículo no andaba. ¡El depósito de gasolina estaba vacío! Y Virginia apareció en un enorme autocar y se apeó del brazo del barón calvo, fresca, pimpante, elegante en su traje gris. Fue hasta él y le sacudió juguetona por los hombros. «Bill», decía. «¡Oh, Bill!». Y le sacudió con más fuerza. «Bill... ¡Despierta! ¡Despierta por favor!».

Bill se despertó. Se hallaba en su alcoba de Chimneys. Pero el sueño se adhería a él, pues Virginia se inclinaba sobre la cama y repetía las mismas frases.

–Despierta, Bill. ¡Oh, despierta!

–¡Hola! –exclamó Bill sentándose–. ¿Qué sucede?

–¡Gracias a Dios! –dijo Virginia–. Duermes como un tronco; me cansé de sacudirte. ¿Estás despierto?

–Creo que sí –respondió dudoso Bill.

–¡Eres un tronco! Todavía tiemblo a causa del esfuerzo.

–Los insultos son innecesarios –dijo Bill indignado–. Virginia, es impropio de ti. Una joven viuda no debe invadir las habitaciones de los solteros.

–No seas idiota. Ocurren cosas.

–¿De qué clase?

–Cosas muy raras, en la cámara del Consejo. Oí un portazo y bajé a investigar, y vi entonces una luz en ella. Avancé sin ruido hasta la puerta y fisgué por una rendija. Si mi visión fue reducida, no por eso fue menos extraordinaria, tanto que sentí necesidad de ver más; pero necesitaba antes la compañía de un hombre guapo, fuerte y grande. Y por eso vine a llamarte. He tardado siglos en despertarte.

–¿Y qué vamos a hacer? –preguntó Bill–. ¿Apresar a los ladrones?

Virginia arrugó la frente.

–Temo que no sean ladrones, Bill. La situación es rarísima. No perdamos más tiempo. Levántate.

Bill renunció al tibio lecho.

–Espera. Me pondré las botas claveteadas. Mi estatura y mi fuerza no me ciegan hasta el punto de combatir descalzo con criminales.

–Me gusta tu pijama –comentó Virginia–. Es policromo sin vulgaridad.

–Puesto que de ello hablamos –repuso Bill poniéndose la segunda bota–, admiro profundamente el precioso verde de lo que llevas puesto. ¿Qué es? ¿Un camisón de noche?

–Es un *négligé*. Me alegro de que lleves una vida tan pura, Bill.

–No la llevo –gruñó Bill, indignado.

–No protestes. Eres un encanto, Bill, y me gustas mucho. Mañana por la mañana, hacia las diez, calmadas ya nuestras emociones, quizá te dé un beso.

–Los besos saben mejor si son espontáneos –insinuó Bill.

–Seamos prácticos. ¿Te pones una careta antigás y una cota de malla, o ya estás dispuesto para la lucha?

–Lo estoy.

Se embutió en un espantoso batín y empuñó un atizador.

El arma ortodoxa –dijo.

–Vamos. No hagas ruido –suplicó Virginia.

Salieron de la habitación, recorrieron el pasillo y después bajaron las escaleras. Virginia frunció el entrecejo cuando llegaron a la planta baja.

–Tus botas son la antinomia del silencio, Bill.

–Los clavos serán siempre clavos. Hago lo que puedo.

–Tendrás que quitártelas.

Bill gimió.

–Llévalas en la mano. Has de descubrir lo que sucede en la cámara del Consejo. Es muy misterioso, Bill. ¿Desmontaría un ladrón una armadura?

–Supongo que si no puede llevársela entera...

Virginia no pareció satisfecha.

–¿Para qué robará una pila de metal herrumbroso? Chimneys está lleno de tesoros de más fácil transporte.

–¿Cuántos hay? –preguntó Bill, asiendo firmemente el atizador.

–Ya sabes cómo son los ojos de las cerraduras, no lo aprecié bien. Sólo brillaba una linterna.

–Ya se habrá ido –dijo Bill esperanzado.

Se sentó en un escalón para quitarse las botas. Con ellas en la mano, se deslizó por el pasillo de la Cámara del Consejo, seguido de cerca por Virginia. Se detuvieron frente a la maciza puerta de roble. En la sala imperaba el silencio. De pronto, Virginia le apretó un brazo. Una luz había centelleado fugazmente en el agujero de la cerradura.

Bill se arrodilló para mirar por el orificio. Lo que vio fue en extremo confuso. El drama representado en la habitación quedaba a la izquierda, fuera de su campo visual. Un apagado sonido metálico revelaba de cuando en cuando que el intruso o intrusos se dedicaban aún a las armaduras. Había dos armaduras, recordó Bill, al pie del retrato de Holbein. La linterna debía de iluminarlas. El resto de la habitación estaba a oscuras. Un bulto cruzó inesperadamente el campo de visión de Bill, irreconocible en las tinieblas. Tanto podía ser varón como mujer. Volvió a pasar frente a la cerradura y los choques de metal continuaron. Luego oyeron un nuevo sonido, como unos nudillos que percutían la madera.

De pronto, Bill se sentó sobre los talones.

–¿Qué hay? –susurró Virginia.

–Nada. No perdamos más tiempo. No les vemos, ni imaginamos qué se proponen. Les voy a atacar. Virginia, escucha –dijo Bill después de calzarse–. Abriremos la puerta despacito. ¿Sabes dónde está el interruptor?

–Sí, junto a la entrada.

–Espero que no habrá más de dos. Quizás sea uno solo. Entraré en la habitación cuanto pueda y, cuando yo diga «ahora», enciendes las luces, ¿entendido?

–Perfectamente.

–No grites ni te desmayes. No consentiré que te hagan daño.

–¡Héroe mío! –murmuró Virginia.

Bill, sospechando que se burlaba de él, intentó contemplarla en la oscuridad. Hubo un leve sonido que tanto pudo ser un sollozo como una carcajada. Apretó el atizador. Creía hallarse a la altura de las circunstancias.

Hizo girar lentamente el pomo. La puerta cedió hacia el interior. Virginia estaba a un palmo de él. Juntos y en silencio, entraron en la sala.

La linterna relucía en el cuadro de Holbein, en el muro más alejado, recortando la silueta de un hombre que, subido a una silla, golpeaba suavemente los paneles. Les daba la espalda y la sombra era monstruosa.

Los clavos de las botas de Bill chirriaron en el pavimento, interrumpiendo su observación. El hombre se volvió, enfocando sobre ellos la luz de la linterna, que casi los cegó.

Bill no titubeó.

–Ahora –bramó a Virginia y se abalanzó sobre el individuo, mientras ella daba vueltas al interruptor.

Sólo se oyó el chasquido de éste. La gran araña no se inundó de luz. La sala se mantuvo en las tinieblas.

Virginia oyó a Bill desgranando una sarta de juramentos. En seguida, sonaron jadeos y golpes. La linterna se apagó al estrellarse contra el suelo. Virginia no supo quién vencía, ni cuántos combatientes intervenían. ¿Habría en la habitación alguien más que la persona que golpeaba la pared? Bien podía ser. Su visión del interior había sido muy breve.

La consternación la había paralizado. No osaba intervenir en el zafarrancho, puesto que tal vez estorbase más que ayudase a Bill. Se apoyó en la idea de quedarse en el umbral para cortar el paso a quien pretendiera huir por la puerta. Sin embargo, y desoyendo las instrucciones del joven, chilló repetidas veces en petición de auxilio.

Hubo portazos en el piso, y el vestíbulo y la escalinata se llenaron de luz. ¡Ojalá contuviera Bill a su enemigo hasta que llegaran los refuerzos!

En aquel instante, se produjo una terrible convulsión. Los luchadores debieron tropezar con una armadura, que se abatió con un estruendo ensordecedor. Virginia vio una figura que corría hacia la ventana, y al mismo tiempo oyó los juramentos de Bill, que se desembarazaba de fragmentos de la armadura.

Virginia abandonó su puesto y salió tras el fugitivo. La ventana estaba abierta. El intruso salió a la terraza y corrió hacia la esquina. La joven, fuerte y en forma, dobló el ángulo casi junto al desconocido.

Pero allí cayó en los brazos de una persona que salía de una puertecilla lateral: Mr. Hiram P. Fish.

–¡Oh, una señora! –gritó el norteamericano–. Le pido perdón, Mrs. Revel. La tomé por un truhán que escapa de la justicia.

–Ha pasado por aquí –jadeó Virginia–. ¿Podremos capturarlo?

Al hablar se dio cuenta de que era demasiado tarde. El hombre estaría ya en el parque y era una noche muy oscura, sin luna. Regresó, pues, a la cámara del Consejo acompañada de Mr. Fish, que describía expertamente, y en tono aplacador, las costumbres de los ladrones en general. Parecía muy enterado del tema.

Lord Caterham, Bundle y varios criados aterrados se agolpaban en la entrada de la sala.

–¿Qué pasa? –preguntó Bundle–. ¿Tenemos ladrones? ¿Qué haces con Mr. Fish, Virginia? ¿Os paseáis de noche?

Virginia le explicó lo sucedido.

–¡Qué emocionante! –chilló Bundle–. ¡Un final de semana con comedia de asesinos y ladrones! ¿Por qué no se enciende la lámpara? Las del resto de la casa funcionan perfectamente.

Pronto se aclaró el misterio. Habían quitado las bombillas y las habían colocado en fila al pie de la pared. Tredwell, muy digno incluso en paños menores, restauró la iluminación gracias a una escalera de mano.

–Si la vista no me engaña –dijo lord Caterham, con triste acento, mirando a su alrededor–, esta habitación ha sido objeto de actividades violentas.

La observación fue justa. Todo lo derribable había sido derribado. El suelo estaba sembrado de sillas rotas, jarrones destrozados y fragmentos de armaduras.

–¿Cuántos eran? –indagó Bundle–. La lucha parece haber sido tremenda.

–Uno solo, creo –dijo Virginia.

Entonces, lo dudó. Ciertamente, una sola persona, un hombre, se había escapado por la ventana pero tenía la impresión de que, al perseguirlo, hubo un rumor cerca de ella. En cuyo caso, el segundo intruso habría huido por la puerta. Sin embargo, quizás el rumor había sido sólo imaginario.

Bill apareció de pronto en la ventana. Le costaba respirar y jadeaba.

–¡Maldito sea el bribón! –rugía iracundo–. ¡Se me escapó! Recorrí todo el parque. Ni rastro.

–¡Ánimo, Bill! –exclamó Virginia–. Otra vez será.

–¿Qué será mejor? –preguntó el marqués–. ¿Irnos a la cama? No puedo llamar a Badgworthy a estas horas. Tredwell, encárguese de lo más oportuno.

–Muy bien, milord.

Con un suspiro de alivio, Caterham se preparó para irse.

–Ese Isaacstein duerme como un leño –comentó envidioso–. El escándalo hubiese despertado a un muerto. –Miró a Mr. Fish–. Tuvo tiempo de vestirse, ¿verdad?

–Me eché encima unos cuantos trapos –respondió el norteamericano.

–Alabo su sensatez –aprobó lord Caterham–. Los pijamas no abrigan.

Bostezó. Y todos los que habían sido alarmados se fueron melancólicamente a reanudar su interrumpido sueño.

CAPÍTULO XVIII

SEGUNDA AVENTURA NOCTURNA

La primera persona que Anthony vio al apearse del tren, la tarde siguiente, fue el superintendente Battle. En su rostro apareció una sonrisa.

–He regresado como pactamos –dijo–. ¿Vino a asegurarse de ello?

Battle negó con la cabeza.

–Eso no me preocupó, Mr. Cade. Es que voy a Londres.

–Es usted muy confiado, Battle.

–¿Lo cree así?

–No. Creo que es muy astuto; las aguas en calma y todo lo demás. ¿Así que va a Londres?

–Sí, Mr. Cade.

–Me pregunto porqué.

El superintendente no contestó.

–¡Qué charlatán! –rió Anthony–. Es lo que más me atrae de usted.

Los ojos de Battle chispearon fugazmente.

–¿Qué me cuenta de su misión, Mr. Cade? ¿Obtuvo algún resultado?

–Me he equivocado por segunda vez. Irritante, ¿verdad?

–¿Cuál fue su propósito?

–Sospechaba de la institutriz francesa: a) porque, como en las novelas, era la de aspecto más inocente; b) porque se encendió la luz de su habitación la noche de la tragedia.

–Pocos fueron sus motivos.

–Tiene usted razón. Descubrí también que hacía poco tiempo que servía en la casa. Además, encontré a un francés extraño husmeando en el jardín. Está enterado de su existencia, ¿verdad?

–¿Se refiere al individuo que se aloja en el Cricketers, el llamado Chelles, viajante de una sedería?

–Al mismo. ¿Qué pasa con él? ¿Qué piensa Scotland Yard?

–Sus acciones han sido sospechosas –concedió Battle impasible.

–Yo diría que muy sospechosas. Sumé, por tanto, el elemento de la institutriz francesa y el elemento del extraño francés, y se me ocurrió que tal vez estuviesen confabulados, y fui a visitar a la dama a quien miss Brun había servido los diez últimos años. Fue infundada mi esperanza de que jamás hubiese oído hablar de miss Brun. Mademoiselle es genuina.

Battle asintió.

–Al conocerla, tuve la desagradable impresión de estar ladrándole al árbol equivocado –añadió Anthony–. Me convenció de que era institutriz desde la cuna.

Battle volvió a afirmar.

–No obstante, Mr. Cade, no hay que fiarse de eso. Las mujeres, en especial, hacen milagros con el maquillaje. Conocí a una bonita muchacha que se tiñó el pelo, bronceó su rostro, enrojeció sus párpados y, lo que es más eficaz, cambió su indumentaria. No la reconocieron nueve de diez personas que la habían tratado anteriormente. Los hombres no tienen tantas facilidades. La forma de las cejas y una dentadura postiza alteran su semblante; pero las orejas, Mr. Cade, las orejas dan mucha personalidad.

–No mire tan fijamente las mías, que me pone nervioso –suplicó Anthony.

–Las barbas postizas y los tintes y cremas son sólo buenos para los libros –continuó el superintendente–. Pocos hombres pueden escapar a una identificación cuidadosa. Sólo hay uno con verdadero genio para los disfraces. El Rey Víctor. ¿Qué sabe de él, Mr. Cade?

Su tono, que había cambiado repentinamente, detuvo las palabras que Anthony se disponía a pronunciar a continuación.

–¿El Rey Víctor? –repitió en cambio pensativo–. El nombre me parece conocido.

–Pertenece al ladrón de joyas más famoso del mundo. Su padre fue irlandés, su madre francesa. Domina, al menos, cinco lenguas. Hasta hace unos pocos meses, cumplió condena.

–¿Sí? ¿Dónde se le supone en la actualidad?

–Eso es lo que nos gustaría saber, Mr. Cade.

–La trama se complica –dijo Anthony con leve ironía–. ¿Y si viniera aquí? No le atraerían las memorias políticas, sino las joyas.

–¿Quién sabe? Quizás se mueva entre nosotros.

–¿Disfrazado de segundo lacayo? ¡Espléndido! Usted identificará sus orejas y se cubrirá de gloria.

–Le gusta bromear, ¿verdad, Mr. Cade? Por cierto, ¿qué opina de ese curioso asunto en Staines?

–¿Qué ha sucedido en Staines?

–Imaginé que lo habría leído en los periódicos del sábado o en los de hoy. Descubrieron en la carretera a un hombre muerto de un tiro. Un extranjero.

–Algo leí. No parece un suicidio.

–No, falta el arma. Y nadie ha reconocido el cadáver.

–¿A qué se debe su interés? –sonrió Anthony–. ¿Se relaciona esa muerte con el asesinato del príncipe Michael?

Sus ojos y sus manos eran firmes. ¿El superintendente Battle le estudiaba de modo peculiar? ¿O lo imaginaba?

–Hay una epidemia de asesinatos –dijo el policía–. No me arriesgaría a afirmar que estuviesen relacionados.

Le volvió la espalda y llamó a un mozo cuando entró en el andén el tren de Londres. Anthony respiró libremente.

Volvió por el parque absorto en sus pensamientos. Se acercó a propósito a la casa por el mismo camino que había recorrido la funesta noche del jueves y se estrujó el cerebro, levantando el rostro, para asegurarse de la ventana en que había visto la luz. ¿Sería exactamente la segunda del extremo?

Entonces, hizo un descubrimiento. La esquina de la casa tenía un ángulo en el que se abría un ventanal. Desde aquel punto, se la podía contar como la primera, y la primera construida sobre la cámara del Consejo, como la segunda; mas, dando unos pasos a la derecha, dicha sala parecía ser el final del edificio. La primera ventana no se veía y las otras dos, sobre la Cámara del Consejo, se numerarían como las dos primeras desde el extremo. ¿En qué sitio había estado al encenderse la luz?

La cuestión era ardua. Un metro más para acá o para allá implicaba una gran diferencia. Una cuestión resultaba clara. Quizás se hubiese engañado al aseverar que la luz brilló en la segunda habitación desde el fondo. Bien pudo ser la tercera.

¿Quién la ocupaba? Anthony se propuso informarse cuanto antes de ello. La suerte le favoreció. Tredwell arreglaba la bandeja del té en el vestíbulo. Era la única persona visible en él.

–Buenas tardes, Tredwell –saludó Anthony–. Quería preguntarle algo. ¿Quién ocupa la tercera alcoba a partir del fondo del ala occidental, encima de la cámara del Consejo?

El mayordomo reflexionó un segundo.

–Ésa sería la habitación del caballero norteamericano, Mr. Fish, señor.

–¿Sí? Gracias.

–De nada, señor.

Tredwell se preparó para marcharse, pero el deseo de ser el primero en dar noticias humaniza incluso a los mayordomos más austeros.

–Señor, ¿le han informado de lo que ocurrió anoche?

–No. ¿Qué fue?

–Un intento de robo.

–¿De veras? ¿Se llevaron algo?

–No, señor. Los ladrones desmontaban las armaduras de la cámara del Consejo, cuando fueron sorprendidos y obligados a huir. Desgraciadamente, se escaparon.

–¿De nuevo esa habitación? –se sorprendió Anthony–. ¿Cómo entraron en ella?

–Se supone, señor, que forzando la ventana.

Tredwell, halagado por la impresión que había producido, siguió andando. Cerca de la puerta, se detuvo con una digna disculpa.

–Perdone, señor. No le oí entrar.

Isaacstein, víctima del choque, agitó amistosamente una mano.

–No importa, buen hombre. No es nada.

El mayordomo se retiró altanero. Isaacstein se acomodó en una butaca.

–¿Ya de vuelta, Cade? ¿Le han explicado las aventuras de anoche?

–Sí. Es un fin de semana muy movido.

–Lo de ayer fue, sin duda, una hazaña de delincuentes locales. Cometieron torpezas de aficionados.

–¿Hay alguien por aquí que coleccione armaduras? –replicó Anthony–. Parece algo curioso de coleccionar.

–Muy curioso –dijo Isaacstein, y agregó–: La situación es muy molesta.

Había algo casi amenazador en su tono.

–No le entiendo –exclamó Anthony.

–¿Por qué nos retienen? La vista oral se celebró ayer. El cadáver del príncipe será conducido a Londres, donde se informará de que murió de un ataque cardíaco; pero nos prohíben marcharnos. Mr. Lomax no sabe más que yo y me remite siempre al superintendente.

–Battle maquina algo –repuso Anthony–. Debe ser imprescindible para ello que no nos vayamos.

–Pero usted, y perdone el comentario, Mr. Cade, pudo irse.

–Con una pierna atada, pues me vigilaron constantemente. No me cabe duda de ello. No hubiera podido hacer desaparecer el revólver.

–¡Ah, el revólver! ¿No lo han encontrado aún?

–No.

–Lo arrojarían al lago.

–Es muy posible.

–¿Dónde está el superintendente? No lo he visto esta tarde.

–Se ha ido a Londres. Me lo encontré en la estación.

–¿A Londres? ¿De veras? ¿Dijo cuándo volverá?

–Creo que mañana temprano.

Virginia apareció con lord Caterham y Mr. Fish. Saludó a Anthony con una sonrisa.

–Otra vez aquí, Mr. Cade. ¿Le han informado de nuestras aventuras nocturnas?

–Fue una noche de intensas emociones, Mr. Cade –terció Fish–. Le han comentado que confundí a Mrs. Revel con un bandido.

–Y mientras tanto el ladrón... –dijo Anthony.

–Huyó sin dificultad –murmuró Mr. Fish apenado.

–Sirva el té, por favor –le pidió lord Caterham a Virginia–. ¿Dónde se habrá metido Bundle?

Virginia hizo los honores y se sentó luego al lado de Anthony.

–Vaya a la caseta de los botes después del té –dijo en un aparte–. Bill y yo tenemos mucho que contarle.

Después intervino en la conversación general.

La reunión en la caseta se celebró puntualmente.

Virginia y Bill se consumían por narrar los hechos. El único sitio prudente para una charla confidencial era el centro del lago, así que cogieron un bote y remaron hasta allí. Relataron a Anthony las experiencias de la pasada noche. Bill estaba huraño. Deseaba que Virginia no se obstinara en que el colono interviniese.

–Es muy extraño –comentó Anthony cuando hubo acabado el relato. Se dirigió a Virginia–: ¿Usted qué opina?

–Que buscaban algo –respondió Virginia como un relámpago–. La idea de que se trataba de ladrones me parece absurda.

–Y creyeron que ese algo estaba oculto en las armaduras. ¿Por qué golpearon el entrepaño? Quizás deseaban encontrar una escalera secreta o algo semejante.

–Sé que en Chimneys hay una cámara oculta y también una escalera secreta –dijo Virginia–. Lord Caterham nos informará. Lo que quiero saber es ¿qué buscaban?

–¿Las memorias? No, son un bulto muy grande. Tiene que ser un bulto más pequeño.

–George lo sabe. Me pregunto si seré capaz de sacárselo. Desde el principio tengo la sensación de que hay algo detrás de todo esto.

–Según usted, era un hombre solo, aunque admite la posibilidad de que hubiese otro –dijo Anthony– porque alguien la rozó en su camino hacia la ventana.

–El rumor fue tan leve, que pudo ser imaginación mía –objetó Virginia.

–Desde luego. Si no lo fuese, la segunda persona tendría que ser un habitante de la casa. ¿No será...?

–¿Qué está pensando? –preguntó Virginia.

–Me choca que Mr. Hiram Fish sea tan concienzudo. Se viste completamente, a pesar de que alguien pide auxilio en la planta baja.

–Le doy la razón –asintió Virginia–. También resulta sospechoso el profundo sueño de Isaacstein. ¿Cómo pudo dormir?

–Sin olvidar a Boris –habló por fin Bill–, el criado de Michael. Tiene todo el aspecto de un rufián redomado.

–Chimneys rebosa de personas sospechosas –dijo Virginia–. Y los demás sospechan de nosotros. ¡Ojalá el superintendente no se hubiera ido a Londres! Ha sido una estupidez. Mr. Cade, he vuelto a ver en dos ocasiones en el jardín a ese francés estrambótico.

–¡Qué lío! –se desesperó Anthony–. He perseguido una quimera, haciendo el ridículo. En mi opinión, toda la cuestión se resume en lo siguiente: ¿encontraron los ladrones lo que buscaban?

–Estoy convencida de que no.

–En ese caso, volverán. Saben, o pronto sabrán, que Battle se halla en Londres, y se aventurarán nuevamente.

–¿Lo espera?

–Casi. Los tres formaremos un frente. Eversleigh y yo nos esconderemos, con las debidas precauciones, en la Cámara del Consejo.

–¿Y yo? –interrumpió Virginia–. No consentiré que se me elimine.

–Oye, Virginia –dijo Bill–, esto no es para mujeres...

–No seas imbécil, Bill. No te librarás de mí. Nuestro equipo vigilará esta noche.

Pasaron a discutir los pormenores del proyecto. Una vez los huéspedes se acostaron, el trío descendió por separado a la planta baja. Todos iban pertrechados con linternas, y Anthony llevaba además un revólver en el bolsillo de la chaqueta.

Como había dicho, Anthony barruntaba que habría otro intento de registro, pero no suponía que procediese del exterior de la casa. Virginia, a su juicio, no había imaginado que alguien la rozó en la oscuridad la víspera y, mientras montaba guardia detrás de un armario antiguo, no miraba a la ventana, sino a la puerta. Anthony se agazapaba en la pared opuesta, al amparo de una armadura, y Bill junto a la ventana.

Los minutos transcurrieron con perezosa lentitud. La una, la una y media, las dos, las dos y media. Sonó el reloj. Anthony, aterido y entumecido, se avergonzaba de sí mismo. Su deducción había sido errónea. Los desconocidos no aparecerían esta noche.

De pronto, se puso tenso, con todos los sentidos en alerta. Había escuchado pasos en la terraza. Silencio de nuevo, silencio interrumpido por unos arañazos en la ventana. Cesaron y las hojas de la ventana se abrieron. Un hombre entró en la sala.

Se detuvo como si escuchara. Satisfecho del resultado de su precaución, encendió una linterna y enfocó las cuatro paredes. No vio nada anormal. Los tres jóvenes retuvieron el aliento.

Se encaminó al mismo lienzo de pared que había examinado la víspera.

Entonces un convencimiento terrible espantó a Bill. ¡Iba a estornudar! La carrera nocturna a lo largo del parque le había constipado. Había estornudado todo el día. Nada ni nadie impediría que entonces lo hiciera.

Empleó todos los remedios que se le ocurrieron: se pellizcó el labio superior, tragó saliva, echó la cabeza hacia atrás y miró el techo. Como postrer recurso se atenazó las aletas de su apéndice olfativo. Fue inútil. Estornudó.

El ruido, contenido, sofocado, ridículo, sonó como una detonación.

El desconocido se volvió. Anthony encendió la linterna y le acometió. Un segundo más tarde, ambos rodaban en el suelo.

–¡Luz! –gritó Anthony.

Virginia tocó el interruptor. Las luces brillaron con toda su potencia. Anthony estaba sentado sobre el intruso. Bill se inclinó para echarle una mano.

–Y ahora, enséñanos la cara, querido muchacho –pidió Anthony.

Levantó a su presa. Era el francés de la barbita que estaba en el Cricketers.

–¡Les felicito! –aprobó alguien.

Se irguieron sorprendidos. El voluminoso cuerpo de Battle ocupaba el vano de la puerta.

–Le hacía en Londres, superintendente.

–Creí conveniente darles esta sorpresa –sonrió Battle.

–Nos ha sorprendido.

Anthony estudió el rostro del caído. Se sorprendió al ver que el desconocido sonreía.

–¿Permiten que me levante, caballeros? Son tres contra uno.

Anthony tiró de él hasta ponerle de pie. El francés se arregló la americana, se alisó la camisa y contempló a Battle.

–¿Es usted de Scotland Yard?

–Sí.

–Le presentaré mis credenciales –anunció el desconocido con tristeza–. Debí hacerlo antes.

Tendió varios documentos al superintendente. A continuación, mostró una insignia prendida en la solapa de la chaqueta.

Battle soltó una exclamación. Releyó los papeles, antes de devolvérselos con una leve reverencia.

–Comprenderá que tiene usted la culpa del trato que ha recibido –dijo.

Sonrió al ver las expresiones de asombro de los demás.

–Es un colega que esperábamos desde hacía un tiempo. Les presento a monsieur Lemoine, de la Sûreté de París.

CAPÍTULO XIX

EL SECRETO

Todos observaron al detective francés, que les devolvió la sonrisa.

–Sí, es verdad –dijo Lemoine.

Hubo una pausa durante el reajuste general de ideas. Después Virginia se volvió hacia Battle.

–¿Sabe qué pienso, superintendente Battle?

–¿Qué piensa, Mrs. Revel?

–Que ha llegado el momento de que nos ilustre.

–¿Ilustrarlos? No le entiendo, señora.

–Al contrario, superintendente, me entiende a las mil maravillas. Mr. Lomax le ha martirizado con sus peticiones de discreción, pero será mejor que sea franco con nosotros porque así no andaremos a ciegas, no descubriremos torpemente sus secretos y no haremos ningún daño. ¿Está de acuerdo conmigo, Mr. Lemoine?

–Del todo, madame.

–Ya avisé a Mr. Lomax de la inutilidad de mantener el secreto eternamente –dijo Battle–. Estas cosas acaban por saberse. Mr. Eversleigh es secretario de Mr. Lomax, y no hay objeción en que esté al corriente. Mr. Cade tiene igual derecho a ello, ya que se ha visto complicado contra su voluntad; pero... –Hizo una pausa.

–Lo sé. ¡Las mujeres somos indiscretas! –estalló Virginia–. George no se cansa de repetirlo.

Lemoine había estudiado a la joven. Se encaró con el superintendente.

–¿La señora se llama Revel?

–Es mi apellido –dijo Virginia.

–¿Su esposo fue diplomático? ¿Estuvo con él en Herzoslovaquia poco antes del regicidio?

–Sí.

Lemoine se volvió hacia el superintendente.

–Madame puede escuchar la historia. Le atañe indirectamente. Además –agregó con travesura–, su discreción es famosa en los círculos diplomáticos.

–Gracias por su elogio –rió Virginia–. Me alegro de que no se me expulse de esta habitación

–¿Qué les parece si comemos y bebemos algo? –propuso Anthony–. ¿Dónde celebraremos la conferencia? ¿Aquí?

–Si les parece –contestó Battle– preferiría no abandonar esta sala hasta mañana. Dentro de poco sabrán por qué.

–En ese caso, iré en busca de provisiones –dijo Anthony. Bill le acompañó. Regresaron con una bandeja llena de vasos, sifones y otros artículos sólidos y líquidos.

Los reunidos se instalaron cómodamente alrededor de una larga mesa.

–Por supuesto, cuanto se hable aquí es estrictamente confidencial –dijo Battle–. No puede haber ninguna filtración. Siempre he creído que acabaría por saberse. Los caballeros como Mr. Lomax corren más riesgos de lo que piensan cuando pretenden acallarlo todo. Este asunto se inició hace siete años, en el momento en que se efectuaba, sobre todo en el Oriente Próximo, lo que los políticos llaman una «reconstrucción». Inglaterra estaba interesada en ello y también el conde Stylptitch, que era quien movía las piezas. Los estados balcánicos enviaban a nuestra patria personas de la realeza. No entraré en detalles pero algo desapareció, desapareció de un modo que resultaba increíble a menos que se admitieran dos cosas: que el ladrón era un personaje de la realeza y que la hazaña fue obra de un profesional muy destacado. Mr. Lemoine les contará cómo sucedió.

El francés, inclinándose, continuó el relato.

–Es posible que en Inglaterra no hayan oído hablar de nuestro notorio y fantástico Rey Víctor. No se conoce su verdadero nombre, es un hombre de singular valor y audacia, que habla cinco idiomas y no tiene par en el arte del disfraz. Aunque su padre fue inglés o irlandés, ha actuado preferentemente en París. En esta ciudad, hace ocho años, cometió una audaz serie de robos bajo el nombre de capitán O'Neill.

Virginia soltó una leve exclamación, y Lemoine le miró con atención.

–La agitación de madame será comprensible dentro de unos minutos. Los de la Sûreté sospechábamos que el capitán O'Neill no era otro que el «Rey Víctor», mas no teníamos pruebas de ello. Por la misma época y en la misma ciudad, una joven e inteligente actriz, Angèle Mory, trabajaba en el Folies Bergères. Imaginábamos que intervenía en las operaciones del Rey Víctor, también sin pruebas.

»París se disponía entonces a recibir al joven monarca Nicolás IV de Herzoslovaquia. Nos dieron instrucciones sobre cómo debíamos proteger a Su Majestad. En especial, nos recomendaron vigilar las actividades de una organización revolucionaria llamada los Camaradas de la Mano Roja. Es cosa comprobada que dichos camaradas ofrecieron a la Mory una gruesa suma para que los ayudase en sus proyectos. Debía enamorar al soberano y conducirlo al lugar que ellos designaran. Angèle aceptó el dinero y prometió cumplir su parte.

»Pero era más astuta y más ambiciosa de lo que creían sus patronos. Logró cautivar al rey, que locamente enamorado de ella, la cubrió de joyas. Entonces concibió la idea de transformarse, no en amante del monarca, sino en reina. Todo el mundo sabe que sus sueños se realizaron. Apareció en Herzoslovaquia como la condesa Varaga Popoleffsky, pariente colateral de los Romanoff y, a su debido tiempo, se convirtió en la reina Varaga. No estaba mal para una oscura actriz parisina. Desempeñó su papel con dignidad, pero su triunfo no duró mucho tiempo. Los Camaradas de la Mano Roja, furiosos por la traición, atentaron dos veces contra su vida. Por fin manipularon tan bien la opinión pública, que se declaró una revolución en la que perecieron el rey y su consorte. Se recobraron sus cuerpos, horriblemente mutilados, apenas reconocibles, testimonio de la cólera del pueblo contra su soberana, extranjera y de moral execrable.

»Antes, sin embargo, y eso parece seguro, la reina Varaga no había roto sus relaciones con el Rey Víctor y es muy posible que el atrevido plan se debiera a éste. Se sabe que se comunicaba con él mediante un código secreto desde la corte herzoslovaca; para mayor seguridad las cartas se redactaron en inglés y se firmaron con el nombre de una dama de la embajada británica. Si se hubiera llevado a cabo una investigación y la dama en cuestión hubiera negado su firma, nadie la habría creído, porque el contenido de las epístolas era el de una mujer enamorada. Se empleó su nombre, Mrs. Revel.

–Ya lo sé –afirmó Virginia, mudando de color–. ¡Así que ésa es la verdad de las cartas! No dejé de romperme la cabeza intentando resolver el enigma.

–¡Qué vergüenza! –rugió Bill.

–Las remitía a las señas del capitán O'Neill en París y su fin primordial se explicó más tarde por un curioso hecho. Asesinados los reyes, muchas joyas de la corona, de las que la chusma se había apoderado, aparecieron en París, y se descubrió que en nueve de cada diez casos las piedras no eran sino imitaciones; y había gemas famosísimas entre las joyas de Herzoslovaquia. Así pues, aun siendo reina, la Mory no había renunciado a las viejas actividades.

»Ya hemos llegado al punto neurálgico. Nicolás IV y la reina Varaga vinieron a Inglaterra y disfrutaron de la hospitalidad del difunto marqués de Caterham, ministro de Asuntos Exteriores. No había que prescindir de Herzoslovaquia a pesar de su exiguo territorio y Varaga fue bien recibida. Por consiguiente, llegó como soberana y como experta ladrona. Indudablemente, el sucedáneo, tan magistral que engañó a todos, sólo pudo ser obra del Rey Víctor y la audacia y el ingenio del proyecto lo señalan también como autor.

–¿Qué ocurrió? –preguntó Virginia.

–No se ha hablado de ello en público hasta hoy –intervino Battle–. Nos desvivimos por silenciarlo, cosa no tan fácil como parece; pero algunos de nuestros métodos les asombrarían. Les aseguro que la reina de Herzoslovaquia no se llevó la joya de Inglaterra. No, Su Majestad la escondió en un lugar que no hemos descubierto todavía. Pero no me extrañaría –el superintendente Battle echó una mirada a su alrededor– que estuviera en esta habitación.

–¿Al cabo de tantos años? ¡Imposible! –gritó Anthony, al tiempo que se levantaba de un salto.

–Ignora usted las circunstancias, monsieur –intervino el francés a toda prisa–. Quince días después se declaraba la revolución y los monarcas eran asesinados. El capitán O'Neill fue arrestado en París y sentenciado a una breve condena. Esperábamos encontrar el paquete de las cartas en esta mansión, pero fueron robadas por un intermediario herzoslovaco. El hombre apareció en Herzoslovaquia poco antes de la algarada y desapareció después.

–Sin duda fue a otras tierras, probablemente a África –reflexionó Anthony–. Y no se separó del paquete, que era una mina de oro para él. Son curiosos los caprichos del destino. Debieron de llamarle Pedro el Holandés o algo por el estilo.

Sonrió al notar la inexpresiva mirada del superintendente.

–No soy clarividente, Battle. Ya se lo contaré.–Lo que no ha explicado es cómo se relacionan las cartas con las memorias –dijo Virginia–. Algo tiene que existir entre unas y otras.

–Madame es muy aguda –exclamó Lemoine–. En efecto, existe un eslabón entre ellas. El conde Stylptitch estuvo en Chimneys aquellos días.

–¿Y pudo conocer el hecho?

–*Parfaitement.*

–Sería una catástrofe que lo mencionase en las memorias –indicó Battle–. Sobre todo, después de cómo se silenció el asunto.

–Quizás el manuscrito contenga un indicio del lugar en que fue escondida la piedra –insinuó Anthony, encendiendo un cigarrillo.

–No es posible –replicó Battle–. Nunca aceptó a la reina, la combatió con todas sus fuerzas. Ella, por tanto, no se lo confiaría.

–Nunca se me ocurriría semejante sugerencia. El conde era astuto –indicó Anthony–. Tal vez descubrió finalmente el escondrijo, sin que ella lo supiera. ¿Qué hubiera hecho en ese caso?

–Callar –respondió Battle tras meditar unos segundos.

–Sí, callar –dijo el francés–. La situación era delicada. Hubiera sido muy difícil restituir la piedra anónimamente. Y el conocimiento del escondite le hubiese proporcionado un gran poder, la única debilidad de aquel extraño anciano. No sólo habría tenido a la reina comiendo de su mano, sino que también hubiera negociado a su gusto. No hubiese sido el único secreto que conocía, porque los coleccionaba como otras raras piezas de porcelana. En más de dos ocasiones se jactó públicamente de lo que podría revelar si le diese la gana. En una de ellas, aseguró que se proponía hacer revelaciones sensacionales en sus Memorias. Ello justifica la ansiedad general por impedir su edición. Nuestra policía secreta trató de apoderarse de ellas, mas el conde se libró del manuscrito antes de su fallecimiento.

–De todas maneras, no hay ninguna razón lógica para creer que conocía este secreto –opuso Battle.

–Perdonen –exclamó Anthony–. Están sus propias palabras.

–¿Qué?

Los detectives le contemplaron atónitos como si no quisieran creer lo que habían escuchado.

–Mr. McGrath, al entregarme el manuscrito, me relató el episodio de su encuentro con el conde en París. Mr. McGrath arriesgó su vida por salvar al anciano de una banda de apaches. Estaba... ¿cómo podría decirlo?, un poco «animado» y por ello dijo dos cosas harto interesantes. Una implicaba su conocimiento del paradero del Koh-i-noor, declaración que mi amigo no tomó en cuenta. También afirmó que la pandilla se componía de elementos del Rey Víctor. Comentarios que, sumados, tienen su importancia.

–¡Dios mío! –gimió Battle–. Estoy de acuerdo con usted; incluso el asesinato del príncipe Michael toma otro cariz.

–El Rey Víctor nunca mató –le recordó el francés.

–¿Y si le sorprendieron buscando la joya?

–¿Está, por tanto, en Inglaterra? –dedujo Anthony–. ¿No le siguieron al salir de la cárcel?

Lemoine pareció apabullado.

–Lo intentamos, monsieur. Pero ese hombre es el diablo. Nos dio esquinazo inmediatamente, ¡inmediatamente! Creímos, naturalmente, que vendría a Inglaterra. Y no fue así. Se fue a... ¿adónde diría?

–¿Adónde? –pregunto Anthony.

Jugaba con una caja de cerillas sin apartar los ojos del rostro del francés.

–A América, a Estados Unidos.

–¿Cómo? –exclamó Anthony, asombrado

–¿Y qué nombre adoptó? ¿Qué papel representó? El del príncipe Nicolás de Herzoslovaquia.

La caja de fósforos se escapó de los dedos de Anthony. Battle compartió el asombro del joven.

–¡Imposible!

–No, amigo mío. Mañana tendrá noticias de ello. Ha sido un engaño colosal. Se comentó hace años que el príncipe Nicolás había muerto en el Congo. El Rey Víctor no desperdició la dificultad de probar su fallecimiento y lo encarnó para lograr una tremenda cantidad de dólares a cambio de concesiones petrolíferas. La casualidad lo desenmascaró y hubo de marcharse precipitadamente del país. Esta vez vino a Inglaterra. Por eso estoy aquí. Tarde o temprano vendrá a Chimneys, en el supuesto de que no lo haya hecho ya...

–¿Lo cree usted?

–Creo que estuvo en esta casa la noche de la muerte del príncipe y ayer...

–Otro intento, ¿eh? –masculló Battle.

–Otro.

–Me extrañaba la ausencia de Mr. Lemoine –continuó Battle–. Avisaron de París que venía a colaborar conmigo, y no conseguía explicarme la razón de su demora.

–Tengo que excusarme –dijo el francés–. Verá, llegué a la mañana siguiente del crimen. Se me ocurrió que saldría ganando si estudiaba la situación extraoficialmente. Me sedujo esa posibilidad. No se me ocultó que recaerían en mí las sospechas, pero eso me sería útil, puesto que no alarmaría a las personas que deseaba observar. He tenido dos días muy interesantes.

–Pero, ¿qué ocurrió anoche? –preguntó Bill.

–¿Le cansó el ejercicio? –sonrió Lemoine.

–¿Así que fue usted a quien perseguí?

–Sí. Resumiré los sucesos. Convencido de que el secreto tenía su clave en esta sala, ya que en ella habían asesinado al príncipe, me aposté en la terraza. Noté al fin que alguien andaba en la habitación, traicionado por el resplandor de la linterna. Probé con la ventana central y descubrí que estaba abierta. El hombre podía haber entrado antes o durante mi vigilancia, puesto que la cortina estaba corrida y me impidió verlo. Entré en la habitación. Paso a paso llegué a un punto en que podía contemplar, sin ser observado, sus manejos. No le distinguí claramente. Me daba la espalda y la luz recortaba su silueta. Su conducta me llenó de sorpresa. Desmontó una tras otra esas dos armaduras y examinó sus piezas. Convencido de que no escondían lo que buscaba, golpeó suavemente la pared, debajo del cuadro. Entonces se produjo la interrupción. Usted irrumpió.

Miró hacia Bill.

–Nuestra buena voluntad fue lamentable –confesó Virginia.

–En cierto sentido, madame. El hombre apagó la linterna y yo, que no deseaba revelar mi identidad, corrí a la ventana. En la oscuridad, choqué con los otros dos y caí de bruces. Me rehíce y escapé a la terraza. Mr. Eversleigh me siguió, tomándome por un adversario.

–Fui yo quien le persiguió –explicó Virginia–. Bill iba en segundo lugar en la carrera.

–El intruso tuvo la habilidad de detenerse y huir por otra puerta. ¿Cómo no tropezó con los demás? –preguntó Bill.

–No fue difícil –respondió Lemoine–. Fingió ser un miembro anticipado del grupo de socorro.

–¿Cree que ese Arsenio Lupin habita en la casa? –inquirió Bill, con un brillo de excitación en los ojos.

–¿Por qué no? Podría pasar muy bien por un criado. Por ejemplo, Boris Anchoukolf, el fiel ayuda de cámara del difunto príncipe.

–Es un tipo muy raro –convino Bill.

–Vamos, vamos, monsieur Lemoine –dijo Anthony con una amplia sonrisa.

El francés le devolvió la sonrisa.

–Lo ha tomado como criado suyo, ¿verdad, Mr. Cade? –dijo el superintendente.

–Battle, me descubro ante usted. Nada se le escapa. En realidad, él me ha adoptado como amo y señor.

–¿Por qué, Mr. Cade?

–¡Quién sabe! El gusto puede ser dudoso, pero tal vez le atraiga mi cara. O quizás crea que maté a su amo y pretende desquitarse.

Anthony se levantó para descorrer las cortinas.

–Amanece –anunció bostezando–. Se acabaron las emociones.

–Me voy –dijo Lemoine poniéndose de pie–. Nos veremos más tarde.

Después de haber hecho una graciosa inclinación ante Virginia, se fue por el balcón.

–A la cama –suspiró Virginia–. La velada no ha carecido de interés. Venga, Bill, hora de acostarse como un niño bueno. Creo que hoy no nos verán en el desayuno.

Anthony contemplaba la figura de Lemoine.

–Se le considera el mejor detective de Francia –dijo Battle a sus espaldas.

–No me extraña.

–Tenía razón cuando dijo que se acabaron las emociones por esta noche –añadió Battle–. Oiga, ¿recuerda que comenté el hallazgo de un hombre muerto de un disparo cerca de Staines?

–Sí. ¿Por qué me lo pregunta?

–Lo han identificado, nada más. Se llamaba Giuseppe Manuelli y fue camarero en el Hotel Blitz de Londres. Es curioso, ¿verdad?

CAPÍTULO XX

UNA CHARLA

Anthony no respondió. Continuó mirando por la ventana. El superintendente Battle contempló un rato al hombre inmóvil.

–Buenas noches –se despidió al fin y anduvo hacia la puerta.

Anthony dio media vuelta.

–Battle, un segundo...

El superintendente se detuvo. Anthony tomó un cigarrillo de la pitillera y lo encendió. Entre dos bocanadas de humo, dijo:

–Le interesa el caso de Staines, ¿verdad?

–Eso suena exagerado. Es poco corriente, eso es todo.

–¿Piensa que mataron al hombre en aquel lugar o que lo trasladaron allí después de muerto?

–Yo me decantaría por lo segundo.

–Yo también –dijo Anthony.

Su énfasis hizo que el policía levantase la cara hacia él.

–¿Tiene usted alguna idea? ¿Sabe quién lo llevó allí?

–Sí. Fui yo.

Le molestó un poco la calma inalterable de su interlocutor.

–Las sorpresas no le inmutan, Battle.

–«Jamás reveles tus emociones.» Me enseñaron esta regla y me ha sido siempre muy útil.

–Desde luego. No le he visto alterado hasta ahora. ¿Desea enterarse de todo?

–Tenga la bondad, Mr. Cade.

Anthony juntó dos sillas, se sentaron y narró los sucesos del jueves. Battle escuchó impasible. Únicamente pestañeó un poco al concluir la exposición.

–Señor, algún día se meterá en un apuro grave.

–¿Me perdona por segunda vez? ¿No me detiene?

–Tenemos la costumbre de darle al hombre mucha cuerda –contestó el superintendente.

–Gracias por su delicadeza; y por no insistir en la conclusión del dicho.

–Me desorienta, no obstante, que lo confiese.

–En verdad, no es fácil de explicar –dijo Anthony–. Tengo un alto concepto de su habilidad, Battle. Está presente en el instante oportuno, como, por ejemplo, esta noche. Pensé que ocultándole este secreto le perjudicaba. Merece usted estar en posesión de todos los datos. Mis esfuerzos han sido hasta ahora un fracaso. Debí callar para proteger a Mrs. Revel. Habiéndose demostrado que esas cartas no son obra de ella, cualquier suposición de su complicidad resulta absurda. Si le aconsejé mal fue porque su capricho de pagar al chantajista la colocó en una posición difícil.

–En efecto, los jurados generalmente no son demasiado imaginativos.

–Pero usted no lo discute –dijo Anthony.

–Mr. Cade, mi cargo me pone en íntimo contacto con estas personas, es decir, con las llamadas clases superiores. La mayoría de la gente se preocupa de qué dirá el vecino; pero los mendigos y los aristócratas, no. Hacen lo que se les antoja, sin molestarse en pensar qué consecuencias tendrá. No me refiero a la alta burguesía, a los que derrochan su fortuna en fiestas, sino a los que, durante generaciones, se educaron despreciando la opinión ajena. Mi criterio de las clases superiores no ha variado con los años: son intrépidos, veraces y a veces muy tontos.

–Una disertación muy interesante, Battle. Supongo que un día de éstos escribirá sus memorias. Valdrá la pena leerlas.

El superintendente sonrió.

–¿Puedo hacerle una pregunta? –continuó Anthony–. ¿Me relacionó usted con el cadáver de Staines?

–Fue una corazonada, nada definitivo. Le felicito por el magnífico dominio que tiene de sus nervios.

–Gracias. Desde que lo conocí, no ha dejado de tenderme pequeñas trampas. En general he conseguido no caer en ellas, pero el esfuerzo ha sido agotador.

–Así cazamos a los malhechores, dándoles libertad, acosándolos, dejándolos en paz y cargando de nuevo, hasta que pierden la sangre fría.

–No sea lúgubre, Battle. ¿Cuándo me echarán el guante?

–Tiene cuerda para rato, señor.

–¿Sigo siendo su ayudante?

–Sí.

–¿Su Watson?

–Las novelas de detectives son paparruchas, pero entretienen al vulgo –dijo Battle, y agregó–: Y a veces son útiles.

–¿En qué sentido?

–Atizan la universal creencia de que la policía es estúpida, y eso nos ayuda en el caso de los delitos de aficionados.

Anthony lo contempló en silencio un buen rato. Battle inmóvil, parpadeaba de tarde en tarde, con su impasible rostro cuadrado y plácido. Finalmente, se levantó.

–No tiene mucho sentido irse a la cama ahora –anunció–. Quiero hablar con Su Señoría en cuanto baje a desayunar. Los huéspedes que quieran regresar a sus casas están en libertad de hacerlo a partir de ahora. No obstante, procuraré que lord Caterham prolongue unos días su invitación. Le ruego que no se vaya. Lo mismo le pediré a Mrs. Revel.

–¿Ha encontrado el revólver? –preguntó Anthony.

–¿El que mató al príncipe Michael? No, y tiene que estar en esta casa o en los terrenos adyacentes. No desaprovecharé su idea, Mr. Cade; algunos de mis muchachos treparan a los árboles. El revólver y las cartas significarían un progreso. ¿Dice que una había sido escrita en Chimneys? Debió ser la última. Contendrá en clave las instrucciones para encontrar el diamante.

–¿Cuál es su teoría sobre el asesinato de Giuseppe?

–Fue un ladrón profesional, a quien empleó el Rey Víctor o los

Camaradas de la Mano Roja. Quizás uno y otros colaboren, pues la organización tiene dinero y fuerza, pero no está sobrada de inteligencia. Giuseppe debía robar las memorias, ignoraban la existencia de las cartas. Por una casualidad increíble, usted las tenía.

–Incluso me sorprende a mí mismo.

–Giuseppe se apoderó de las cartas. Su disgusto fue grande. Luego, el recorte de la revista le inspiró la idea de explotarlas en su provecho, sin entender su verdadero significado. Los camaradas, enterados de ello, creyeron que los traicionaba y lo sentenciaron a muerte. Son aficionados a ejecutar traidores. La coyuntura tenía un elemento pintoresco que los satisfizo. Lo que se resiste a mi comprensión es el revólver con el «Virginia» grabado. Los camaradas no son tan sutiles. Por regla general, plantan junto a la víctima el símbolo de su organización con el propósito de infundir terror en los posibles traidores. Ha de ser obra del Rey Víctor. ¿Con qué motivo? ¡Yo qué sé! Pero parece un intento deliberado de cargar a Mrs. Revel con el asesinato, y, a primera vista, no se ve un motivo lógico.

–Tuve una teoría, pero no funcionó de acuerdo al plan.

Anthony contó a Battle que Virginia había visto el cadáver de Michael.

–No hay duda acerca de su identidad –dijo el superintendente–. El barón tiene muy buena opinión de usted. Lo elogió en términos calurosos.

–Es muy amable –sonrió Anthony–, sobre todo porque le he advertido que haré lo imposible por recobrar las Memorias antes del próximo miércoles.

–Le costará Dios y ayuda.

–¡Hum! ¿Lo cree? Supongo que el Rey Víctor y compañía tendrán las cartas.

Battle asintió.

–Se las birlaron a Giuseppe en Pont Street. Fue una hazaña muy diestra. Si las tienen, las habrán descifrado y sabrán dónde buscar.

Los dos hombres estaban a punto de salir de la sala.

–¿Aquí? –preguntó Anthony, señalando al interior con un movimiento de cabeza.

–Exactamente. Pero todavía no lo han encontrado y tendrán que sufrir lo suyo para conseguirlo.

–¿Ha elaborado un plan? –inquirió Anthony.

Battle calló. Por su expresión cualquiera le hubiera tomado por un palurdo. Entonces, lentamente, guiñó un ojo.

–¿Necesita mi ayuda? –preguntó Anthony.

–Sí, y la de alguien más.

–¿Quién más?

–Mrs. Revel. Tal vez no haya notado, Mr. Cade, que es una dama de sumo encanto.

–Lo he notado –afirmó Anthony, y consultó su reloj–. Renunciaré al descanso, Battle. Un baño en el lago y un copioso desayuno surtirán el mismo efecto.

Subió corriendo a su habitación. Se desnudó silbando y buscó un batín y una toalla. De pronto se quedó de piedra con la mirada puesta en el objeto colocado ante el espejo del tocador.

Al principio, le pareció imposible. Lo cogió y lo examinó de cerca. Sí, no cabía duda.

Era el fajo de cartas firmado por Virginia Revel. Estaba intacto. No faltaba ni una. Anthony se desplomó en una silla sin soltarlas.

–¿Me estoy volviendo majara? –murmuró–. ¿Por qué reaparecen estas cartas? ¿Quién las puso en el tocador? ¿Por qué?

Pero no pudo encontrar respuesta para ninguna de estas preguntas tan pertinentes.

CAPÍTULO XXI

LA MALETA DE ISAACSTEIN

A las diez de la mañana, lord Caterham y su hija estaban desayunando. Bundle parecía muy pensativa.

–Papá –dijo al fin.

El marqués, que leía *The Times*, no contestó.

–Papá –repitió con más fuerza la joven.

Caterham renunció a la lectura de los anuncios de libros raros y la miró distraído.

–¿Decías, hija...?

–¿Quién ha desayunado?

Bundle señaló la butaca que evidentemente había sido ocupada. Las restantes esperaban.

–¡Ah! Ese... ¿Cómo se llama?

–¿Isaac el Gordinflón?

Bundle y su padre no necesitaban grandes explicaciones para entenderse.

–Sí.

–Esta mañana te vi hablar con el superintendente antes del desayuno.

Lord Caterham suspiró.

–Sí, me acorraló en el vestíbulo. Tendrían que ser sagradas las horas anteriores al desayuno. Tengo que irme al extranjero. Mis nervios...

Bundle le interrumpió sin ceremonia.

–¿Qué dijo?

–Que podía marcharse quien lo deseara.

–¿No querías eso?

–Sí, pero me pidió que suplicara a todos que se quedasen.

Bundle arrugó la nariz.

–No lo entiendo.

–Tanta confusión y contradicción antes de desayunar... –se quejó Caterham.

–¿Qué respondiste?

–Se lo prometí, claro. Es inútil discutir con la policía, sobre todo antes del desayuno –dijo el marqués, a quien molestaba este último ultraje.

–¿A quién has invitado?

–A Cade, por ahora. Había madrugado. Me prometió permanecer en casa. Me intriga, pero me gusta muchísimo.

–También a Virginia –dijo Bundle trazando espirales en el mantel con el tenedor.

–¿Eh?

–Y a mí, pero no me hace caso.

–Después invité a Isaacstein.

–¿Y qué?

–Afortunadamente, regresa a Londres. No te olvides de ordenar que el coche espere a la puerta a las once menos diez.

–Está bien.

–Si pudiera librarme de Fish... –exclamó Caterham más animado.

–Creía que te gustaba charlar con él de libros mohosos.

–Sí, sí. No obstante, resulta monótono cuando es uno el que habla todo el rato. Fish, aunque interesado, no dice esta boca es mía.

–Eso es mejor que escuchar –comentó Bundle–. Acuérdate de George Lomax.

Lord Caterham se estremeció.

–George impresiona en las tribunas –prosiguió la joven–. Yo le he aplaudido aun sabiendo que dice disparates. Mi posición de socialista...

–Claro, hija, claro –se apresuró a atajar el marqués.

–No temas que hable de política en casa: ése es el vicio de George: emprende campañas electorales incluso en la intimidad. El parlamento debería prohibirlo.

–Sí.

–¿También invitarás a Virginia?

–Battle insistió en ello.

–¡Qué energía! ¿Cuándo se convertirá en mi madrastra?

–Jamás –se entristeció el marqués–. Y eso que anoche me llamó «querido». Lo malo de las mujeres atractivas es que dicen cualquier cosa sin reflexionar.

–Hubiera sido preferible que te tirase un zapato o intentase morderte.

–Los jóvenes de hoy tenéis un concepto altamente repugnante del amor.

–Porque leemos *El Jeque* –le explicó Bundle–. *Amores en el desierto. Desprecios* y todas esas cosas.

–¿Qué es *El Jeque*? –inquirió Caterham–. ¿Un poema?

Bundle le miró con piedad. Después, se levantó y le dio un beso en la coronilla.

–¡Pobrecito papá! –dijo, y saltó a la terraza por encima del alféizar de la ventana.

Lord Caterham se enfrascó de nuevo en la lectura de los anuncios.

Se llevó un sobresalto cuando Mr. Fish, que había entrado como siempre sin hacer ruido, le dirigió la palabra.

–Buenos días, lord Caterham.

–¡Ah! Buenos días, muy buenos.

–El tiempo es delicioso –comentó Mr. Fish y llenó una taza de café. Su único alimento sólido fue una tostada–. Han levantado la prohibición. ¿Podemos irnos?

–Sí... sí... sí –tartamudeó Caterham–. Pero espero... me encantaría –agregó luchando con su conciencia–... me complacería mucho si se quedase otro par de días.

–Lord Caterham...

–Ha sido una visita desdichada y no le reprocho su deseo de marcharse.

–Me juzga mal, milord. Es imposible negar que nos hemos visto rodeados de hechos dolorosos; pero la vida campestre británica, en una célebre mansión como ésta, me atrae decididamente. Me interesa su estudio. En Estados Unidos no se encuentra. Por tanto, acepto agradecido su gratísima invitación.

–Muy bien. Me llena de placer, mi querido amigo.

Poniendo buena cara y derrochando frases amables, Caterham huyó del comedor.

Desde el vestíbulo vio a Virginia que bajaba las escaleras.

–¿Le acompaño a desayunar? –propuso.

–Gracias, he desayunado en la cama. Se me pegaron las sábanas esta mañana.

Virginia bostezó.

–¿Ha pasado mala noche?

–Al contrario; en cierto modo ha sido excelente –le apretó el brazo cariñosamente–. ¡Oh, lord Caterham! ¡Cuánto me divierto! Fue un cielo al invitarme.

–Entonces no se irá, ¿eh? Se ha levantado la prohibición, pero tengo interés en que usted se quede, igual que Bundle.

–Me quedaré. ¡Es usted una preciosidad!

–¡Ah! –suspiró Caterham.

–¿Cuál es su pena secreta? –preguntó Virginia–. ¿Alguien le ha dado calabazas?

–Eso es precisamente lo que pasa –se lamentó Caterham.

Virginia le miró asombrada.

–¿No querrá, por casualidad, tirarme un zapato? –añadió Su Señoría–. No, no; ya lo veo. En fin, ¡qué le vamos a hacer!

Lord Caterham reanudó cabizbajo su camino.

Virginia salió al jardín.

Respiró el fresco vientecillo de octubre, que la vigorizó tras la noche pasada en vela.

Le sorprendió ligeramente encontrar al superintendente a su lado. Battle tenía la facultad de aparecer de pronto como salido de la nada.

–Buenos días, Mrs. Revel. ¿Está fatigada?

–Fue una estupenda experiencia, digna de sacrificar unas horas de reposo; pero hoy todo parece distinto, apagado...

–Se está muy bien a la sombra de este cedro –aseguró Battle–. ¿Le traigo una silla?

–Si usted me lo aconseja –accedió solemnemente Virginia.

–Me gusta su aguda percepción, porque sí, Mrs. Revel, tenemos que hablar.

Transportó un sillón de mimbre hasta el árbol.

Virginia le siguió con un almohadón bajo el brazo.

–Esa terraza es un sitio muy peligroso –comentó el detective–. Me refiero para quienes desean conversar en privado.

–Otra vez me siento excitada, superintendente Battle.

–¡Ah, no es nada importante! –exclamó Battle mirando la hora–. Las diez y media. Tengo que ir, dentro de diez minutos, a Wyvern Abbey para informar a Mr. Lomax. Nos sobra tiempo. ¿Qué puede decirme de Mr. Cade?

Virginia le miró sorprendida.

–Dónde se conocieron, cuántos años hace, y todo lo demás.

La actitud de Battle era amable. Incluso se abstenía de mirarla y el hecho de que no lo hiciera la intranquilizó un poco.

–Pues... no es tan fácil como parece. Me hizo un gran favor en cierta ocasión.

El superintendente la interrumpió.

–Debo decir algo, Mrs. Revel, antes de que siga. Anoche, cuando usted y Mr. Eversleigh se marcharon, Mr. Cade me explicó todo lo concerniente a las cartas y al hombre asesinado en su domicilio.

–¡Oh! –gimió Virginia.

–Su prudencia ha aclarado muchas cosas y evitado otras tantas futuras y desagradables. Únicamente calló cuánto tiempo hace que se conocen. Tengo una idea de ello. Usted me dirá si me equivoco. Usted no lo había visto nunca hasta que se presentó en su casa de Pont Street. ¡Ah! He acertado. ¿No es verdad?

Virginia tuvo miedo por primera vez del hombre de rostro pétreo y comprendió el respeto que Anthony sentía por él.

–¿Le ha contado algo de su existencia? –continuó el superintendente–. ¿Dónde estuvo antes de vivir África? ¿En Canadá? ¿En Sudán? ¿Qué sabe de su adolescencia?

Virginia meneó la cabeza.

–Juraría que su vida ha sido muy interesante. Nada hay como el rostro de un hombre que ha tenido audaces aventuras. Podría narrar, si quisiera, cosas emocionantes.

–¿Por qué, si eso le intriga, no telegrafía a su amigo Mr. McGrath? –pregunto Virginia.

–Lo hemos hecho, pero está en el interior de África. Sin embargo, Mr. Cade estaba en Bulawayo en la fecha que afirma. Mi curiosidad se centra en el período anterior al mes que estuvo empleado en la agencia de viajes Castle. Tengo que irme. El coche me estará esperando.

Virginia le siguió con los ojos, sin moverse del sillón, hasta que llegó a la casa. Anhelaba que Anthony se reuniese con ella. Fue Bill Eversleigh quien apareció bostezando.

–¡Por fin te he pillado a solas!

–No me grites, Bill, o me echaré a llorar.

–¿Han abusado de ti?

–No. Me han vuelto el cerebro del revés. Es como si me hubiera atropellado un elefante.

–¿Fue Battle?

–Sí.

–No pienses más en él. Virginia, te amo tanto.

–¡Por favor, Bill! No me encuentro bien esta mañana. Ya te he dicho que las personas correctas no se declaran antes de la comida.

–¡Dios mío! Podría declararme en ayunas.

Virginia tembló.

–Haz un esfuerzo, Bill. Sé sensato; quiero pedirte consejo.

–Si me aceptases, si te casases conmigo, mejoraría tu salud. Serías más feliz y estarías más tranquila.

–Óyeme. Declararte a mí es tu *idée fixe*. Los hombres hacen el amor cuando se aburren o no saben qué hacer. Acuérdate de mi edad y de mi estado de viudedad, y ve a embrujar a una chiquilla inocente.

–Mi amada Virginia... ¡Maldición! Se acerca ese francés idiota.

Lemoine, siempre tan correcto, llegó hasta ellos.

–Buenos días, madame. ¿Ha descansado?

–Sí, gracias.

–¡Excelente! Buenos días, Mr. Eversleigh. ¿Podríamos pasear los tres juntos?

–¿Qué te parece, Bill? –preguntó Virginia.

–Bueno –gruñó el joven caballero.

Se levantó de la hierba, y los tres caminaron sin prisas. Virginia entre los dos hombres. De inmediato se dio cuenta de que el francés, por una causa desconocida, estaba excitado.

Con su destreza peculiar, logró calmarlo. Pronto sus preguntas y comentarios le hicieron explicarles anécdotas del famoso Rey Víctor. Describió vivamente, y con cierta amargura, los distintos modos con los que el malhechor había burlado a la policía francesa.

Mientras tanto, a despecho del entusiasmo de Lemoine, Virginia presintió que alimentaba algún propósito. El detective les dirigía a un lugar determinado del jardín. No paseaban descuidadamente, sino que les guiaba en una dirección premeditada.

Repentinamente, interrumpiendo su relato, Lemoine miró a su alrededor. Se hallaban en el punto en que la carretera cruzaba los terrenos antes de perderse, en ángulo agudo, detrás de un macizo de árboles.

Virginia oteó el camino.

–Es la furgoneta de los equipajes. Lleva el de Isaacstein y el de su criado a la estación –dijo.

–¿Sí? –murmuró Lemoine. Se sorprendió al mirar su reloj–. Mil perdones. Me he demorado más de lo que pretendía. Su grata compañía... ¿Creen que ese coche me llevaría al pueblo?

Desde el centro de la carretera, agitó los brazos. El vehículo se detuvo y, tras unas frases explicatorias, Lemoine subió al mismo. Saludó cortésmente a Virginia y desapareció a toda prisa.

Los dos jóvenes estaban intrigados. Al tomar la furgoneta la curva, una maleta cayó en el camino. El vehículo no se detuvo.

–Vamos. Esto es muy interesante –exclamó Virginia–. Esta maleta ha salido lanzada a la carretera.

–No lo han notado –comentó Bill.

Corrieron hacia la maleta. Al irla a coger, Lemoine apareció a pie, muy acalorado.

–Me vi obligado a regresar –explicó–. Me olvidé de algo.

–¿De esto? –preguntó Bill señalando a la maleta. Era muy elegante, de piel de cerdo, marcada con las iniciales H.I.

–¡Qué lástima! –dijo Lemoine suavemente–. Se habrá caído. ¿La retiramos del paso?

Sin atender a su posible opinión en contra, la trasladó a la franja de árboles. Algo brilló en su mano; se abrió la cerradura. Entonces habló en tono diferente, rápido y autoritario.

–El coche no tardará. ¿Se acerca?

Virginia miró hacia la casa.

–No.

–¡Bravo!

Sus ágiles dedos apartaron el contenido de la maleta: pijamas de seda, un surtido de calcetines y una botella dorada. Se enderezó inesperadamente, desenvolviendo lo que parecía ser un bulto de ropa interior de seda.

Bill lanzó una exclamación. En el centro del paquete había un pesado revólver.

–Oigo la bocina –avisó Virginia.

Lemoine arregló la maleta como un rayo. Se metió el revólver en el bolsillo, envuelto en un pañuelo. Se volvió a Bill.

–Llévesela. Madame le acompañará. Detenga el automóvil y explique que se cayó del coche. No me mencione.

Bill estaba en la carretera cuando el enorme automóvil llegó. Isaacstein iba en él. El chófer recogió la maleta.

–Se cayó de la furgoneta. La vimos por casualidad.

Por un momento atisbó la expresión de sorpresa en el rostro amarillento del financiero antes de que el automóvil reanudara la marcha.

Regresaron junto a Lemoine. Les esperaba con el revólver en la mano, insultantemente satisfecho de sí mismo.

–Fue un tiro al azar, un disparo arriesgado; pero dio en el blanco.

CAPÍTULO XXII

LUZ ROJA

El superintendente Battle se hallaba de pie en la biblioteca de Wyvern Abbey.

George Lomax, sentado a un escritorio inundado de papeles, fruncía el ceño portentosamente.

Battle había roto el fuego presentando un informe conciso. Desde entonces, la conversación había dependido casi exclusivamente de George. El superintendente respondía con monosílabos a las preguntas de su interlocutor.

En el escritorio, frente a Lomax, estaba el fajo de cartas que Anthony había descubierto en su tocador.

–No lo entiendo –se indignó George tomando el fajo–. ¿Dice que están escritas en clave?

–Sí, Mr. Lomax.

–¿Dónde las encontró? ¿En el tocador?

Battle repitió literalmente la explicación de Anthony Cade de cómo las había recuperado.

–¿Y se las entregó en seguida? Fue muy amable. ¿Quién las dejaría en ese mueble?

Battle sacudió la cabeza.

–Tiene la obligación de saberlo –regañó George–. Es tan raro... rarísimo. ¿Qué conocemos de ese Cade? Se presenta como por arte de magia, en situación más que sospechosa, y no sabemos nada de él. Personalmente, me desagrada. ¿Ha pedido informes acerca de sus antecedentes?

Battle sonrió pacientemente.

–Telegrafiamos a Sudáfrica. Su historia ha sido corroborada. Estuvo en Bulawayo con Mr. McGrath en la fecha que decía. Anteriormente a su encuentro, estaba empleado en la agencia de viajes Castle.

–Lo esperaba –dijo George–. Posee tal insultante seguridad que tiene éxito en cierto tipo de trabajos. Volviendo a las cartas, tenemos que hacer algo, algo decisivo.

El prohombre se hinchó como un pavo.

Battle despegó los labios, mas George se le anticipó.

–Y sin más dilaciones. Las cartas ya tendrían que estar descifradas. Veamos quién se encargará de ello. Hay un individuo en el Museo Británico que es un mago en estas cuestiones. Durante la guerra, dirigió el departamento de... ¿Dónde está miss Oscar? Lo recordará. Se llama algo parecido a Wyn... Wyn...

–Profesor Wynwood –apuntó Battle.

–¡Exacto! Me acuerdo perfectamente. Telegrafíenle.

–Ya lo hice, Mr. Lomax. Llegará en el tren de las 12.10.

–Muy bien, muy bien. ¡Gracias a Dios! Me libra de un peso. Tengo que ir a la ciudad. ¿Podrá prescindir de mí?

–Sí, señor.

–Haga lo que pueda, Battle, lo que pueda. Ahora estoy sumamente atareado.

–Bien, señor.

–¿Vino Mr. Eversleigh con usted?

–Dormía aún. Estuvimos levantados toda la noche tal como le dije.

–¡Ah, ya! Lo mismo que yo muchísimas veces. Mi lema es hacer el trabajo de treinta y seis horas en veinticuatro. Envíeme a Mr. Eversleigh cuando regrese, por favor.

–Le pasaré el recado.

–Gracias, Battle. Comprendo que haya tenido que confiar en él; pero ¿le parece estrictamente imprescindible confiar también en mi prima, Mrs. Revel?

–Sí, en vista de que las cartas se firmaron con su nombre.

–¡Es una desfachatez increíble! –gritó George con los ojos fijos en el paquete–. Recuerdo al difunto soberano de Herzoslovaquia. Era un hombre encantador, muy débil, hasta la exageración, un juguete en manos de una mujer sin escrúpulos. ¿Tiene alguna teoría de cómo llegaron de nuevo a poder de Mr. Cade?

–En mi opinión, si la gente no consigue una cosa de un modo, lo prueba de otro.

–Me desconcierta, Battle –dijo George.

–Ese criminal, el Rey Víctor, sabe ahora que vigilamos la cámara del Consejo. Por consiguiente, nos cede las cartas para que las descifren y encontremos el escondrijo. Después, vendrán las dificultades. Lemoine y yo nos cuidaremos de evitarlas

–Tiene un plan, ¿verdad?

–No me aventuraría a decir tanto. Lo que tengo es una idea. Y por lo general, las ideas son útiles.

Poco después, el superintendente se despedía de Lomax.

Distaba mucho de su propósito fiarse plenamente en George.

En la carretera, se cruzó con Anthony y se detuvo.

–¿Me lleva en coche hasta la casa? –preguntó el joven–. Gracias.

–¿Dónde ha estado, Mr. Cade?

–En la estación, consultando el horario.

Battle arqueó las cejas.

–¿Piensa abandonarnos de nuevo?

–No –rió Anthony–. ¿Qué le ha pasado a Isaacstein?

–Llegó en el coche cuando me iba. Su expresión era la de quien ha recibido un estacazo.

–¿Mr. Isaacstein?

–Sí.

–No lo sé. A mi juicio, será difícil trastornarlo.

–Coincidimos. Es el hombre de hierro de los negocios.

Battle se inclinó hacia delante para tocar el hombro del chófer.

–Pare y aguárdeme aquí.

Se apeó precipitadamente del vehículo. Un momento después, Anthony descubría a Lemoine que iba al encuentro del superintendente.

Hubo un rápido coloquio entre los dos hombres. Battle volvió al coche y mandó partir al chófer.

Su expresión había cambiado radicalmente.

–Han encontrado el revólver –anunció lacónicamente.

–¿Qué?

Anthony le miró atónito.

–¿Dónde? –añadió.

–En la maleta de Isaacstein.

–¡Imposible!

–Ése fue mi error, olvidarme de que no hay nada imposible –dijo Battle. Y reflexionó muy erguido, tabaleando en su rodilla–. Ese Lemoine es muy listo. Lo miman en la Sûreté.

–¿Ha arruinado sus teorías?

–No; en el fondo, no –respondió Battle muy despacio–. Ha sido una sorpresa... Encaja con una de mis ideas.

–¿Cuál es?

Battle orientó la conversación en otro sentido.

–¿Podría darle un recado de mi parte a Mr. Eversleigh? Mr. Lomax le reclama.

–Se lo daré –dijo Anthony. El coche frenó ante la puerta principal–. Estará durmiendo.

–No. Ahora mismo está paseando con Mrs. Revel.

–Tiene una vista maravillosa, Battle.

Anthony fue a comunicar el encargo. Bill se marchó indignado.

«¡Maldición!» pensó. «¿Por qué no me dejará en paz "el besugo"? ¿Y por qué los colonos no se quedan en las colonias? ¿Para qué vienen? ¿Para birlarnos a las chicas más guapas? Estoy harto de todo.»

Virginia preguntó al retirarse Bill:

–¿Sabe que el revólver...?

–Battle me lo contó –cortó Anthony–. Me ha impresionado. Ayer achaqué a los nervios las prisas de Isaacstein por marcharse. Es la única persona a quien yo no consideraba sospechosa. ¿Qué motivo tendría para liquidar al príncipe Michael?

–Desde luego, me desconcierta –confesó Virginia.

–Es un rompecabezas –se disgustó Anthony–. Presumiendo de detective, no he hecho sino aclarar la honradez de la institutriz a costa de muchas molestias y no pequeños gastos.

–¿Fue a Francia con ese objeto? –inquirió Virginia.

–Sí. En Dinard importuné a la condesa de Breteuil, esperando enterarme de que jamás había existido una mademoiselle Brun. Se me dio a entender, en cambio, que dicha mujer había sido el puntal de aquel hogar durante siete años. Mi teoría se cae por su propio peso, a menos que la *comtesse* sea una delincuente.

–Madame de Breteuil está por encima de toda sospecha –repitió Virginia–. La conozco bien, y hasta es posible que yo me cruzase con la institutriz en su castillo. Por lo menos, recuerdo su rostro de modo vago como nos acordamos de las amas de llaves y de antiguos compañeros de viaje. Nunca me fijo en ellos. ¿Y usted?

–Si son excepcionalmente guapas... –insinuó Anthony.

–En este caso... –Virginia enmudeció–. ¿Qué sucede?

Anthony miraba a una persona que, destacándose de unos árboles, se había cuadrado como un militar. Era Boris.

–Perdone –dijo Anthony–. Tengo que acariciar un momento a mi perro.

Se acercó al ayuda de cámara.

–¿Qué quiere?

–Amo... –dijo Boris, haciendo una reverencia.

–Está bien, está bien, pero no debe seguirme. De lo contrario, alarmará a los demás.

Boris entregó a Anthony un trozo de papel sucio, procedente sin duda de una carta.

–¿Qué es esto? –exclamó el joven.

El papel no contenía más que una dirección.

–Lo dejó caer –dijo Boris–. Se lo entregó a mi amo.

–¿Quién lo perdió?

–El extranjero.

–¿Por qué me lo trae?

Boris le reprochó con los ojos.

–Bueno, váyase –ordenó Anthony–. Estoy muy ocupado.

Boris saludó, giró rígido sobre los talones y se fue. Anthony buscó a Virginia, metiéndose el pedazo de papel en el bolsillo.

–¿Qué quería? –curioseó ella–. ¿Y por qué le llama su perro?

–Porque se porta como tal. Debió ser perdiguero en su última reencarnación. Me ha traído un papelito que, según él, perdió el extranjero. Se refería a Lemoine, supongo.

–Al parecer.

–Me sigue como un perro, apenas habla y sus redondos ojazos no se apartan de mí. No lo entiendo.

–Tal vez se trata de Isaacstein, que parece extranjero.

–¡Isaacstein! –se impacientó Anthony–. ¿Qué pinta en este asunto?

–¿Se arrepiente de haberse metido en esto? –preguntó Virginia.

–¡No, no! Me alegro. La mayor parte de mi vida la he pasado buscando aventuras. Quizás ésta me venga ancha.

–Pero ahora ya no está en un aprieto –dijo Virginia, un tanto sorprendida por la inesperada seriedad de su tono.

–No del todo.

Caminaron en silencio.

–Hay personas que no obedecen a las señales –dijo Anthony–. Una locomotora acorta la marcha o se para con la luz roja. Puede que yo sufra de daltonismo. Las luces rojas no me detienen y ello presagia un desastre, grande y total. Será una desdicha para el tráfico.

Su acento grave impresionó a Virginia.

–¿Se ha arriesgado mucho en su vida?

–A todo, menos al matrimonio.

–No sea cínico.

–No lo soy. El matrimonio no es para mí un riesgo, sino la mayor aventura de la existencia.

–Me gusta la frase –aseguró Virginia, y se ruborizó.

–Sólo me casaría con un tipo de mujer, aquel que está en los antípodas de mi forma de vida. ¿Qué haríamos? ¿Guiará ella mi vida o yo la suya?

–Si le amase...

–No sea sentimental, Mrs. Revel. El amor no es una droga que ciegue, y sería lamentable... El amor es más. ¿Qué pensaron el rey y la mendiga a los dos años de casados? ¿No echaría ella de menos sus harapos, sus pies descalzos y su vida despreocupada? Claro que sí. ¿Les hubiera beneficiado que él abdicase? No, él nunca hubiera aprendido a pedir limosna. Ninguna mujer respeta a su marido si hace mal las cosas.

–¿Se ha enamorado de una pobre, Mr. Cade? –preguntó delicadamente Virginia.

–Mi caso es el contrario, pero el principio el mismo.

–¿No habrá alguna solución?

–Siempre la hay –mascullô Anthony–. Uno logra lo que se propone cuando paga el precio debido. ¿Y cuál es ese precio el noventa y nueve por ciento de las veces? Un compromiso. Los compromisos resultan desagradables, le persiguen a uno al llegar a la madurez. A mí me empieza a ocurrir. ¡Qué diantre! Para conseguir a la mujer de mis sueños sería capaz... sería capaz hasta de aceptar un empleo fijo.

Virginia se rió.

–Me educaron para una carrera, ¿sabe? –continuó Anthony.

–¿Y renunció a ella?

–Sí.

–¿Por qué?

–Fue cuestión de principios.

–¡Oh!

–Es usted una mujer poco común –dijo Anthony volviendo la cabeza para examinarla.

–¿Por qué?

–Porque no hace preguntas.

–Más exactamente, porque no le he preguntado cuál es su carrera.

–En efecto.

Nuevamente anduvieron en silencio. Se aproximaron a la mansión por el lindero de la fragante rosaleda.

–Además, es comprensiva –exclamó Anthony–. Sabe cuando un hombre la ama. No se molestaría ni por mí ni por nadie, pero me gustaría conquistarla.

–¿Cree que lo conseguirá? –indagó Virginia en voz baja.

–Seguramente, no; pero valdría la pena intentarlo.

–¿Se arrepiente de haberme conocido? –preguntó Virginia.

–No. Es que veo otra vez la luz roja. Al conocerla en Pont Street, presentí que despertaba algo que me ofrecería dolor entre risas. Fue... fue su rostro. En usted hay magia de pies a cabeza, como en otras mujeres, pero nunca topé con una tan hechicera. Se casará con un hombre respetable y próspero, y yo reanudaré mi azarosa vida; pero la besaré antes de irme, ¡se lo juro!

–No lo haga ahora. El superintendente nos observa desde la ventana de la biblioteca.

Anthony la miró.

–Es usted un demonio, Virginia –dijo él con indiferencia–, pero también un encanto.

Saludó con la mano al policía.

–¿Atrapó muchos criminales esta mañana, Battle?

–Todavía no, Mr. Cade.

–No pierda la esperanza.

Battle, con ligereza asombrosa en un hombre de su corpulencia, saltó a la terraza y llegó hasta ellos.

–El profesor Wynwood está ahí dentro –cuchicheó–. Descifra las cartas. ¿Desean verlo trabajar?

Su tono fue el del padre que va a exhibir a un niño prodigio. Ante su afirmación, les invitó a espiar desde la ventana.

Sentado en una mesa, con las cartas esparcidas y escribiendo en una gran hoja de papel, había un hombre de edad indefinida. Gruñía irritado al mover la pluma y se frotaba de tarde en tarde la nariz hasta que su color rivalizó con el rojo de su pelo. Levantó el rostro.

–¡Battle! ¿Por qué me importunó con esto? ¿Para descifrar esta chiquillada? Un recién nacido la entendería, un niño de dos años la aclararía con los ojos cerrados. ¿Llama clave a esta paparrucha? Pero, ¡si salta a los ojos!

–Me alegro, profesor –le apaciguó el superintendente–. No todo el mundo es tan inteligente como usted.

–¡Qué inteligencia ni qué niño muerto! –gritó Wynwood–. ¡Simple rutina! ¿Quiere que le descifre todo el paquete? Será largo... Pues, sí; simple rutina, buena atención y ausencia de inteligencia. Me he dedicado a la redactada en Chimneys, la más importante, según usted. Me llevaré el resto a Londres y se lo pasaré a uno de mis ayudantes. A mí me falta tiempo. Me ha apartado usted de una auténtica excepcional preciosidad.

–Le explicaré a Mr. Lomax nuestra insignificancia, profesor. Nos bastará esa carta por ahora. Lord Caterham desea que coma con nosotros.

–Nunca almuerzo; es un mal vicio –rehusó Wynwood–. Un plátano y un bizcocho es cuanto un hombre sano y sensato necesita al mediodía.

Recogió el gabán que había doblado en el respaldo de una silla. Battle lo escoltó hasta la puerta de la casa. Anthony y Virginia oyeron el coche que se alejaba.

El superintendente regresó con el papel que el profesor le había entregado.

–Siempre tiene prisa –se excusó Battle–. Es muy listo. He aquí el meollo de la carta. ¿Quieren leerlo?

Virginia tendió la mano y Anthony leyó por encima de su hombro. Recordó que la epístola había sido una queja larga y desesperada. El genio de Wynwood la había transformado en una nota directa y práctica.

La operación se efectuó con éxito, pero S. nos engañó. Ha retirado la piedra del escondrijo. No está en su dormitorio. Lo he registrado. Encontré escrito lo siguiente, que creo se refiere a ella: «Richmond, siete rectos, ocho a izquierda, tres a la derecha».

–¿S? –exclamó Anthony–. ¡Ah, claro! Stylptitch. El muy zorro cambió el escondite.

–¿Ocultaría el diamante en Richmond? –rumió Virginia.

–Es el lugar favorito de la realeza –señaló Anthony.

–No, se refiere a algo de esta casa –contestó Battle.

–¡Ya lo tengo! –gritó Virginia.

Los dos hombres esperaron anhelantes.

–¡El cuadro de Holbein de la Cámara del Consejo! Golpearon la pared debajo de él. ¡Es un retrato del conde de Richmond!

–¡Ha dado en el clavo! –dijo Battle, dándose una palmada en el muslo. Hablaba con inusitada pasión–. Tenemos un punto de partida. Los ladrones no saben, como nosotros, el significado de las cifras. Las dos armaduras se encuentran debajo del retrato. Su primera impresión fue que el diamante estaba oculto en una de ellas. Las medidas podían ser centímetros. Fracasaron, y su idea siguiente fue que había un pasadizo, una escalera o una habitación secretas. ¿Tiene noticia de ello, Mrs. Revel?

–Sé, por lo menos, que hay una cámara y un pasillo simulados. Me lo enseñaron en cierta ocasión. Apenas me acuerdo de ellos. Ahí está Bundle, ella nos informará.

Lady Eileen caminaba deprisa por la terraza en su dirección.

–Voy a Londres en el Panhard después del almuerzo–anunció–. ¿Quién viene conmigo? ¿Usted, Mr. Cade? Regresaremos antes de la cena.

–Gracias. Estoy muy feliz y ocupado aquí –respondió Anthony.

–El hombre me tiene miedo –dijo Bundle–. ¿Qué le asusta? ¿Mi modo de conducir o mis encantos fatales?

–Lo último, por supuesto.

–Bundle, ¿existe un pasadizo secreto en la cámara del Consejo? –indagó Virginia.

–Sí, uno muy mohoso que, se dice, lleva de Chimneys a Wivern Abbey. Actualmente está obstruido. No se puede avanzar por él sino unos cien metros. El de la planta alta, la Galería Blanca, es más divertido y la cámara secreta no está mal.

–No nos interesa desde el punto de vista estético –explicó Virginia–. ¿Por dónde se entra en el de la Cámara?

–A través de un panel. Os lo enseñaré después de la comida.

–Gracias –dijo el superintendente–. ¿Nos citamos para las 2.30?

Bundle arqueó las cejas.

–¿Cosas de ladrones? –preguntó.

Tredwell apareció en la terraza.

–El almuerzo está servido, milady –anunció.

CAPÍTULO XXIII

ENCUENTRO EN LA ROSALEDA

A las 2.30, y en la Cámara del Consejo, se congregó un pequeño grupo integrado por Bundle, Virginia, el superintendente Battle, Lemoine y Anthony Cade.

–No vale la pena esperar hasta que avisemos a Mr. Lomax –dijo Battle–. En estos asuntos, hay que proceder con rapidez.

–Si cree que el príncipe Miguel fue asesinado por alguien que entró por aquí se equivoca –le advirtió Bundle–. Sería imposible. El otro extremo está tapiado.

–Naturalmente, milady. Buscamos una cosa muy distinta.

–¡Ah! ¿Buscan algo? ¿No será aquella cosa histórica?

Lemoine hizo una mueca de incomprensión.

–Aclara tus palabras, Bundle –animó Virginia–. Logras hablar de manera ininteligible cuando te lo propones.

–La cosa. El histórico diamante de la princesa púrpura que fue robado en la remota época de mi infancia.

–¿Quién se lo contó, lady Eileen? –interrogó Battle.

–Hace siglos que lo sé. Un criado me lo relató cuando yo tenía doce añitos.

–¿Un criado? –gritó Battle–. ¡Dios mío! Me gustaría que la oyera Mr. Lomax.

–¿Es uno de los terribles secretos de George? –rió Bundle–. ¡Colosal! Nunca presté crédito al cuento. George es un borrico; no debería ignorar que los criados lo saben todo.

Se acercó al cuadro de Holbein, tocó un resorte oculto en algún lugar junto al marco, y de inmediato un entrepaño se hundió crujiendo hacia el interior. Ante ellos apareció una tenebrosa abertura.

–Pasen, señoras y caballeros –voceó Bundle en tono melodramático–. ¡Entren, entren, queridos míos! El mejor espectáculo de la temporada y sólo cuesta tres peniques.

Lemoine y Battle se habían provisto de linternas. Fueron los primeros en internarse en el orificio.

–Tiene que haber un sistema de ventilación porque el aire es puro –advirtió Battle.

El suelo era de piedra basta; los muros, en cambio, habían sido reforzados con ladrillos. Como Bundle había dicho, el pasadizo no se extendía más allá de cien metros. Lo cortaban cascotes y tierra. Battle comprobó que no había manera de atravesarlos y dijo por encima del hombro:

–Den ustedes media vuelta, por favor. Quise reconocer el terreno.

Pronto estuvieron en la entrada.

–Empecemos desde la entrada –propuso el superintendente–. Siete rectos, ocho a la izquierda, tres a la derecha. Imaginemos que son pasos.

Midió cuidadosamente siete pasos y se inclinó a examinar el suelo.

–Aquí ha habido una raya de tiza. Ahora ocho a la izquierda. No serán pasos; no hay espacio suficiente para caminar en fila india.

–Cuente ladrillos –sugirió Anthony.

–Precisamente, Mr. Cade. Ocho ladrillos desde arriba o desde abajo, a la izquierda. Empezaré a partir del suelo, es más cómodo.

Tocó ocho ladrillos.

–Ahora, tres a la derecha. Uno, dos, tres... ¡Eh! ¿Qué es esto?

–Dentro de un instante me pondré a chillar –amenazó Bundle–. ¿Qué es?

Battle apalancaba un ladrillo con una navaja. Su vista penetrante había notado que era distinto a los demás. Al poco rato lo tuvo en la mano, dejando una pequeña cavidad en la pared. La reconoció con los dedos.

Todos contuvieron el aliento.

Battle retiró la mano, prorrumpiendo en una exclamación de asombro y de cólera.

Los demás lo rodearon, mirando sin comprender los tres objetos que les mostraba.

Una cartulina con varios botoncitos de perla, un trozo cuadrado de punto de media y un pedacito de papel con una hilera de «E» mayúsculas.

–¡Que me parta un rayo! –exclamó Battle–. ¿Qué es esto?

–*Mon Dieu!* –murmuró el francés–. *Ça, c'est un peu trop fort!*

–Pero, ¿qué significa? –balbuceó Virginia.

–Una sola cosa, naturalmente –respondió Anthony–. El difunto conde Stylptitch nos brinda una muestra de su humor que no me hace ni pizca de gracia.

–¿Nos aclarará sus palabras? –se impacientó el superintendente.

–En seguida. Esto es una bromita del conde. Barruntando que su nota había sido leída, preparó este acertijo para reírse de los ladrones cuando vinieran en busca del botín. Es como el juego de prendas en que uno exhibe un símbolo para que los presentes adivinen su oficio o su cargo.

–Entonces, ¿tiene un significado?

–Sin duda. Si la pretensión del conde hubiera sido injuriar, habría dejado una tarjeta con la palabra «Vendido» el dibujo de un asno o algo igualmente grosero.

–Un pedazo de labor de punto, una serie de vocales y varios botones –rezongó Battle.

–*C'est inoui!* –protestó Lemoine.

–Charada número dos –sonrió Anthony–. ¿La resolvería el propio Wynwood?

–¿Cuándo se usó este pasadizo por última vez, milady? –preguntó el francés.

Bundle reflexionó.

–Nadie ha entrado en él desde hace dos años. Enseñamos preferentemente nuestra cámara secreta a los turistas y a los norteamericanos.

–Es curioso –dijo el francés.

–¿Por qué?

–Por esto. Esta cerilla no lleva aquí más de dos días.

Battle la examinó. Era de madera rosada y tenía la cabeza amarilla.

–¿Se les ha caído a ustedes? –inquirió.

La negativa fue general.

–Hemos visto cuanto había que ver –agregó Battle–. Salgamos.

Todos asintieron. Bundle, que había cerrado el entrepaño, les enseñó cómo se sujetaba desde el interior. Lo abrió y saltó estrepitosamente a la Cámara del Consejo.

–¡Cáspita! –gritó lord Caterham, incorporándose en el sillón en que dormía la siesta.

–¿Te he asustado, papá? –se compadeció Bundle.

–Se ha perdido el arte de descansar después de la comida –dijo el marqués–. Dios sabe que esta casa es bastante grande, pero no hay habitación en que se pueda estar en paz. ¡Oh! ¿Cuántos salen de ahí? Me recuerdan las pantomimas de mi niñez en que hordas de demonios surgían de trampas.

–Se presenta el séptimo diablo –anunció Virginia, y le acarició el pelo–. No se enfade. Nos entretuvimos en explorar el pasadizo.

–Hoy está de moda –gruñó aún Caterham–. Esta mañana se lo enseñé a Fish.

–¿Cuándo? –preguntó Bundle.

–Antes del almuerzo. Se enteró, no sé cómo, de su existencia. Le mostré éste, estuvo en la Galería Blanca y en la cámara secreta. Los últimos no le entusiasmaron, antes bien, parecieron aburrirlo; pero le obligué a verlos meticulosamente.

Lord Caterham se rió entre dientes al rememorar su travesura. Anthony murmuró a Lemoine:

–Salgamos. Quiero hablarle.

Los dos jóvenes se fueron por el balcón. A conveniente distancia de la casa, Anthony mostró el trozo de papel que Boris le había dado.

–Vea esto. ¿Se le cayó?

Lemoine lo examinó, curioso.

–No, no es mío. ¿Por qué?

–¿Seguro?

–Segurísimo, monsieur.

–¡Caramba! –dijo Anthony, y repitió la explicación del ayuda de cámara.

–No, no se me cayó –reiteró el francés–. ¿Lo encontró en esa arboleda?

–Pues no me lo dijo. Lo deduje yo.

–Quizás estaba en la maleta de Mr. Isaacstein. Interrogue a Boris –aconsejó Lemoine, restituyéndole el papel; y añadió después–. ¿Qué sabe de él?

Anthony alzó los hombros.

–Era el criado de confianza del príncipe Michael.

–Cerciórese de ello. Consulte, por ejemplo, al barón Lolopretjzyl. Puede que sólo le sirviera unas semanas. Me parece honrado, pero ¡vaya usted a saber! El Rey Víctor es muy capaz de transformarse en criado.

–¿Cree que...?

Lemoine interrumpió la pregunta.

–Le seré franco. El Rey Víctor me obsesiona, lo veo por doquier. Incluso en este instante me digo si la persona que habla conmigo, Mr. Cade, no será él.

–¡Rayos y truenos! Le compadezco.

–No me importa el diamante ni me importa el asesinato del príncipe. Mi colega de Scotland Yard aclarará esos misterios. Yo estoy en Inglaterra con un único, con un exclusivo propósito: capturar al Rey Víctor y conseguir pruebas de sus delitos.

–¿Lo logrará? –inquirió Anthony, encendiendo un cigarrillo.

–Yo qué sé –contestó Lemoine con inesperado desaliento.

–¡Hum!

En la terraza, cerca de la ventana, el superintendente Battle les aguardaba impasible.

–¡Pobre Battle! Vamos a animarlo –dijo Anthony, e hizo una pausa–. Es usted un pájaro raro, Lemoine.

–¿Por qué?

–Porque no tomó nota de la dirección que había en el papel, cuya importancia resulta imposible adivinar.

Lemoine le miró a los ojos un segundo antes de enseñar sonriendo el blanco puño de su camisa. En él había escrito: «Hurstmere, Langly Road, Dover».

–Me excuso y me retiro vencido –murmuró Anthony. Fue al encuentro del superintendente.

–Está usted muy pensativo, Battle –dijo a modo de saludo.

–Y no sin razón, Mr. Cade.

–Lo imagino.

–Las pistas no encajan.

–No se atormente, Battle –aconsejó Anthony–. Si recibe un rapapolvo, podrá arrestarme. No se olvide de mis huellas condenatorias.

El superintendente no sonrió.

–¿Tiene enemigos en esta mansión, Mr. Cade?

–El tercer criado me desprecia como lo demuestra su olvido de ofrecerme las verduras. ¿Por qué?

–He recibido anónimos o, más bien, uno.

–¿Acusándome?

Battle alargó a Anthony un papel común en el que una mano torpe había escrito:

Vigile a Mr. Cade. No es lo que aparenta ser.

Anthony se rió.

–¿Eso es todo? Alégrese, Battle. Soy un rey disfrazado.

Se introdujo en el edificio, silbando levemente. En su habitación, una vez cerrada la puerta, su semblante cambió. Se endureció. Se sentó en el borde de la cama y fijó la mirada en el suelo.

«La situación se complica –dijo para sí–. Hay que hacer algo. ¡Qué embarazoso!»

Fue a la ventana. Miró distraído por ella y poco a poco, mientras sus ojos se centraban en un punto, su rostro se despejó.

–¡Claro! –gritó–. ¡La rosaleda! ¡Eso es! ¡La rosaleda!

Bajó deprisa y salió al jardín. Se acercó a los rosales describiendo un arco. La rosaleda tenía una puertecilla en uno de los extremos. Utilizando la más alejada del edificio, se dirigió al reloj de sol que estaba, sobre un montículo, en el centro exacto del jardín.

Anthony se detuvo, sorprendido, frente a otro ocupante de la rosaleda, cuyo asombro igualó al suyo.

–¿Le interesan las rosas, Mr. Fish?

–Muchísimo, caballero.

Se observaron como antagonistas que miden sus fuerzas.

–A mí también –continuó Anthony.

–¿Sí?

–Me enloquecen.

Sonrieron al unísono. La tensión pareció alejarse.

–Mire ésta –invitó Mr. Fish, indicando un soberbio ejemplar–. Creo que es una «Madame Abel Chatenay»; sí, lea la tablilla. Esta rosa blanca se llamaba antes de la guerra «Frau Carl Drusky», ahora la han rebautizado. Es tan sensitiva como patriótica. Ésta, «La France», será siempre popular. ¿O prefiere las rojas, Mr. Cade? Una rosa roja...

La lenta voz del norteamericano fue interrumpida por otra. Bundle se inclinaba en una ventana del primer piso.

–¿Le llevo a la ciudad, Mr. Fish? –propuso la joven–. Me voy ahora mismo.

–Muchas gracias, lady Eileen, pero me divierto mucho aquí.

–¿No cambia de idea, Mr. Cade?

Anthony se rió negando con la cabeza. Bundle se apartó de la ventana.

–Prefiero dormir –remachó Anthony, y sacó un cigarrillo–. Por favor, ¿me da una cerilla?

Mr. Fish le alargó la caja. Anthony se la devolvió después de coger una.

–Las rosas son muy bellas –continuó–. Sin embargo, esta tarde no me entusiasma la jardinería.

Un rugido sonó frente al edificio.

–Un coche muy potente. ¡Ahí va!

Un automóvil se deslizó por la recta alameda.

Anthony bostezó y se encaminó a la casa. Una vez en el interior, corrió a lo largo del vestíbulo, saltó por una ventana del fondo y corrió a través del jardín. Sabía que Bundle tendría que describir una amplia curva antes de llegar a la verja de la mansión.

Fue una carrera alucinante contra el tiempo. Llegó al muro de los terrenos en el mismo instante en que el coche desembocaba en la carretera.

–¡Eh! –gritó.

Bundle casi se salió de la calzada, presa del asombro. Logró frenar sin problemas. Anthony corrió hasta el coche, abrió la puerta y se sentó junto a Bundle.

–La acompaño a Londres. Lo deseé desde que me invitó.

–¡Oh, hombre extraordinario! –profirió Bundle–. ¿Qué tiene en la mano.

–Una cerilla.

Anthony la estudió pensativo. Era rosada, con la cabeza amarilla. Arrojó el cigarrillo apagado, y guardó la cerilla con sumo cuidado en uno de sus bolsillos.

CAPÍTULO XXIV

LA CASA DE DOVER

–¿Le importa que acelere? –preguntó Bundle al cabo de unos minutos–. He salido más tarde de lo que me proponía.

Anthony había pensado que iban ya a gran velocidad. Pronto averiguó que era una marcha de caracol, comparada con la que la joven podía sacar del gran Panhard.

–Algunas personas –explicó Bundle, soltando el acelerador al cruzar el pueblo– se asustan de mi modo de conducir. Mi padre, por ejemplo, se niega a acompañarme en este trasto viejo

Anthony se dijo que el temor de lord Caterham era lógico. Un caballero nervioso y pacífico consideraría aquello más como un suicidio que como un deporte.

–Pero usted no se amilana –continuó Bundle, tomando una curva sobre dos ruedas.

–Estoy bien curtido –contestó Anthony, y agregó–: Además, tengo prisa.

–¿Aumento la velocidad? –inquirió cortés Bundle.

–No; por favor, no –se apresuró a responder Anthony–. Rozamos los noventa por hora.

–Me pica la curiosidad el motivo de su repentina marcha –dijo lady Eileen, tras ejecutar con el claxon una sinfonía que ensordeció a los campesinos de la comarca–. ¿Le ofendería que se lo preguntase? ¿Huye de la justicia?

–No estoy muy seguro Pero no tardaré en saberlo.

–El superintendente no es tan tonto como parece.

–Battle es un buen hombre –señaló Anthony.

–¿Por qué no ingresa en la carrera diplomática? –se quejó Bundle–. Habla menos que una ostra.

–¡Y yo que me creía locuaz!

–¡Oh! ¿Se fuga con mademoiselle Brun?

–Mi desesperación no es tan sublime –exclamó Anthony con fervor.

Durante unos minutos, Bundle se dedicó a adelantar y dejar atrás a otros tres automóviles.

–¿Cuánto hace que conoce a Virginia? –preguntó súbitamente.

–La respuesta es difícil –dijo, veraz, Anthony–. No la veo a menudo, aunque me parece que nos conocemos desde hace muchos años.

–Virginia, a pesar de su charla intrascendente, no tiene un pelo de tonta –afirmó Bundle–. En Herzoslovaquia fue un fenómeno. Tim Revel triunfó en su carrera, gracias sobre todo a ella. Virginia luchó a brazo partido por él, hizo cuanto pudo en su favor; y sé por qué.

–¿Porque le amaba? –apuntó Anthony, mirando al frente.

–No, porque no le amaba, ¿entiende? Precisamente por ello trabaja tanto, para compensarle. Virginia es así, leal y recta. Virginia jamás estuvo enamorada de Tim Revel.

–Está usted muy segura –dijo Anthony volviendo a mirarla.

Las pequeñas manos de Bundle atenazaban el volante y su barbilla sobresalía agresiva.

–Estoy al corriente de varias cosas. En la época de su boda, siendo yo una chiquilla, me enteré de ellas. Tim la adoraba. Era un irlandés muy atractivo, con una enorme facilidad de expresión. Virginia tenía dieciocho años. Dondequiera que fuese se le aparecía Tim, desesperado, pintoresco, jurando que se levantaría la tapa de los sesos o se daría a la bebida si no se casaba con él. Las chicas creen o creían en tales patrañas, y Virginia se emocionó con la pasión que inspiraba. Se casó, pues, con él, y se portó como un ángel. No lo hubiera sido si le hubiera amado. Virginia tiene mucho de demonio. Pero le diré una cosa: adora la libertad. Y a cualquiera le costará Dios y ayuda convencerla para que renuncie a ella.

–¿Por qué me explica todo esto?

–¿No le interesa la vida de su prójimo? Al menos, de algunas personas.

–Sí, me interesa –reconoció él.

–Virginia no le contaría la suya. Pero puede confiar en mí para un informe de buena fuente. Virginia es un encanto. Créame, es tan hechicera que les cae bien incluso a las mujeres. Sea como sea –concluyó Bundle con oscura intención–, hay que jugar limpio.

–¡Oh, ciertamente! –afirmó Anthony.

Interesado, sin imaginar por qué Bundle le había proporcionado aquella información gratuita, se alegró del diálogo.

–¡Los tranvías! –suspiró lady Eileen–. Ahora tendré que ir despacio.

–Mi más sincero pésame –sonrió Anthony.

Su concepto y el de Bundle sobre la cautela automovilística no coincidieron. Llegaron a Oxford Street mientras los suburbios rugían aún de indignación

Bundle miró su reloj.

–No está mal ¿verdad?

Anthony asintió fervientemente.

–¿Dónde se apea?

–En cualquier sitio. ¿Por dónde va?

–Por Knightsbridge.

–Déjeme entonces en Hyde Park Corner.

–Adiós –dijo Bundle en el punto indicado–. ¿Regresamos juntos?

–Volveré por mis propios medios, gracias.

–Le he asustado –murmuró Bundle.

–No recomendaré a ancianas nerviosas que vayan con usted, pero me he divertido. La última vez que me vi en un aprieto parecido fue ante una carga de elefantes salvajes.

–Me disgusta su grosería. Hoy ni siquiera le he hecho una abolladura.

–Le agradezco su comedimiento.

–Los hombres son unos fanfarrones. Se las dan siempre de valientes.

–Eso duele. Me retiro humillado –dijo Anthony.

Bundle le saludó con la mano. Anthony tomó un taxi y ordenó al chófer que le llevase deprisa a la estación Victoria.

Cuando llegó allí, le pagó al taxista y preguntó cuál era el próximo tren a Dover. Por desgracia acababa de perder uno.

Resignado a esperar una hora, Anthony se paseó por el vestíbulo absorto en sus pensamientos. Un par de veces sacudió la cabeza, impaciente.

El viaje hasta Dover fue anodino. Salió de la estación y volvió a entrar. Preguntó dónde estaba Hurstmere.

La carretera de Langly era extensa y se prolongaba allende la ciudad. Le informaron que Hurstmere era la última casa. Anthony anduvo sin descanso, frunciendo el ceño. No obstante, y como siempre que se avecinaba un peligro, sentía una gran ligereza física y espiritual.

Hurstmere se hallaba retirada de la carretera, en medio de sus jardines, descuidados y marchitos. El edificio, pensó Anthony, llevaba varios años deshabitado. La gran verja herrumbrosa estaba entreabierta y el nombre de la casa se leía con dificultad en el pilar.

–Buen sitio... Desamparado, solitario –apreció Anthony a media voz.

Esperó un par de minutos, miró a ambos lados de la carretera, que estaba desierta, y se internó en un herboso jardín. A los pocos metros, se detuvo a escuchar. Desde allí no se oía ningún ruido en la casa, todavía lejos de él. Algunas hojas cobrizas se desprendieron de los árboles y se acumularon sobre las que tapizaban el suelo con un roce siniestro. Anthony se sobresaltó:

«Hasta hoy no supe qué eran nervios», murmuró con una sonrisa.

Recorrió la calzada hasta la curva, donde se emboscó en la maleza y anduvo invisible hasta el edificio. Se detuvo de nuevo, espiando entre las ramas. Un perro ladraba en la lontananza, pero era otro el origen del ruido que había percibido.

No le había engañado la finura de sus oídos. Un hombre rechoncho y robusto, de aspecto extranjero, salió de una esquina, siguió andando y desapareció pronto por la esquina opuesta.

«Un centinela», susurró Anthony. «Hacen las cosas bien.»

Echó a andar tras él. El muro de la casa quedó a su derecha. Llegó a un lugar donde una amplia mancha de luz se proyectaba en la gravilla de la calzada. Se oían varias voces masculinas con toda claridad.

«¡Qué imbéciles!», susurró Anthony. «Les convendría un susto.»

Se dirigió, agachado, a la ventana. Poco a poco, infinitamente prudente, levantó la cabeza hasta el alféizar.

Media docena de individuos rodeaban una mesa. Cuatro de ellos, corpulentos, de pómulos sobresalientes y ojos sesgados, pertenecían a la raza magiar. Los otros dos eran esmirriados, de ademanes fugaces. Hablaban en francés, los cuatro primeros con una entonación gutural e incierta.

–¿Cuándo vendrá el jefe? –bramó uno.

Uno de los hombrecillos encogió los hombros.

–Está al caer.

–Ya es hora –gruño el primer hombre–. No conocemos a vuestro jefe, pero... ¡Esta inútil espera nos ha impedido efectuar empresas gloriosas!

–¡Idiota! –vociferó el hombrecillo–. ¿Sería glorioso caer en las redes de la policía? Eso es lo que esperaba. ¡Gorilas!

–¡Ah! –rugió otro hombretón–. ¿Insultas a los camaradas? Pronto estamparé el símbolo de la Mano Roja en tu pescuezo.

Se incorporó a medias, con una mirada feroz. Uno de sus compañeros tiró de él hacia la silla.

–Trabajamos juntos. Renunciad a las peleas –ordenó–. Sé que el Rey Víctor no tolera la indisciplina.

Anthony se escondió detrás de un matorral. Los pasos del centinela sonaban en la oscuridad.

–¿Quién va? –preguntaron desde la casa.

–Soy Carlo.

–Bien. ¿Y el prisionero?

–Empieza a recobrar el conocimiento. Se recupera bien del golpe en la cabeza.

Anthony se alejó.

«¡Qué atajo de fantoches!», murmuró. «Discuten al pie de la ventana abierta y Carlo ronda con los pasos de un elefante y con los ojos de un murciélago. Para colmo, lo herzoslovacos y los franceses la van a emprender a golpes. El cuartel del Rey Víctor parece una jaula de grillos. Me complacería darles una lección.»

Se paró irresoluto. Sobre su cabeza sonó un gemido.

Anthony miró a lo alto. Se repitió la queja. Carlo tardaría algo en completar la ronda. Anthony asió la enredadera y se encaramó por ella hasta el hueco de una ventana. Estaba cerrada. La forzó con una herramienta que llevaba en el bolsillo.

Se detuvo un momento a escuchar, y después saltó al interior de la habitación como una sombra. Había una cama en un rincón y un hombre acostado en ella. Su figura apenas si se veía en la penumbra.

Anthony enfocó la linterna hacia el rostro de la figura. Era una cara extranjera, pálida y demacrada, con la cabeza envuelta con varias vendas de gasa.

El hombre estaba atado de pies y manos. Contempló aturdido al intruso.

Al inclinarse sobre él, un chasquido hizo que Anthony se volviera, alargando la mano hacia el bolsillo de la chaqueta.

Una orden perentoria le inmovilizó.

–Manos arriba, hijito. ¿Le sorprende? Tomamos el mismo tren en la estación Victoria.

Era, ni más ni menos, Mr. Hiram P. Fish quien estaba en la puerta. Sonreía. Su diestra aferraba una enorme automática azul.

CAPÍTULO XXV

MARTES POR LA NOCHE EN CHIMNEYS

Lord Caterham, Virginia y Bundle estaban sentados en la biblioteca después de cenar. Era la noche del martes. Habían pasado unas treinta horas desde la sensacional desaparición de Anthony. Bundle repitió por séptima vez las palabras que el joven había pronunciado al despedirse en Hyde Park Corner.

–«Volveré por mis propios medios» –citó pensativa Virginia–. No esperaba tardar tanto. Y sus cosas están en su dormitorio.

–¿Te dijo adónde iba?

–No me lo dijo –respondió Virginia, con la mirada perdida al frente–. No me dijo nada.

El silencio siguiente persistió hasta que lord Caterham comentó:

–Un hotel ofrece, sin duda, algunas ventajas sobre una casa de campo.

–¿Por qué?

–Porque en las habitaciones hay un aviso que dice: «Los clientes han de comunicar su partida antes del mediodía».

Virginia sonrió.

–Tal vez sea anticuado e irrazonable –prosiguió Su Señoría–. Sé que la moda es entrar y salir de los hogares igual que si fuesen hoteles. ¡Independencia completa, manutención gratuita!

–¡Eres un viejo gruñón! –le regañó Bundle–. Nos tienes a Virginia y a mí. ¿Qué más quieres?

–Nada más, nada más –aseguró lord Caterham en el acto–. No me quejo más que en términos generales. Es el principio de la cuestión.

Te da una sensación de intranquilidad. Reconozco que hemos disfrutados de veinticuatro horas ideales. Paz, paz perfecta, sin robos, ni asesinatos, ni detectives, ni norteamericanos. Sólo lamento que el temor de perderla no me haya permitido gozar de ella. No he hecho más que repetirme: «Este o aquel comparecerán dentro de un minuto». Y el pensamiento me ha aguado el placer.

–Tu preocupación ha sido vana –objetó Bundle–. Nos han dejado solos, nos han descuidado de modo insultante. También es rara la marcha de Fish. ¿Te comunicó su destino?

–No me dijo nada. Lo vi ayer, por última vez, en la rosaleda, consumiendo uno de sus apestosos cigarros. Después se fundió con el paisaje.

–Lo habrán secuestrado –aventuró Bundle, esperanzada.

–Dentro de un par de días, Scotland Yard pescará su cadáver en el lago –gimió su padre–. Me está bien empleado. Un hombre de mi edad debería hallarse en el extranjero, renunciando a participar en los maquiavélicos proyectos de George Lomax y...

Tredwell le interrumpió.

–¿Qué quiere? –se enfadó Caterham.

–Milord, el detective francés desea que lo reciba.

–¿Qué dije? –estalló el marqués–. Tanta dicha tenía que ser efímera. Verán cómo ha descubierto el cuerpo de Fish metido en el estanque de los peces de colores.

Tredwell, de forma respetuosa, le guió de nuevo al tema en cuestión.

–¿Le anuncio que lo recibe, milord?

–Sí, sí. Hágale pasar

Tredwell se fue. Regresó casi inmediatamente.

–Monsieur Lemoine –dijo.

El francés entró a buen paso. Su modo de andar, más que su semblante, reveló su excitación.

–Buenas noches, Lemoine –saludó el marqués–. Beba lo que quiera.

–Gracias, no. –El francés saludó a las damas con una reverencia–. He progresado al fin. Creo obligación mía notificarle los descubrimientos, los graves descubrimientos que he efectuado en el transcurso de las últimas veinticuatro horas.

–Olí que sucedía algo –dijo Caterham.

–Milord, ayer tarde un huésped suyo se fue de esta mansión. Desde un principio, sospeché de él. He ahí un hombre que, dos meses atrás, se hallaba en África. ¿Y antes? ¿Dónde estuvo?

Virginia emitió una exclamación apagada. El detective pareció titubear al oírla; pero continuó:

–¿Dónde estuvo antes? Nadie lo sabe. Se parece mucho al hombre que persigo; es alegre, audaz, inquieto, dispuesto a cualquier cosa. Envié telegrama tras telegrama sin obtener informes de él. Hace diez años estaba en Canadá, pero desde entonces silencio. Mis sospechas se reforzaron. Un día recogí un trozo de papel del sitio en que había estado. Llevaba las señas de una casa de Dover. Más tarde, como por descuido, lo dejé caer. Por el rabillo del ojo vi que Boris, el herzoslovaco, se lo entregaba. Siempre imaginé que Boris era emisario de los Camaradas de la Mano Roja, que, en el presente caso, trabajaban con el Rey Víctor. ¿Qué haría Boris si reconociera a su jefe, Mr. Anthony Cade? Lo que hizo, claro está. ¿Por qué si no había de ponerse al servicio de un desconocido?

»Pero, casi me desarmó que Anthony Cade me preguntase si se me había caído el mismo trocito de papel. Casi, digo; no del todo. Porque el acto podía implicar o que era inocente o que era muy astuto. Negué, claro, que fuese mío. Entretanto, pedí noticias que hasta hoy no me han llegado. La casa de Dover, desierta, estuvo ocupada hasta ayer por un grupo de extranjeros. Era el cuartel del Rey Víctor. Observen lo ocurrido. Ayer por la tarde Mr. Cade se fue de aquí sin dar explicaciones. Debió comprender, desde que se le cayó el papel, que el juego había terminado. Llega a Dover y la banda se dispersa. Ignoro cuál será su próximo acto. Lo único que queda bien sentado es que Mr. Anthony Cade no volverá a Chimneys; pero el Rey Víctor no renunciará así como así a apoderarse del diamante y... ¡Y entonces lo capturaré!

Virginia fue hasta la chimenea, desde donde habló con voz fría y vibrante como el acero:

–Ha pasado por alto un hecho, Mr. Lemoine. Mr. Cade no fue el único huésped que desapareció ayer en circunstancias anormales.

–¿Es que... ?

–Sus deducciones pueden aplicarse igualmente a otra persona. ¿Qué le parece Mr. Hiram Fish?

–Ah, Mr. Fish

–Sí, Mr. Fish. ¿Fue usted o no quien informó que el Rey Víctor estuvo en Estados Unidos antes de venir a Inglaterra? Mr. Fish trajo una carta de presentación de un personaje harto conocido; pero eso sería una bicoca para un hombre de la habilidad del Rey Víctor. Desde luego, no es lo que pretende. Lord Caterham ha comentado que jamás habla cuando se trata de las ediciones príncipe que tanto le interesan. Y no es éste el único hecho misterioso en lo que le concierne. La noche del asesinato, la luz de su cuarto se encendió, la de la cámara del Consejo. Le descubrí en el jardín completamente vestido... Él pudo perder el papel. Usted no vio que se le cayera a Mr. Cade. Éste quizás haya ido a Dover a investigar, tal vez lo hayan secuestrado... A mi juicio, la conducta de Mr. Fish resulta más extraña que la de Mr. Cade.

–Sí, madame, desde su punto de vista –exclamó Lemoine–. No lo discuto. Hasta confieso que Mr. Fish no es lo que parece.

–Pues...

–Pues la situación no varía. Madame, Mr. Fish es agente de la Agencia Pinkerton.

–¿Cómo? –gritó lord Caterham.

–Sí, milord. Vino tras las huellas del Rey Víctor. El superintendente Battle y yo hace tiempo que lo sabemos.

Virginia se sentó despacio. Aquellas palabras habían demolido el edificio que había construido tan cuidadosamente.

–Nos reunimos aquí, creyendo, y los hechos parecen evidenciarlo, que el Rey Víctor perdería su libertad en Chimneys –añadió Lemoine.

Virginia se rió de pronto.

–Aún no lo han cogido.

Lemoine la contempló.

–¿Y su famoso ingenio para burlar a la justicia? –La cólera oscureció el rostro de Lemoine.

–En esta ocasión, será muy distinto –masculló entre dientes.

–Es un hombre muy atractivo –terció Caterham–. Pero, Virginia, ¿no es un antiguo amigo suyo?

–Por eso mismo creo sinceramente que Mr. Lemoine se equivoca –dijo la joven.

Sus ojos se encontraron con los del detective.

–El tiempo lo dirá, señora.

–¿Afirma que él mató al príncipe Michael? –preguntó Virginia.

–Sí.

–¡Oh, no! –replicó Virginia–. ¡No! Ésa es la única cosa de la que estoy segura. Anthony Cade no asesinó al príncipe Michael.

Lemoine la observaba con mucha atención

–Tal vez acierte usted, madame. Hay otra posibilidad. Boris pudo excederse y disparar el revólver. El príncipe pagó quizás con ello algún acto cruel e injusto.

–Sí, parece un criminal –convino Su Señoría–. Me han dicho que las criadas gritan cuando se encuentran con él en los pasillos.

–Me voy –dijo Lemoine–. Tenía la obligación de informarle.

–Muchas gracias. ¿No bebe nada? Como guste. Buenas noches.

–Aborrezco a ese hombre, su barbita y sus gafas –chilló Bundle al cerrarse la puerta detrás del francés–. ¡Ojalá Anthony se ría de él! Me divertiría verle bailar de miedo. ¿Y tú, Virginia?

–Yo me voy a la cama. Estoy cansada.

–Voto por ello –dijo Caterham–. Son las once y media.

En el momento de atravesar el vestíbulo, Virginia vio por un segundo una figura que salía discretamente por una puerta lateral.

–¡Superintendente! –llamó imperiosa.

Battle volvió de mala gana sobre sus pasos.

–¿Mrs. Revel?

–Lemoine nos ha visitado. Dice... ¿Es verdad que Mr. Fish es un detective?

–Sí.

–¿Lo supo usted desde el principio?

Battle asintió con la cabeza. Virginia fue hacia la escalera.

–Ya lo entiendo. Gracias.

Hasta entonces se había negado a creer. Pero, ¿y ahora?

Sentada a su tocador, se enfrentó con la cuestión. Todas las palabras de Anthony resurgieron, llenas de sentido, en su memoria.

–¿Cuál sería la «carrera» de que había hablado? ¿La «carrera» a la que había renunciado?

Un ruido la distrajo de su meditación. Su reloj de oro señalaba algo más de la una. Sus reflexiones habían durado aproximadamente dos horas. El ruido se repitió. Sonaba en el vidrio de la ventana. Virginia la abrió. Abajo, en el sendero, había un hombre alto, agachado para recoger más piedras.

Por un momento, el corazón de Virginia latió más deprisa. Entonces reconoció la silueta, ruda, maciza, vigorosa del herzoslovaco, Boris.

–¿Sí? –dijo en voz baja–. ¿Qué quiere?

En el momento no le pareció extraño que Boris se dedicara a lanzar piedras contra su ventana a estas horas de la noche.

–¿Qué quiere? –preguntó impaciente.

–Me envía mi amo –respondió Boris en un murmullo, que, no obstante, se oía claramente–. Me envía a buscarla.

El hombre hizo esta declaración con un tono práctico.

–¿Me envía a buscar?

–Sí, debo conducirla hasta él. Ahora le lanzo su nota.

Un papel, lastrado con una piedra, cayó a los pies de Virginia, que se había apartado de la ventana. Lo desdobló y leyó:

«Querida –había escrito Anthony–: *Estoy en un apuro, pero saldré adelante. ¿Confiarás en mí y vendrás conmigo?»*

Virginia, inmóvil, releyó varias veces aquellas pocas palabras. Miró, como si viera por primera vez, la lujosa alcoba. Nuevamente, se asomó a la ventana.

–¿Qué debo hacer? –preguntó.

–Los detectives están en la otra parte de la casa, en el exterior de la cámara del Consejo. Baje usted y salga por la puerta lateral. Estaré allí. Un coche nos aguarda en la carretera.

Virginia cambio su salto de cama por un vestido pardo de punto y se puso un sombrerito de cuero.

Después, con una sonrisa, escribió una nota para Bundle y la clavó en el acerico.

Descendió en silencio las escaleras y quitó los cerrojos de la puerta lateral. Vaciló sólo por un segundo, y después, con una galante sacudida de cabeza, la misma con que sus antepasados se habían lanzado al combate en las Cruzadas, cruzó el umbral.

CAPÍTULO XXVI

EL 13 DE OCTUBRE

A las diez de la mañana del miércoles, 13 de octubre, Anthony preguntó en el mostrador de recepción del Hotel Harridge por el barón Lolopretzyl, que ocupaba en él un apartamento.

Tras una espera solemne y decorosa, el joven fue conducido al apartamento. El barón estaba de pie delante de la chimenea en una pose muy digna y correcta. El pequeño capitán Andrassy, igualmente correcto en su postura, pero con una actitud un tanto hostil, también estaba presente.

Hubo las reverencias, taconazos y las palabras de etiqueta de rigor. A estas alturas, Anthony ya dominaba la rutina.

–Perdone esta aparición tan temprano, barón –dijo Anthony, con un tono alegre, mientras dejaba el sombrero y el bastón en la mesa–. En realidad, quiero hacerle una proposición comercial.

–¡Ah! –exclamó el barón.

El capitán Andrassy, que no se había rehecho de la desconfianza que el joven le inspiraba, arrugó el ceño.

–Los negocios se fundan en la bien conocida ley de la oferta y la demanda –prosiguió Anthony–. Uno tiene algo que otro hombre desea. Cabe únicamente discutir el precio.

El barón le miró con atención, pero no dijo nada.

–Los términos serán muy fáciles de acordar entre un aristócrata herzoslovaco y un caballero inglés –agregó rápidamente Anthony.

Le ruborizó emplear aquellas frases, que sonaban forzadas en labios británicos, pero cuyo efecto en la mentalidad del barón ya había podido experimentar. En efecto, el ensalmo tuvo éxito.

–Desde luego, desde luego –concedió el barón moviendo la cabeza.

Incluso el capitán Andrassy perdió en parte su rigidez y le imitó.

–Pues bien; no me andaré por las ramas... –continuó Anthony.

–¿Andarse por las ramas? No lo comprendo.

–Es una metáfora. Significa que usted quiere la mercancía y que yo la tengo. El barco está aparejado, pero le falta el mascarón de proa o, si lo prefiere, el partido monárquico de Herzoslovaquia carece de jefe visible. En la actualidad, no tiene la pieza fundamental de su programa político. Supongamos que yo le suministro un príncipe...

–No le entiendo –declaró el barón, y sus ojos se desorbitaron.

–¡Nos insulta! –exclamó el capitán, atusándose el bigote con fiereza.

–¡Dios me libre! –dijo Anthony–. Procuro ayudarles mediante la oferta y la demanda, justamente. Compruebe la marca de fábrica: el príncipe será auténtico. Podrá comprobarlo si se aviene a las condiciones.

–No le comprendo yo –declaró de nuevo, en peor inglés, el barón.

–No importa sino que se acostumbre a la idea –aseveró Anthony–. En términos vulgares, diría que escondo algo en la manga. Si necesita un príncipe yo le proporcionaré uno bajo determinadas condiciones.

El barón y el capitán le observaban atónitos. El joven recobró su bastón y sombrero y se dispuso a partir.

–Reflexionen. Una cosa más. Mi querido barón, le suplico otra cosa, que venga esta noche a Chimneys con el capitán Andrassy. Es probable que ocurran unas cuantas cosas curiosas. ¿Acepta la cita? ¿Nos veremos a las nueve en la Cámara del Consejo? Gracias, caballeros. Confío completamente en su asistencia.

El barón avanzó una zancada para mirarle de hito en hito.

–Mr. Cade –dijo–, confío en que no quiera gastarme una broma.

Anthony le devolvió la mirada sin pestañear.

–Barón –replicó con una nota extraña en la voz–, al concluir la noche, reconocerá que hablo en serio.

Hizo una reverencia y se marchó.

Su diligencia siguiente fue presentar su tarjeta en las oficinas de Mr. Herman Isaacstein.

Le recibió, tras previa espera, un alto empleado, pálido y exquisitamente vestido, de atractiva sonrisa, que exhibía un título militar.

–¿Desea ver a Mr. Isaacstein? Esta mañana está muy atareado.

–Debo verle –insistió Anthony, y agregó displicente–: Vengo con ese propósito desde Chimneys.

La mención de la famosa finca campestre obró el milagro.

–¡Oh! Le informaré de su presencia.

–Insista en que es importante.

–¿Le envía lord Caterham?

–Algo por el estilo. Es imprescindible que vea a Mr. Isaacstein.

Un par de minutos más tarde, Anthony entró en un suntuoso despacho, del que le impresionaron sobre todo el inmenso tamaño y la comodidad de los sillones. Mr. Isaacstein se levantó para recibirle.

–Le ruego que perdone mi intromisión –se excusó Anthony–. No abusaré del tiempo de un hombre tan ocupado como usted. Me trae, cómo no, un pequeño negocio.

Isaacstein le contempló con sus ojos negros como cuentas.

–Tome un puro –dijo de pronto tendiéndole una caja abierta.

–Gracias. –Cogió uno–. Se trata del asunto de Herzoslovaquia –añadió Anthony mientras aceptaba una cerilla. Advirtió un fugaz titubeo en la mirada del otro–. El asesinato del príncipe Michael le habrá causado algunos trastornos.

Isaacstein arqueó una ceja, profirió una exclamación interrogativa y levantó la vista al techo.

–El petróleo es un líquido maravilloso –continuó Anthony, desviando los ojos hacia la brillante superficie del escritorio.

El financiero se impacientó.

–¿Por qué no habla claro, Mr. Cade?

–Aceptaré la insinuación. Mr. Isaacstein, ¿le disgustaría que esas concesiones petrolíferas beneficiasen a otra compañía?

–¿Qué me propone?

–Un aspirante al trono que simpatiza con Inglaterra.

–¿De dónde lo sacará?

–Ese problema es cosa mía.

Isaacstein sonrió, pero sus ojos eran duros y calculadores.

–¿Auténtica materia prima? Me enfurecería una broma.

–Materia de primera calidad.

–¿Palabra?

–Palabra.

–Le creo.

–No me ha costado convencerlo –dijo Anthony.

–¿Habría llegado a mi actual posición si no supiera cuándo un hombre dice la verdad? –preguntó Isaacstein–. ¿Qué condiciones exige?

–Las mismas, el mismo préstamo que ofreció al príncipe Michael.

–¿Y para usted?

–De momento, sólo tiene que ir esta noche a Chimneys.

–Imposible –repuso Isaacstein con bastante energía.

–¿Por qué?

–Tengo un banquete importante.

–Pues no irá a él en su propio beneficio.

–¿Cómo?

Anthony le miró a la cara.

–¿Sabe que han descubierto el revólver que mató a Michael? ¿Sabe dónde lo encontraron? En su maleta.

–¿Eh?

Isaacstein saltó de su butaca. El temor contrajo su rostro.

–¿Qué dice?

–En seguida se lo explico.

Anthony expuso los hechos sobre el hallazgo del arma. Los labios del financiero temblaron con un horror que se extendió por todo su rostro.

–¡Es falso! –chilló al terminar Anthony–. Nunca lo vi. No sé nada de él. ¡Es una conjuración!

–Cálmese –demandó el joven–. Pronto demostrará su inocencia.

–¿Cómo? ¿Cómo la probaré?

–En su caso, yo me presentaría en Chimneys esta noche.

–¿Me lo aconseja? –preguntó Isaacstein en tono de duda.

Anthony le susurró unas frases en el oído. El financiero se desplomó asombrado contra el respaldo de la butaca.

–¿Acaso...?

–Venga y lo verá –dijo Anthony.

CAPÍTULO XXVII

AQUELLA NOCHE

El reloj de la cámara del Consejo dio las nueve.

–Bien –suspiró lord Caterham–. Aquí están todos, como los perros falderos agradecidos, meneando la cola. –Miró apenado a la concurrencia–. El organillero con su mico –murmuró con la mirada puesta en el barón–, célebres en las ferias.

–Eres injusto con el barón –protestó Bundle, a quien iban dirigidas esas confidencias–. Me dijo que te consideraba el dechado de la hospitalidad británica.

–Pronuncia siempre frases altisonantes. Por ello es tan fatigoso hablar con él. Mi instinto hospitalario empieza a romperse. En cuanto me sea posible, alquilaré Chimneys a un norteamericano emprendedor y me iré a vivir a un hotel. En ellos, al menor tropiezo, se pide la cuenta y se marcha uno.

–¡Vamos, vamos! Te has librado de Mr. Fish.

–¡Claro! Con lo que me divertía... –replicó el marqués, que estaba de humor contradictorio–. Es ese querido amigo tuyo quien me ha metido en esto. ¿Por qué convierte mi hogar en el escenario de una junta de accionistas? ¿Por qué no se establece en cualquier finca rural y se harta de charlar en ella?

–El ambiente no sería el mismo –contestó Bundle.

–¿Nos harán una jugarreta? –se asustó su padre–. Ese francés me da mala espina. La policía de su país es muy eficiente. Te rodea el brazo de gomas, reconstruye el crimen, te pone nervioso y tus reacciones quedan registradas en un aparato... Sé que cuando griten: «¿Quién mató al príncipe Michael?», mi temperatura ascenderá a cuarenta grados y me meterán en la cárcel. ¡Es horrible!

–Mr. George Lomax y Mr. Eversleigh –anunció Tredwell.

–Se presentan «El besugo» y su perro fiel –murmuró Bundle.

Bill avanzó derecho hacia ella, mientras George saludaba al marqués con el exagerado entusiasmo que usaba en las ceremonias públicas.

–Mi querido Caterham –dijo, agitando la mano del anfitrión–, recibí su invitación y, naturalmente, he venido.

–Encantado de verlo, amigo mío, encantado –repuso el marqués, cuya conciencia, como siempre que se indignaba, le obligaba a exagerar su cordialidad–. Yo no le invité, pero viene a ser lo mismo.

Entretanto, Bill acometía a Bundle en voz baja.

–Oye, ¿qué sucede? ¿Huyó Virginia durante la noche? La raptaron, ¿verdad?

–No. Dejó una nota en el acerico, como imponen los cánones.

–¿Se ha fugado, por casualidad, con ese colono? Siempre me desagradó; y al parecer es un ladrón tremendo. Será, sin duda, una broma.

–¿Por qué?

–El Rey Víctor es francés. Cade, inglés hasta el tuétano.

–Ese Víctor es un políglota medio irlandés.

–¡Señor! Por eso escapó, ¿verdad?

–Yo qué sé. Anteayer desapareció y esta mañana recibimos un telegrama suyo pidiendo que lo invitásemos. Él llegará hoy a las nueve de la noche. Los presentes han recibido una petición similar.

–Bonita fiesta –gruñó Bill–. Un detective francés en el balcón, otro inglés en la chimenea; preponderancia del elemento extranjero. ¿Acudirá también el de las barras y estrellas?

–Mr. Fish se ha esfumado –contestó Bundle–. También Virginia. Presiento, Bill, que se avecina el instante en que alguien dice «¡Fue James, el criado!», y todo se aclara. Ahora esperamos a Anthony Cade.

–No vendrá –afirmó Bill.

–En ese caso, ¿para qué convocó a los accionistas, como dice mi padre?

–Hay gato encerrado. Mientras estamos aquí, él irá a otro sitio...

–Según tú, no aparecerá, ¿verdad?

–¿Va a meterse en la boca del lobo? Esta sala rezuma detectives y altos cargos del gobierno.

–No sabes nada del Rey Víctor si crees que eso le detendrá. No hay obstáculos para él. Situaciones como ésta le enardecen y siempre sale de ellas bien parado.

Mr. Eversleigh meneó dudoso la cabeza.

–Eso habría que verlo, con los dados cargados en su contra. Él nunca...

La puerta se abrió de nuevo.

–Mr. Cade –anunció Tredwell.

Anthony fue hacia su anfitrión.

–Lord Caterham, nunca me perdonaré por las molestias que le doy. Cuente con que el misterio se aclarará esta noche.

Su Señoría se amansó, porque el joven era una de sus debilidades secretas.

–¡No tiene importancia! –replicó de todo corazón.

–Muy amable –dijo Anthony–. ¿Estamos todos? Entonces comenzaré.

–No lo entiendo, no entiendo ni jota –protesto George dándose tono–. Esto es muy irregular. Mr. Cade no posee autoridad para... No posee autoridad. La situación es muy delicada y exijo que...

El superintendente cortó el torrente retórico. Murmuró unas palabras al oído del gran hombre. George se desconcertó.

–Muy bien, puesto que es así –repuso malhumorado y añadió en voz fuerte–: Estamos dispuestos a escuchar a Mr. Cade.

Anthony no hizo caso de su condescendencia.

–Probablemente, están enterados de que encontramos una especie de acertijo en el pasadizo secreto –comenzó–. Se mencionaba Richmond, acompañado de varias cifras. Fracasamos en nuestro propósito de resolverlo. Ahora bien, en las Memorias del conde Stylptitch, que yo he leído, se describe una cena en que cada uno de los comensales llevaba una insignia representando una flor. El conde llevaba la reproducción exacta del curioso objeto que descubrimos en la cavidad del muro y que representaba una rosa. Recuerden que los números sugieren hileras de cosas: botones, letras «E» o renglones de punto de media. ¿Qué hay en esta casa ordenado en hileras? Libros, ¿verdad? Y en el catálogo de la biblioteca de lord Caterham existe una obra titulada *Vida del Conde de Richmond*. Ello les proporcionará una idea del escondrijo. Principiando por el volumen en cuestión y usando las cifras que aluden a estantes y tomos, creo que encontrarán el objeto oculto en un libro falso o en un hueco detrás de él.

Anthony miró con modestia a la concurrencia; esperaba el aplauso.

–¡Muy ingenioso! –exclamó lord Caterham.

–Sí, es ingenioso –admitió George–; pero falta ver si...

Anthony rió.

–Si hay garbanzos en el cocido, ¿verdad? Lo comprobaremos. Iré a la biblioteca.

Lemoine se destacó del balcón, cerrándole el paso.

–Un instante, Mr. Cade. Con su permiso, milord.

Escribió unas líneas, metió el papel en un sobre y pulsó el timbre. Tredwell compareció. Lemoine le entregó la carta.

–Dé este sobre a su destinatario, por favor.

–Inmediatamente, señor –contestó el mayordomo, y se marchó con prosopopeya.

Anthony tomó asiento.

–¿Qué intenta, Lemoine? –preguntó suavemente.

El ambiente pareció cargarse de electricidad.

–Si la joya está donde usted afirma que ha permanecido siete años, un cuarto de hora más de espera no le perjudicará.

–Prosiga –animó Anthony–. No es eso lo que quiere decir.

–No, no lo es. En este momento sería imprudente consentir que alguien abandonara la sala, sobre todo si es una persona de dudosos antecedentes.

Anthony se puso un cigarrillo en los labios, arqueando las cejas.

–Un vagabundo no es respetable, ¿verdad? –murmuró.

–Mr. Cade, hace dos meses estaba usted en Sudáfrica. Ha sido comprobado. Pero, ¿y antes?

–En Canadá. En el salvaje Noroeste.

–¿No sería, más bien, en una cárcel francesa?

Battle cubrió automáticamente la puerta con la espalda, como para interceptar la retirada de Anthony.

El joven miró fijamente a Lemoine y rompió a reír.

–Mi querido señor... ¡Qué manía! Ve al Rey Víctor hasta en la sopa. ¿Soy yo ese interesante caballero?

–¿Lo niega?

Anthony sacudió una mota de ceniza de su manga.

–Jamás niego lo que me divierte. Su acusación peca de grotesca.

–¡Ah! ¿Es ésa su opinión?

El francés avanzó. Su semblante, estremecido por una palpitación nerviosa, denotaba perplejidad y recelo, como si su interlocutor le desorientase.

–Monsieur, en esta ocasión... en esta ocasión nada me impedirá arrestar al Rey Víctor.

–Enhorabuena; pero lo intentó en vano otras veces. ¿No teme que vuelva a vencerle? Es resbaladizo como una anguila.

La conversación se había convertido en un duelo de inteligencia entre los dos hombres. Los presentes percibían su tensión. Era la lucha decisiva entre Lemoine y el hombre que fumaba despreocupadamente.

–Yo andaría con pies de plomo –continuó Anthony– para evitar los tropiezos.

–El pavimento es liso.

–Su seguridad sólo tiene un punto oscuro: la necesidad de la prueba.

Lemoine sonrió de modo que llamó la atención de Anthony. Se levantó para aplastar el cigarrillo en el cenicero.

–¿Vio que escribí unas líneas? –preguntó el policía francés–. Las envié al hostal del pueblo. Ayer recibí de Francia las huellas dactilares y las medidas del Rey Víctor o del supuesto capitán O'Neill. Me las enviarán en seguida. ¡Dentro de unos minutos sabremos si usted es ese hombre!

–No negaré su astucia, Lemoine; no se me ocurrió esa estratagema. La llegada de las fichas me obligará a mojar los dedos en tinta o a cualquier cosa igualmente desagradable, medirá mis orejas y buscará marcas y cicatrices en mi cuerpo. Si los datos coinciden...

–Si coinciden, ¿qué?

Anthony se irguió.

–En efecto, ¿qué?

Lemoine hizo un gesto teatral.

–¡Habré demostrado que es usted el Rey Víctor!

Pero por primera vez se reflejó en su voz una sombra de duda.

–Lo cual le llenaría de satisfacción –dijo Anthony–. De todos modos, a mí no me perjudicaría. Convengamos teóricamente que yo fuese ese ladrón; podría arrepentirme.

–¿Cómo?

–Póngase en el lugar del Rey Víctor, use su imaginación. Sale de la prisión, los años han pasado implacables y ha perdido una buena dosis de afición a la vida aventurera. Supongamos que ha conocido a una mujer hermosa, con la que desea casarse y establecerse en el campo para cultivar guisantes. Ha decidido ser respetable. ¿Lo comprende?

–No creo que me sintiera así –dijo Lemoine con una sonrisa sardónica.

–Claro. Usted no es el Rey Víctor, ¿verdad? Por tanto, ignora sus sentimientos.

–No diga majaderías –gruñó el francés.

–No lo son, Lemoine. ¿De qué me acusa, si soy el Rey Víctor? En el pasado no pudo reunir pruebas contra mí. He cumplido la condena y... y eso es todo. Podría quizás detenerme fundándose en el equivalente francés de «vagabundeo con fines criminales». ¡Triste satisfacción! ¿No?

–Olvida algo –replicó el policía–. ¡América! América, donde con falsos pretextos y adoptando la personalidad del príncipe Nicolás Obolovitch, intentó hacer una estafa.

–Descanse, Lemoine. Yo no estaba en Estados Unidos en esa fecha, como puedo justificar fácilmente. Y si el Rey Víctor suplantó a ese príncipe, entonces yo no soy el citado Rey Víctor. ¿Está seguro de que era un farsante?

El superintendente Battle terció de repente.

–El hombre era un impostor, Mr. Cade.

–No le llevaré la contraria, Battle –dijo Anthony–, porque tiene la costumbre de no equivocarse. ¿Sabe de cierto si el príncipe Nicolás murió en el Congo?

–No podría jurarlo –repuso el superintendente–. Únicamente es una creencia general.

–Un hombre cauteloso. ¿Cuál es su lema? Dar mucha cuerda, ¿no? He aprendido la lección y he dado cuerda a Mr. Lemoine. Me abstuve de refutar sus acusaciones; ahora va a sufrir una desilusión. Verá, siempre me ha gustado tener un triunfo en la manga. En la suposición que se suscitarían dificultades en esta reunión, me pertreché de un triunfo que espera en el piso de arriba.

–¿En el piso de arriba? –se interesó lord Caterham.

–Sí. Un hombre a quien la vida no ha sonreído últimamente. Alguien le golpeó en la cabeza. Yo he sido un buen samaritano.

Intervino Mr. Isaacstein con voz grave.

–¿Podemos adivinar quién es?

–Si lo prefieren, pero... –empezó Anthony.

Lemoine le interrumpió con ferocidad.

–¡Qué astuto! ¿Qué se propone? ¿Vencerme de nuevo? Tal vez sea cierto lo que dice, tal vez no estuviera en Estados Unidos. Sería indigna de su inteligencia una mentira tan burda. Pero hay algo irrebatible. ¡Asesinato! Sí, el asesinato del príncipe Michael. Le mató aquella noche porque le sorprendió buscando la joya.

–Lemoine, ¿desde cuándo el Rey Víctor mata a sus semejantes? –preguntó Anthony enérgicamente–. Sabe usted tan bien como yo que nunca vertió sangre.

–En ese caso, ¿quién le asesinó? –gritó el francés–. ¡Veamos!

La ultima palabra se confundió con el agudo sonido de un silbato. Anthony se levantó, desechando su anterior indiferencia.

–¿Me pregunta quién mató al príncipe Michael? –gritó–. En vez de contestarle, se lo enseñaré. He estado esperando ese silbato. El asesino de Su Alteza está en este momento en la biblioteca.

Salió por la ventana, seguido de los presentes. Recorrieron la terraza hasta la ventana de la biblioteca. Los batientes cedieron a una leve presión.

Anthony apartó las cortinas de terciopelo para contemplar la habitación.

Una figura oscura quitaba y ponía los volúmenes de una librería, tan absorta que no percibió su presencia.

Y entonces, mientras intentaban reconocer a la persona, vagamente iluminada por su propia linterna, alguien atravesó por delante de ella rugiendo como una bestia salvaje.

La linterna cayó al suelo, se apagó y el ruido de una terrible lucha resonó en la biblioteca. Lord Caterham encontró a tientas el interruptor. Las lámparas se encendieron.

Dos cuerpos se debatían entrelazados. El final se produjo entonces. Se oyó la seca detonación de una pistola y la figura más pequeña se abatió. La otra se volvió a mirarlos... ¡Era Boris, cuyos ojos parecían ascuas de ira!

–Ella mató mi amo –bramó–. Ella intenta matarme. Quise arrebatarle el arma para vengarme, pero se disparó en la pelea. San Miguel dirigió la bala. La bruja ha muerto.

–¿Una mujer? –gritó George Lomax.

Se acercaron al cuerpo. Tendida en el suelo, con la pistola en la mano, y una mueca demoníaca en el rostro estaba... ¡mademoiselle Brun!

CAPÍTULO XXVIII

EL REY VÍCTOR

–Sospeché de ella al principio –replicó Anthony–, porque se encendió la luz de su dormitorio la noche del crimen. Después, tras informarme en Bretaña, creí que era una auténtica institutriz. Fui tonto. La condesa de Breteuil, que había empleado a miss Brun, alabó sus servicios, de modo que no se me ocurrió que la verdadera Brun pudiera ser secuestrada camino de Chimneys y reemplazada por otra mujer. Dirigí mis sospechas hacia Mr. Fish. Hasta que me siguió a Dover y tuvimos una charla, no empecé a ver claro. Entonces, enterado de que era un detective de la Agencia Pinkerton a la búsqueda del Rey Víctor, mis recelos volvieron al punto de partida.

»Me preocupaba de manera sobresaliente que Mrs. Revel hubiera reconocido a la mujer; pero recordé que eso había sido después de que hube mencionado que era la dama de compañía de la condesa de Breteuil y que sólo había dicho que su rostro le resultaba familiar. El superintendente Battle les dirá que existió una conjura deliberada para obstaculizar la llegada de Mrs. Revel a Chimneys. En ella intervino nada menos que un cadáver. Y aunque este asesinato fue obra de los Camaradas de la Mano Roja, en castigo de una supuesta traición de la víctima, la puesta en escena del mismo y la ausencia del símbolo de esa organización, apuntaban a una inteligencia superior, encargada de la dirección de las operaciones.

»Fue evidente, desde los comienzos, que el problema se relacionaba con Herzoslovaquia. Mrs. Revel era la única de nosotros que había vivido en aquel país. Mi idea de que alguien suplantaba al príncipe Michael se hundió por errónea. Cuando vislumbré la posibilidad de que la institutriz fuese una impostora, y agregué a ello el hecho de que su cara le era familiar a Mrs. Revel, la verdad iluminó mi mente. Era evidente la importancia de que no la reconociesen, y Mrs. Revel era la única que podía hacerlo.

–Pero, ¿quién era? –preguntó el marqués–. ¿Alguien a quien Mrs. Revel había tratado en Herzoslovaquia?

–El barón podrá contestarnos –dijo Anthony.

–¿Yo? –exclamó el barón, contemplando el cuerpo exánime.

–Fíjese bien. Prescinda del maquillaje –aconsejó Anthony–. Acuérdese de que fue una excelente actriz.

–¡Dios mío! ¡No! ¡Imposible! –gimió el barón.

–¿Qué es imposible? –inquirió George–. ¿Quién es esta señora? ¿La reconoce, barón?

–No, no, no es posible –repitió el barón sin hacerle caso–. La mataron. Mataron a los dos en la escalera del palacio. ¡La enterramos!

–Mutilada e irreconocible –le recordó Anthony–. Les engañó. Debió de huir a América y pasar varios años oculta por culpa de su terror a los Camaradas de la Mano Roja, que habían dirigido la revolución y que le tenían inquina. El Rey Víctor recobró la libertad. Juntos proyectaron recobrar el diamante. Lo buscaba ella la noche en que el príncipe Michael la descubrió y la reconoció. Normalmente, y puesto que los príncipes no suelen reparar en el servicio, no corría peligro. Y podría retirarse con una conveniente *migraine*, como el día que llegó el barón.

»En cambio, se encontró cara a cara con el príncipe Michael cuando menos lo esperaba. Se veía amenazada por la desgracia y la infamia. Y disparó contra él. Fue ella quien puso el revólver en la maleta de Mr. Isaacstein y quien devolvió las cartas.

Lemoine dio un paso adelante.

–¿Vino a buscar la joya aquella noche? –dijo–. ¿No iría al encuentro de su cómplice, el Rey Víctor? ¿Qué contesta?

–¡Qué persistente es usted, mi querido Lemoine! –se quejó Anthony–. ¿No le basta saber que me reservo un triunfo?

George, de mentalidad obtusa, intervino.

–Sigo a oscuras. ¿Quién era su dama, barón? Usted la ha reconocido.

El barón se irguió.

–Se equivoca, Mr. Lomax. Jamás a esta señora vi. Una desconocida para mí es.

–Pero... –balbuceó George.

El barón le condujo a un rincón y murmuró algo.

Anthony observo risueño en el semblante de George todos los síntomas de una apoplejía incipiente y oyó su voz sonora tartamudeando:

–Claro, claro. Naturalmente... Sería inútil. Situación complicada, discreción suma...

–¡Ah! –gritó Lemoine dando un manotazo a una mesa–. ¿Qué me importa el asesinato del príncipe Michael? Yo busco al Rey Víctor.

Anthony hizo un gesto de piedad.

–Lo siento, Lemoine. De verdad que es usted un tipo muy capaz. Pero de todas maneras perderá la última baza. Jugaré mi triunfo.

Apretó el timbre y Tredwell apareció a los pocos instantes.

–Un caballero llegó conmigo esta noche, Tredwell.

–Sí, señor, un extranjero.

–Ruéguele, por favor, que se reúna con nosotros.

–Muy bien, señor.

Tredwell se retiró.

–¿Cuál es mi triunfo? El misterioso Mr. X –anunció Anthony–. ¿Quién es? ¿Lo adivinan?

–En vista de sus insinuaciones de esta mañana y de su actitud de esta noche –respondió Isaacstein–, no creo que quepa duda. Ha localizado al príncipe Nicolás de Herzoslovaquia.

–¿Opina lo mismo, barón?

–Sí. A menos que un impostor sea. Y creerlo no puedo. Conmigo sus tratos siempre honrados fueron.

–Gracias, barón. No olvidaré su gentileza. ¿Están todos de acuerdo?

Sus ojos recorrieron el círculo de rostros expectantes. Sólo el de Lemoine se desviaba hacia la mesa.

Anthony oyó pasos en el vestíbulo.

–Pero ¡ninguno de ustedes acierta! –exclamó con una extraña sonrisa.

Se dirigió rápidamente hacia la puerta y la abrió de par en par.

Ante ella había un hombre. Un hombre de barbita negra, gafas y atildada apariencia, descompuesta únicamente por las vendas que le rodeaban el cráneo.

–Permítanme que les presente al auténtico monsieur Lemoine, de la Sûreté de París.

Hubo una carrera y una pelea, y después la voz nasal de Mr. Hiram P. Fish sonó tranquilamente en la ventana.

–No, hijito, por aquí no. He estado vigilando aquí toda la noche con el único objeto de impedir su fuga. Le apunta mi excelente automática. Vine a cazarlo y lo he logrado; pero debo decir que me lo ha puesto difícil.

CAPÍTULO XXIX

MÁS ACLARACIONES

–Nos debe una explicación, Mr. Cade –dijo Herman Isaacstein algo más tarde.

–Poco queda que no sepan ya –respondió Anthony–. Fui a Dover y Fish me siguió creyendo que yo era el Rey Víctor. El descubrimiento de un desconocido, prisionero de los secuaces del malhechor, y su relato subsiguiente, nos lo revelaron todo. La historia se repetía. El verdadero policía había sido secuestrado y el falso, en este caso el Rey Víctor, ocupaba su lugar. Battle pensó siempre con reparos en su colega y pidió a París sus huellas dactilares y otros medios de identificación.

–¡Ah! –exclamó el barón–. Las huellas y las medidas de que el rufián hablar.

–Fue un estupendo rasgo de inteligencia –dijo Anthony–. Lo admiré tanto, que quise forzarle la mano. Mi conducta embrollaba al falso Lemoine. Mi noticia sobre las «hileras» y la joya le impulsaron a avisar a su cómplice y, al mismo tiempo, a mantenernos en la Cámara del Consejo. La nota iba dirigida a mademoiselle Brun. Tredwell la entregó inmediatamente. La acusación de Lemoine de que yo era el Rey Víctor fue un medio de diversión que impidió que nadie se marchase de la sala. En cuanto quedase aclarada mi personalidad y corriéramos a la biblioteca en busca de la joya, creyó que ésta ya habría desaparecido.

George carraspeó.

–Debo aclarar, Mr. Cade, que considero sus actos altamente censurables. Uno de nuestros bienes patrios pudo desaparecer para siempre si su proyecto llega a fracasar. Fue una temeridad, una temeridad.

–¿Todavía no lo ha descubierto, Mr. Lomax? —preguntó Fish arrastrando las sílabas–. El histórico diamante jamás estuvo detrás de los libros de la biblioteca.

–¿Jamás?

–Jamás.

–El acertijo, o el emblema, del conde Stylptitch significaba ahora, igual que en su época, una rosa –expuso Anthony–. La tarde del lunes, cuando lo resolví, fui a la rosaleda. Mr. Fish había tenido la misma idea. Si se dan, de espaldas al reloj de sol, siete pasos adelante, ocho a la izquierda, y tres a la derecha, se llega a un rosal cuyas rosas se denominan «Richmond». A nadie se le ocurrió cavar en el jardín durante los registros. Propongo que lo hagan mañana por la mañana.

–Por consiguiente, los libros de la biblioteca...

–Fue una invención mía para picar a la dama. Mr. Fish, apostado en la terraza, pitó en el momento psicológico. Él y yo implantamos la ley marcial en la casa de Dover para que los camaradas no avisasen al falso Lemoine. Envió una orden para que se fueran, y se le remitió una respuesta afirmativa. De esta manera continuó alegremente con sus planes para denunciarme.

–Bueno, bueno –rió el marqués–. El problema se ha resuelto de modo satisfactorio.

–Menos una cosa –objetó Mr. Isaacstein.

–¿Cuál?

El gran financiero miró directamente a Anthony.

–¿Para qué me trajo aquí? ¿Para que presenciase un intrigante drama como espectador privilegiado?

–No, Mr. Isaacstein –repuso Anthony–. Su tiempo es oro. Su primera visita a esta casa, ¿a qué se debió?

–Al propósito de negociar un préstamo.

–¿Con quién?

–Con el príncipe Michael de Herzoslovaquia.

–Exactamente. El príncipe Michael ha muerto. ¿Ofrecería el mismo préstamo, en idénticas condiciones, a su primo Nicolás?

–Pero falleció en el Congo.

–Sí, falleció, yo lo maté. ¡Oh, no, no soy un asesino! Quiero decir que fui yo quien propagó la noticia de su muerte. Le prometí un príncipe, Isaacstein. ¿Le sirvo yo?

–¿Usted?

–En efecto, yo soy su hombre, Nicolás Sergius Alexander Ferdinand Obolovitch. El nombre resultaba demasiado largo para el género de vida que me proponía llevar, por lo que me marché al Congo transformado sencillamente en Anthony Cade.

El pequeño capitán Andrassy se levantó de un salto.

–¡Increíble! ¡Imposible! –bufó–. Retire sus palabras, caballero.

–Le ofreceré toda clase de pruebas –contestó Anthony–. Podré convencer al barón.

El barón alzó la mano.

–Sus pruebas examinaré, sí; pero no las necesito. Su palabra basta. Además, a su madre inglesa mucho se parece. Siempre pensé: «Este joven en regia cuna nacido ha».

–Le prometo, barón, no olvidar su confianza cuando llegue el día de la recompensa –dijo Anthony.

Se volvió hacia el superintendente, cuyo semblante no había perdido la impasibilidad.

–Su postura ha sido muy precaria. ¿Quién poseía en esta casa más motivos que yo para que Michael Obolovitch muriese? Yo era su heredero al trono. Le he tenido gran miedo a Battle, sospechaba de mí y sólo le contenía la falta de un móvil.

–Nunca le creí culpable, señor –aseveró el superintendente–. En estas materias me guío por corazonadas, pero noté que temía algo y eso me extrañaba. Desde luego, enterado de quién era, me hubiese rendido a la evidencia y lo habría arrestado.

–Me alegro de haber podido ocultarle un secreto. Me sonsacó todos los demás. Es usted un magnífico policía, Battle. En el futuro, respetaré a Scotland Yard pensando en usted.

–¡Extraordinarios descubrimientos! ¡Sorprendentes noticias! –exclamó George–. Yo apenas lo creo. Barón, ¿está seguro de...?

–Mi querido Mr. Lomax –dijo Anthony con cierta dureza en la

voz–, no es mi propósito pedir a su ministerio que apoye mis aspiraciones sin ofrecer las pruebas documentales más concluyentes. Propongo que posterguemos este asunto por el momento. Usted, el barón, Mr. Isaacstein y yo negociaremos el préstamo.

El barón se puso de pie y entrechocó los talones.

–Alteza, el instante más dichoso de mi existencia ser el día en que ocupar el trono de Herzoslovaquia –dijo solemnemente.

–Ah, barón, por cierto –exclamó Anthony, despreocupado, al tiempo que le cogía del brazo–. Lo olvidaba. Hay que tomar en consideración algo más. Estoy casado.

El barón, palideciendo, retrocedió unos pasos.

–Algún contratiempo tenía que haber –tronó–. ¡Señor del Cielo! ¡Está casado con una negra africana!

–¡Hombre! No he llegado a tanto –rió Anthony–. Mi mujer es blanca de pies a cabeza.

–¡Uf! Un enlace morganático respetable aceptarse puede.

–Ni hablar. Será una reina tan digna como yo rey. No, no mueva la cabeza. Tiene el linaje necesario. Es hija de un par inglés cuya alcurnia se remonta al tiempo de Guillermo el Conquistador. Actualmente está de moda que los miembros de la monarquía se casen con personas de la aristocracia... Y ella posee cierto conocimiento de Herzoslovaquia.

–¡Dios mío! –gritó George, desquiciado de su habitual prudencia–. ¿Es...? ¡Oh, no! ¿Es Virginia Revel?

–Sí, es Virginia –respondió Anthony.

–Mi estimado muchacho... –gritó lord Caterham–. Perdón, quise decir Alteza. Le felicito de todo corazón. Es una criatura deliciosa, incomparable.

–Gracias, lord Caterham. Es lo que usted dice y mucho más.

Mr. Isaacstein contemplaba a Anthony con curiosidad.

–Excúseme Su Alteza; pero, ¿cuándo se casaron?

–Esta misma mañana.

CAPÍTULO XXX

ANTHONY ACEPTA UN NUEVO EMPLEO

–Caballeros, inmediatamente estoy con ustedes –dijo Anthony.

Esperó a que los presentes se fueran de la habitación y se volvió hacia el superintendente, que en aquel momento parecía absorto en el examen de los entrepaños.

–Battle, ¿qué desea preguntarme?

–¿Cómo lo ha adivinado, señor? Desde luego, ya sé que es usted muy listo. ¿La mujer que ha muerto era la reina Varaga?

–Correcto, Battle, pero lo mantendremos en secreto porque afecta a mi familia.

–Mr. Lomax se encargará de ello y quienes lo sabemos seremos discretos.

–¿Eso es todo?

–No, señor; era simple curiosidad. ¿Sería atrevido pedirle que me explicara por qué renunció a su apellido?

–Me «maté» por buenas razones. Mi madre fue inglesa y yo me eduqué en Inglaterra, que me interesó siempre más que Herzoslovaquia. Me avergonzaba andar por el mundo con un título de opereta. Mis ideas, en la adolescencia, fueron democráticas: creí en la pureza de la libertad y en la igualdad humanas, y desconfié de reyes y príncipes.

–¿Y desde entonces? –preguntó el superintendente con astucia.

–¡Oh! Desde entonces he viajado, visto países y comprobado que existe en ellos poquísima igualdad. No soy un apóstata de la democracia, pero hay que meterla a la fuerza en el gaznate del pueblo para que la digiera. Mi postrer creencia en la solidaridad del hombre murió el día de mi llegada a Londres, cuando los ocupantes del vagón del metro se negaron a apartarse para que entrasen otros pasajeros. Las personas no se convertirán en ángeles porque apelen a la parte de nobleza que tiene su naturaleza; sólo una fuerza juiciosa les obligará a ser relativamente decentes con su vecinos. La fraternidad humana, en la que tengo una fe teórica, es asunto del porvenir. Reinará dentro de unos diez mil años y pico. ¿Qué se logra con la impaciencia? El proceso de la evolución es lento.

–Estoy muy interesado en sus opiniones, señor –dijo Battle con un poco de humor–. Creo que será un excelente monarca.

–Gracias, Battle –contestó Anthony y suspiró.

–No parece usted muy dichoso, señor.

–¡Hum! Me divertiré, desde luego; pero será un trabajo fijo y yo los he evitado siempre.

–¿Lo asume porque es deber suyo, señor?

–¡Cielos, no! ¡Qué idea! Es por una mujer, Battle. Siempre es por una mujer. Por ella seré algo más que rey.

–Comprendo, señor.

–El barón y Mr. Isaacstein podrán frotarse las manos. Uno tendrá su rey y otro su petróleo, y yo... ¡Ah!, Battle, ¿se ha enamorado alguna vez?

–Estoy muy unido a Mrs. Battle.

–Muy unido a... Entonces no me entiende. Lo mío es diferente.

–Perdón, señor. Su criado espera en el exterior junto a la ventana.

–¿Boris? Es un hombre maravilloso. Menos mal que el arma se disparó durante la lucha, porque Boris hubiera retorcido el pescuezo a esa mujer y acabado en el patíbulo. Ejemplariza la fidelidad a la dinastía de los Obolovitch. Fue curioso que, muerto Michael, se aferrase a mí. No podía saber quién era yo.

–Fue su instinto. Como los perros.

–Entonces lo juzgué muy empalagoso, temiendo que me delatase a usted. Será mejor que vaya a ver qué desea.

Salió por la ventana. El superintendente le siguió con la mirada y después le dijo al mensajero:

–Será un buen rey –murmuró.

–Amo –decía Boris en la terraza echando a andar.

Anthony caminó tras él. Boris señaló un banco de piedra en el que la luna permitía vislumbrar a dos figuras.

«Es un perro», pensó. «Y perdiguero para más señas». Anthony se adelantó. El herzoslovaco se hundió en las sombras.

Las dos figuras se levantaron para recibirle. Una era Virginia, la otra...

–Hola, caballero Joe –saludó una voz conocida–. He estado charlando con tu estupenda mujer.

–¡Por todos los santos! ¡Jimmy McGrath! –gritó Anthony–. ¿Cómo diablos has llegado hasta aquí?

–Mi expedición al interior fue una calamidad. Después me atosigaron unos extraños personajes, empeñados en comprar el manuscrito, y una noche faltó un pelo para que me creciese un cuchillo entre los hombros. Eso me hizo pensar que te había confiado una misión más peligrosa de lo que creía, me dije que necesitarías ayuda y partí en el barco siguiente.

–Es espléndido, ¿verdad? –exclamó Virginia apretando el brazo de Jimmy–. ¿Por qué no me contaste antes que era un encanto? Jimmy, te lo juro, eres un encanto.

–Veo que os lleváis muy bien –dijo Anthony.

–Durante mis investigaciones encontré a esta joven. No era lo que temía, es decir, una altiva dama de la aristocracia que me pondría la piel de gallina.

–Me habló de las cartas –agregó Virginia–. Casi me avergüenzo de no haber sufrido contratiempos teniendo a tan agradable y apuesto caballero andante.

–No se las hubiera dado, si llego a saber cómo es usted –aseguró, galante, Jimmy–. Yo se las hubiera traído. ¿Concluyó la función, muchacho? ¿No queda nada para mí?

–Maldita sea, claro que sí. Espera un momento.

Anthony entró en la casa. Tres minutos más tarde, regresaba con un paquete que entregó a Jimmy.

–Coge en el garaje el coche que más te guste y pon estos papeles en manos de Mr. Balderson, en el 17 de la plaza Everdaen, que es su domicilio. Recibirás a cambio mil libras esterlinas.

–¿Qué? ¿Son las memorias? ¿No las quemaron?

–¿Por quién me tomas? –se indignó Anthony–. ¿Iba a tragarme un cuento como aquél? Telefoneé inmediatamente a los editores, averigüé que la anterior llamada había sido falsa y me preparé. Hice otro paquete como habíamos convenido. Guardé las verdaderas memorias en la caja fuerte del hotel y les largué las falsas. Las genuinas estuvieron siempre en mi poder.

–¡Viva! –gritó Jimmy.

–¡Oh, Anthony! –exclamó Virginia–. ¿Permitirás que las publiquen?

–¿Cómo impedirlo? No abandonaré a un amigo como Jimmy. Pero no temas, tuve tiempo de leerlas. Ahora sé por qué se murmura que los personajes alquilan plumas ajenas para la redacción de sus autobiografías. Stylptitch, en lo literario, era un plomo. Se extiende en la elaboración de doctrinas políticas a expensas de las anécdotas indiscretas y salpimentadas. Su pasión por los secretos persistió hasta el fin. Desde la primera a la última página las memorias no encierran una palabra que hiera la susceptibilidad del político más quisquilloso. Balderson y yo concertamos que recibiría el original esta noche, antes de las doce; Jimmy puede hacer su trabajo sucio ya que está aquí.

–Me voy –dijo McGrath–. Mil libras tienen un acusado atractivo para mí, especialmente habiéndolas considerado perdidas irremisiblemente.

–Contén tu ansiedad –rogó Anthony–. Debo confesarle a Virginia algo que todo el mundo conoce menos ella.

–No me impresionan tus antiguos amores, siempre y cuando no me hables de ellos.

–¡Amores! –se quejó Anthony con virtuoso acento–. James, ¿con qué tipo de mujeres me viste la última vez?

–Le asediaba un rebaño de ovejas no menores de cuarenta y cinco años –declaró Jimmy solemnemente.

–Gracias, muchacho; eres un buen amigo. Pero... se trata de algo peor. Ignoras mi verdadero nombre.

–¿Tan horrible es? –curioseó Virginia–. ¿Te llamas Pobbles? Me divertiría ser Mrs. Pobbles.

–Como siempre, piensas de mí lo peor.

–Hubo una ocasión en que, durante un minuto y medio, te acusé de ser el Rey Víctor.

–Jimmy, te ofrezco un empleo. Buscar oro en las rocosas soledades de Herzoslovaquia.

–¿Lo hay en serio? –preguntó McGrath con avidez.

–Tiene que haberlo, es un país maravilloso.

–¿Seguirás entonces mi consejo de ir allí?

–Sí. Fue más valioso de lo que podías imaginar. Volvamos a la confesión. Ni me raptaron los gitanos, ni mi niñera me cambió por otro, pero... pero soy el príncipe Nicolás Obolovitch de Herzoslovaquia.

–¡Anthony! –gritó Virginia–. ¡Qué romántico! ¡Y me he casado contigo! ¿Qué haremos ahora?

–Presentarnos en Herzoslovaquia y jugar a reyes y reinas. Jimmy McGrath aseguró una vez que sus soberanos viven un promedio de cuatro años. ¿Te importa?

–Al contrario, me entusiasma.

–¿No es fantástica? –masculló Jimmy.

Se perdió discretamente en la noche y, finalmente, tronó el motor de un automóvil.

–No hay nada como dejar que un hombre haga sus propios trabajos sucios –dijo Anthony satisfecho–. Además, no sabía cómo librarme de él. Desde la boda no hemos estado a solas un minuto.

–Nos divertiremos. Enseñaremos a los bandidos a no robar y a los asesinos a no asesinar y, en general, aumentaremos la moralidad de la nación.

–Me consuelan tus ideales. Mi sacrificio no habrá sido completamente estéril.

–¡Tonterías! Lo pasarás bien como rey porque lo llevas en la sangre. Te educaron para gobernar; tienes vocación para eso, lo mismo que los albañiles para amontonar ladrillos.

–No se me había ocurrido –admitió Anthony–. Oye, no desperdiciemos el tiempo hablando de albañiles. ¿Sabes que en este momento debería hablar de negocios con Isaacstein? ¿Acerca de qué? De petróleo. Tendrán que esperar mi real deseo. Virginia, recordarás mi confesión de que intentaba conquistarte...

–Lo recuerdo –susurró la joven–. Y el superintendente Battle estaba en la ventana.

–Ahora no está.

La abrazó y besó sus párpados, sus labios, el oro de su pelo...

–¡Cuánto te amo, Virginia! ¡Cuánto! ¿Y tú?

La miró, seguro de su respuesta.

Virginia, descansando la cabeza en su pecho, contestó en voz baja y temblorosa:

–Ni pizca.

–¡Diablillo! –exclamó Anthony y la besó otra vez–. De mí sé que te adoraré hasta que muera...

CAPÍTULO XXXI

ÚLTIMOS DETALLES

Escenario: Chimneys. Hora: 11 de la mañana. Día: jueves. Johnson, el agente de policía, cava en mangas de camisa.

En el aire se respira algo parecido al ambiente de un entierro. Los amigos y parientes rodean la fosa que Johnson ahonda.

George Lomax parece ser el heredero favorecido en el testamento del difunto. El superintendente Battle, impasible, experimenta una ligera satisfacción de que la ceremonia suceda tan correctamente. Lord Caterham tiene el semblante majestuoso y atónito que asumen los ingleses durante el curso de los ritos religiosos.

Mr. Fish discrepa del conjunto. Le falta la debida gravedad.

Johnson se endereza de súbito. Hay un estremecimiento de emoción.

–Gracias, hijo –dijo Mr. Fish–. Nosotros nos cuidaremos de lo que falta.

Evidentemente, se trata del médico de cabecera. Johnson se aparta. Mr. Fish, con la debida solemnidad, se inclina. El cirujano se dispone a operar.

Levanta un paquetito. Ceremoniosamente, se lo pasa al superintendente Battle. Éste lo entrega a su vez a George Lomax. La etiqueta ha sido respetada.

George Lomax deshace el paquete, corta el hule interior y hunde los dedos en las demás envolturas. Algo aparece una fracción de segundo en la palma de su mano; después lo envuelve rápidamente con más algodón.

Y carraspea.

–En este gratísimo trance... –empieza a decir, y su voz se eleva clara y fuerte como la del orador ducho.

Lord Caterham se bate en retirada. En la terraza, encuentra a su hija mayor.

–Bundle, ¿funciona tu coche?

–Sí. ¿Por qué?

–Llévame a la ciudad. Hoy me marcho decididamente al extranjero.

–Pero...

–No repliques, Bundle. George Lomax me dijo esta mañana al llegar, que deseaba entrevistarse conmigo acerca de una cuestión de gran importancia y agregó que el rey de Timbuktú vendrá dentro de poco a Londres. No pienso pasar otra vez por lo mismo, ¿lo oyes Bundle? ¡Ni por cincuenta, George! La nación puede comprar Chimneys si tanto aprecia su historia. De lo contrario, ofreceré esta casa a unos capitalistas que la convertirán en un hotel.

–¿Dónde está «El besugo»?

Bundle, como siempre, está a la altura de las circunstancias.

–Hasta dentro de quince minutos cantará las glorias del Imperio –responde el marqués echando una mirada a su reloj.

Segunda escena:

Mr. Bill Eversleigh, que no asiste a la ceremonia junto a la sepultura, está al teléfono.

–... No, no, en serio. No seas orgullosa... ¿Cenarás conmigo por lo menos?... No, no puedo. Estoy clavado a mi escritorio. No sabes lo tirano que es «El besugo»... Dolly, ya sabes lo que siento por ti; eres la única mujer en la que pienso... Sí, iré antes al teatro. ¿Cómo es ese dicho? «Y la muchacha lo intenta, con botones y ojales...»

Siguen unos sonidos extrañísimos de Mr. Eversleigh tratando de recitar la cantinela.

Mientras tanto, George remata su discurso:

–... para la paz y la posteridad del Imperio británico.

–Me parece que ésta ha sido una semanita magnífica –comenta Mr. Hiram P. Fish *sotto voce*.